LA MENACE ANDROMÈDE

DU MÊME AUTEUR
CHEZ LE MÊME ÉDITEUR

La Variété Andromède, Archipoche, 2020.

MICHAEL CRICHTON

LA MENACE ANDROMÈDE

UN SUSPENSE DE DANIEL H. WILSON

traduit de l'américain
par Philippe Rège,
avec le concours d'Antoine Guillemain

l'Archipel

Ce livre a été publié sous le titre
The Andromeda Evolution
par HarperCollins, New York.

Notre catalogue est consultable à l'adresse suivante :
www.editionsarchipel.com

Éditions de l'Archipel
34, rue des Bourdonnais
75001 Paris

ISBN 978-2-8098-2859-7

MUTATION ANDROMÈDE

CE DOSSIER EST CLASSÉ « TOP-SECRET »
Son examen par des personnes non autorisées
est une infraction pénale passible d'une amende de 200 000 dollars
et d'une peine de prison pouvant aller jusqu'à vingt ans.

NE PAS L'ACCEPTER D'UN COURSIER
SI LE SCEAU EST BRISÉ
Le coursier est tenu par la loi d'exiger
la présentation de votre carte 7592.
Il n'est pas autorisé à se défaire de ce dossier
sans cette preuve d'identité.

ANALYSE DES RÉSULTATS
DE LA MACHINE CI-DESSOUS

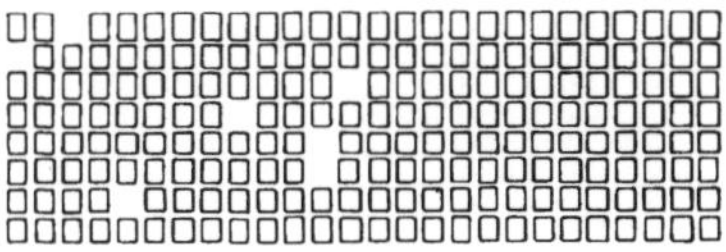

AVERTISSEMENT

Vous trouverez dans ces pages la reconstitution méticuleuse d'une crise scientifique qui dura cinq jours et dont le point culminant fut la menace d'une extinction de notre espèce.

Il importe de reconnaître dès le début de notre récit que les technologies de pointe qui caractérisent notre monde moderne, si elles exacerbèrent la crise, n'en furent pas directement à l'origine. La réponse apportée à la menace Andromède exigea une coordination et des efforts scientifiques sans précédent. Pour autant, c'est à cause de cette même expertise scientifique que furent commises les erreurs tragiques qui engendrèrent les terribles destructions et les lourdes pertes humaines subies.

Cependant, il est vital que cette tragédie soit racontée.

Le nombre d'êtres humains qui peuplent aujourd'hui la Terre est plus élevé qu'à n'importe quel autre moment de l'histoire de notre espèce. Nous sommes des milliards d'individus qui devons notre survie à l'infrastructure technologique que nous avons construite pour assurer notre subsistance. Confrontés à l'effondrement de cette infrastructure, nous pourrions tous périr jusqu'au dernier.

J'espère que ce récit rigoureux des événements démontrera à la fois les capacités et les limites du progrès scientifique – ses bienfaits tout autant que sa face sombre.

Cette reconstitution précise et détaillée des faits n'aurait été possible sans le précieux concours de ceux qui furent directement ou indirectement impliqués dans la catastrophe, ni sans celui d'une armée d'experts et de vérificateurs d'informations. Je tiens à remercier ici ces contributeurs, tout en précisant que j'assume la responsabilité de chacune des erreurs ou omissions qui se seront glissées dans ce manuscrit.

On ne peut qu'éprouver un certain découragement en constatant que cette nouvelle crise est imputable aux mêmes défaillances – l'orgueil, le manque de communication et, simplement, la malchance – que le premier incident désigné sous le nom d'Andromède[1]. Il n'est cependant pas dans mes intentions de dénigrer ou de blâmer quelque institution ou individu que ce soit. Sur le moment, tout le monde se croit toujours le héros de sa propre histoire – même ceux qui seront plus tard tenus pour responsables.

Je laisse au lecteur le soin de juger.

Les scientifiques, astronautes et soldats qui vécurent les événements décrits dans ces pages étaient des êtres humains, avec leurs forces et leurs faiblesses. Certains ont fait preuve d'un héroïsme surprenant face à la menace d'annihilation, tandis que d'autres ont failli à des moments cruciaux. Mais aucun n'a agi en vain puisque nous sommes tous *encore là*, vivants, capables de prendre connaissance et de tirer les enseignements de cette chronique improbable de la survie de l'humanité connue désormais sous le nom de code : *La Menace Andromède*.

D.H.W.
Portland, Oregon
Janvier 2019

1. Voir *La Variété Andromède*, Archipoche, 2020.

JOUR 0

CONTACT

« Le futur est plus proche que
la plupart d'entre nous ne l'imaginons. »

Michael Crichton

Classification des événements

Lorsque tout débuta, Paulo Araña s'ennuyait ferme. Il n'était qu'à un an de la retraite et quitterait bientôt la Fondation nationale indienne du Brésil, connue sous son acronyme portugais, FUNAI. Basé à la périphérie des terres protégées par le gouvernement s'étendant à travers le bassin amazonien, le Sertanista avait dans les 55 ans. Assis sous une ampoule électrique à la lumière vacillante, il se laissait envelopper par la chaleur montante du matin et bercer par les sons familiers de la jungle sauvage qui pénétraient par les fenêtres ouvertes de sa station de surveillance.

L'homme accusait au moins trente kilos de trop. Installé devant un vieux bureau métallique, il suait dans son uniforme officiel vert olive de la FUNAI. Toute sa concentration était fixée sur la cigarette de tabac qu'il était en train de rouler avec ses doigts émoussés mais encore agiles. Malgré sa moustache grisonnante et sa vue déclinante, ses mouvements, dépourvus de toute hésitation ou tremblement, étaient précis et rapides.

Occupé à fumer avec satisfaction, Paulo ne remarqua pas le signal d'alerte rouge qui clignotait sur l'écran de son ordinateur. Une légère distraction qui, ce matin-là, eut des conséquences produisant un effet boule de neige. La lumière invisible, masquée par un post-it jaune (la localisation d'un coin de pêche), clignotait dans l'indifférence la plus totale depuis la fin d'après-midi du jour précédent.

Le clignotement des pixels annonçait le début d'une urgence mondiale.

À cinq cents mètres d'altitude, un engin aérien sans équipage de fabrication israélienne – baptisé Roi Vautour, ou *Abutre-Rei* en portugais –, de la taille d'un bus scolaire, vrombissait au-dessus de la forêt amazonienne. Ses roues étaient couvertes d'une boue rouge séchée, souvenir d'un atterrissage houleux dans la jungle, et sa coque blanche était zébrée de cadavres d'insectes. Néanmoins, le drone conservait son aspect élégant et prédateur, tel un objet provenant d'un futur lointain qui aurait remonté le temps pour planer au-dessus de cette terre préhistorique.

L'*Abutre-Rei* accomplissait sa mission, effectuant des allers-retours incessants au-dessus de la canopée, mer verte qui couvrait l'horizon. L'imperturbable œil noir de l'objectif autonettoyant et gyrostabilisé de sa caméra était braqué sur le sol, et une unité radar Seeker, à bande ultralarge et à synthèse d'ouverture, explorait le terrain accidenté en diffusant sans relâche des impulsions programmées d'ondes radio qui pouvaient percer la pluie, la poussière et la brume. Le drone, spécialisé dans l'observation du territoire et la photogrammétrie, composait et recomposait sans cesse une carte à très haute résolution du bassin amazonien.

À l'intérieur de la station d'observation, Paulo regardait d'un œil distrait l'image sans cesse réactualisée qui se formait sur son moniteur. De temps en temps, une volute de fumée bleuâtre s'élevait de la cigarette imbibée de salive logée au coin de ses lèvres.

Tout bascula à 14 heures, 8 minutes et 24 secondes (UTC – Temps universel coordonné).

À cet instant précis, une nouvelle portion de terrain cartographié s'ajouta à l'image composite. Le voyant d'alarme fut ainsi déplacé de cinquante pixels vers la gauche, apparaissant légèrement sous le post-it.

Étonné, Paulo Araña fixa la tache rouge clignotante. Sur les images récupérées de la webcam, on peut le voir écarquiller des yeux comme un dément et tenter d'ajuster sa vue. Il arracha le post-it et le froissa entre ses doigts. Le point lumineux était situé à côté de l'image miniaturisée d'une masse trouvée par l'*Abutre-Rei* dans la jungle. Paulo n'avait pas le début d'une explication pour comprendre ce qu'était cette chose et la raison de sa présence en un tel lieu.

Le travail de Paulo Araña à la FUNAI consistait à observer et protéger un périmètre de sécurité établi autour de la région de la Haute Amazonie située le plus à l'est, soit plus de cinquante mille kilomètres carrés de jungle vierge. C'était un trésor inestimable, un endroit abritant à la fois la plus grande concentration de biodiversité sur la planète, et une *Terra Indigena* regroupant environ quarante tribus indiennes isolées dans des poches de civilisation indigène échappant – ou presque – à la technologie et aux infections du monde extérieur.

Avec de telles richesses naturelles, ce territoire était exposé à des menaces d'agressions constantes. Telles des armées de termites, les populations locales démunies avaient la tentation de se faufiler dans cet espace protégé, afin d'y pêcher dans des rivières pures ou de braconner de précieuses espèces menacées. Les bûcherons rêvaient d'abattre les immenses *kuranas*, cèdres dont le prix pouvait aller chercher dans les milliers de dollars au marché noir. Et, bien sûr, les hordes de narcotrafiquants en route vers l'Amérique centrale depuis le sud du Brésil constituaient la menace la plus redoutable.

Préserver la nature sauvage exigeait une attention sans faille de tous les instants.

D'un doigt taché de nicotine, Paulo tapota une touche, afin d'activer Marvin, un programme informatique logé dans une boîte en plastique beige calée sous son bureau. Acquise des années auparavant dans le cadre d'un travail de recherches mené conjointement avec un programme d'études américain, la boîte cabossée n'avait rien de remarquable, à l'exception du vieux personnage des *Simpson* scotché sur l'un de ses côtés.

À l'intérieur cependant, Marvin abritait un réseau neuronal – un système expert développé à partir d'une imagerie reproduisant des milliers de mètres carrés de jungle réelle ajoutés à une centaine de millions d'autres images virtuelles. Marvin pouvait identifier à coup sûr une piste d'atterrissage de quatre cents mètres aménagée dans un coin reculé de la jungle par des passeurs de drogue, ou bien des routes déboisées à l'intérieur de la forêt, dissimulées par les arbres les plus hauts, intentionnellement laissés intacts pour masquer le trafic, ou même les quelques *malocas*, des huttes construites par certaines tribus amérindiennes isolées.

Plus important encore, le programme pouvait scanner en quelques secondes quinze kilomètres carrés de terrain en haute résolution, une prouesse impossible à accomplir par le plus doué des êtres humains.

Paulo savait que Marvin était très intelligent, mais le programme avait rejeté d'emblée ces nouvelles informations, qu'il jugeait inclassables. C'était une « chose » que l'algorithme et tous les pétaoctets de sa base de données n'avaient jamais vue.

En réalité, c'était une « chose » que *personne* n'avait jamais vue.

La conclusion de l'opération se résumait en ces quelques mots : « RÉSULTAT DE LA CLASSIFICATION : INCONNU. »

Marvin n'avait même pas proposé de distribution de probabilités.

Paulo n'aimait pas ça. Sa cigarette trembla, tandis qu'il émettait une sorte de grognement geignard. Il tapa rapidement sur les touches de son ordinateur et agrandit l'image qu'il examina sous tous les angles possibles, tout en essayant de se convaincre qu'il s'agissait là d'un pépin sans importance. Mais il était inutile de le nier : cette chose extraordinaire défiait toute explication.

Une forme noire se dressait dans la profondeur de la jungle. Énorme.

Paulo chassa du revers de la main la fumée de sa cigarette. Son gros ventre écrasé contre le bureau métallique, il approcha son visage de l'écran en clignant des yeux. Son crâne dégarni couvert d'une sueur froide luisait sous la lumière crue de l'ampoule pendue au-dessus de sa tête.

Paulo a été enregistré prononçant ses mots pour lui-même : « *Non, isto é impossivel !* »

Après avoir allumé l'interrupteur d'une imprimante 3D bosselée, Paulo attendit patiemment que les données de l'image brute fussent transférées à la volumineuse machine. Une batterie de lasers à impulsion se mit en marche et la cabane fut bientôt envahie par une odeur de cire chaude. Centimètre par centimètre, une couche de plastique rose durci se déposa sur le plateau de l'imprimante. Tandis que les secondes s'écoulaient, la matière informe se métamorphosa en une carte topographique solide en trois dimensions sur laquelle apparut bientôt la reproduction détaillée de la canopée.

Tout en roulant et en allumant machinalement une autre cigarette, Paulo tenta de détourner son regard du monde nouveau qui venait de naître sous la forme d'une jungle modèle réduit.

La respiration légèrement sifflante, le regard fixe, le Brésilien fit craquer ses articulations une par une, en fumant en silence.

Dans les rares cas où Marvin proposait une probabilité de classification inférieure à 80 %, c'était à Paulo d'effectuer le choix final. Il y parvenait en employant une méthode inaccessible à la machine : son sens du toucher.

Le toucher est la plus ancienne faculté sensorielle de tout organisme vivant. Le corps humain est presque entièrement couvert de capteurs tactiles. Les circuits nerveux, reliés au système somatosensoriel, communiquent avec les multiples zones de détection par un biais inconnu et inexpliqué. Les innombrables mécanorécepteurs situés sur nos lèvres, notre langue, nos pieds, et, plus particulièrement, le bout de nos doigts, sont d'une extrême sensibilité.

Les yeux mi-clos, Paulo commença l'exploration par contact statique en posant le bout de ses doigts sur la surface du modèle et, accentuant doucement la pression, il les déplaça latéralement le long de la surface méticuleusement rendue de la canopée. Chaque centimètre de la texture du modèle correspondait à environ cent mètres de terrain réel.

Paulo pouvait faire courir ses doigts sur le toit de la jungle et *sentir* si tel échantillon d'information non classifiée correspondait à la destruction à la tronçonneuse d'une piste d'atterrissage ou aux douces berges d'un paisible affluent du fleuve.

Les yeux clos, la cigarette vissée aux coins des lèvres, Paulo se voûta. Telles celles d'un dieu aveugle caressant le visage de la planète, les mains nerveuses du Brésilien glissaient sur la surface de la jungle.

Quand ses doigts heurtèrent la forme dure et anormale de… la chose, Paulo Araña étouffa un gémissement. Quel que fût l'objet, il existait bel et bien. Mais il n'y avait pas de route à proximité. Aucun signe de construction. La présence de cette anomalie colossale, isolée au sein de la forêt miniature, semblait inconcevable.

La chose-dans-la-jungle, longue et légèrement courbée comme une barricade, s'élevait au moins à une centaine de mètres au-dessus d'une étendue sauvage. Cela profanait l'inviolabilité d'une forêt tropicale restée vierge sur des milliers de kilomètres carrés. Et cela semblait avoir surgi de nulle part.

Au toucher, Paulo ressentit une sensation d'effondrement autour du périmètre de la structure. C'était la texture de la mort. Des milliers d'arbres malades jonchaient le sol. Cette chose était une espèce de peste, contaminant tout autour d'elle.

Pendant un long moment, Paulo resta assis et envisagea de lancer une alerte en recourant à la désuète radio à ondes courtes installée sur son bureau. Son regard s'attarda sur elle, tandis que le générateur tournait à l'extérieur, fournissant le flot d'électricité nécessaire à la connexion de ce poste d'observation isolé du reste du monde.

Paulo chercha à tâtons sous les tiroirs jusqu'à ce que ses doigts frôlent une carte de visite, collée sous l'un d'eux, sur laquelle était indiqué le numéro de téléphone d'un jeune Américain qui l'avait contacté récemment.

Se présentant comme un homme d'affaires, l'étranger avait expliqué qu'on avait signalé dernièrement la disparition d'un avion chinois dans cette zone. Sa compagnie était disposée à payer un bon prix en échange d'informations à ce sujet. Paulo avait supposé – et continuait à penser – que l'Américain recherchait des morceaux de l'épave de l'avion, bien qu'il ne l'ait pas dit. Pas explicitement. Au lieu de cela, l'homme avait demandé que « tout événement étrange » survenant dans les parages lui soit rapporté. Et il ne faisait aucun doute que l'apparition de la chose en était un.

Semblable à des larmes, la sueur coulait le long du visage de Paulo. Tout en essuyant avec une de ses paumes les gouttes qui perlaient sur ses joues, il fixa la carte de visite et composa le numéro.

Un homme avec un accent américain répondit dès la première sonnerie.

— Je suis heureux que vous appeliez, monsieur Araña, dit la voix. J'avais raison de vous faire confiance.

— Vous savez déjà, demanda Paulo, en regardant l'écran de son ordinateur.

— Marvin m'a alerté à l'instant même où vous enregistriez cette classification anormale. Il est plus malin qu'il n'y paraît.

Les Américains et leurs ruses. Leur disposition d'esprit ne cesserait jamais d'étonner Paulo. Un peuple tout sourire qui paraissait si confiant et tellement franc… Et cependant…

— Et maintenant ? demanda Paulo.

— Tranquillisez-vous, monsieur Araña, des gens s'occupent du problème. Vous serez dédommagé pour votre aide. Mais je suis curieux de savoir ce que vous pensez de tout cela.

— Je sais seulement qu'il ne s'agit pas d'une erreur, *senhor*. C'est vraiment là, dehors. Je l'ai touché.

— Et vous en dites quoi ?

Paulo réfléchit un moment avant de répondre :

— C'est un fléau qui tue tout ce qui l'approche. Mais je n'arrive pas à savoir ce que c'est.

— Comment ça ?

— Parce que cette chose, dehors… n'a pas été conçue par l'homme.

Base de l'US Air Force de Fairchild

À environ huit mille kilomètres de là, près de Tacoma, dans l'État de Washington, le colonel Stacy Hopper rejoignait l'équipe du matin qui prenait tranquillement son travail à la base de l'US Air Force de Fairchild. Un groupe réduit d'analystes du renseignement, après avoir travaillé toute la nuit, était en train de pointer. Ils laissaient derrière eux des ordinateurs en veille sur des bureaux bien rangés, et un maigre compte rendu indiquant que, comme d'habitude, rien n'était à signaler.

Portant impeccablement sa veste, que complétaient une casquette de service, une cravate soigneusement nouée autour de son cou et des bas noirs, Hopper, un thermos coincé sous le coude, regardait la salle de contrôle dépourvue de fenêtres. Les huit analystes du renseignement qui composaient son équipe du matin s'installaient devant leur console en échangeant quelques bonjours avant de chausser leurs casques d'écoute. Ils venaient travailler par une de ces habituelles journées pluvieuses de la côte nord-ouest du Pacifique, et la plupart avaient encore les épaules mouillées.

Hopper s'assit devant sa propre console, au fond de la salle. Elle aimait entendre le doux murmure des voix des analystes. Levant les yeux vers les moniteurs de télémétrie tapissant le mur qui lui faisait face, elle ne vit rien qui sortît de l'ordinaire. Comme d'habitude.

En privé, ses collègues disaient de Hopper, une femme calme aux yeux gris, qu'elle avait la patience d'une mine antipersonnel. En fait, elle était pleinement satisfaite de la monotonie de sa tâche. Elle était le troisième commandant du projet. Ses deux prédécesseurs avaient voué leur carrière entière à ce poste. Pour sa part, Hopper n'aurait vu aucun inconvénient à ce que le « Projet Vigilance Éternelle » continue de mériter son nom.

Selon les propos des analystes les plus anciens, Hopper affectionnait beaucoup le dicton, plutôt prétentieux : « L'absence de preuve n'est pas une preuve d'absence. » Mais cette affirmation commençait à ne plus faire l'unanimité au sein de son équipe.

Une telle baisse de moral pouvait paraître paradoxale, compte tenu que, à sa création, le Projet Vigilance Éternelle avait été considéré comme prioritaire au sein des forces armées, et chaque poste était fortement convoité – par ceux en tout cas dont la cote de confiance était suffisamment élevée pour être autorisés à en avoir connaissance.

Le projet avait vu le jour à la suite de « l'incident » détaillé dans *La Variété Andromède*, conséquence d'un programme de recherche d'armement qui avait terriblement mal tourné.

Peu après le milieu des années 1960, l'armée américaine avait déployé une série d'engins aériens sans pilote, afin de rechercher dans les couches supérieures de l'atmosphère des microparticules utilisables dans la fabrication d'armes. En février 1967, la plateforme Scoop VII réussit à trouver exactement ce que les militaires désiraient, mais la souche Andromède originelle – plus tard baptisée SA-1 – se révéla bien plus virulente que d'aucuns l'avaient supposé.

Avant d'être récupérée par le personnel militaire, la capsule de retour avait été exposée à la curiosité de civils bien imprudents. La microparticule avait bientôt infecté et éradiqué la totalité des quarante-huit personnes qui composaient la population de Piedmont, Arizona, à l'exception d'un vieil homme et d'un nouveau-né. Ces survivants furent découverts et secourus par les Dr Jeremy Stone, un biologiste réputé, et Charles Burton, un anatomopathologiste. Les deux miraculés furent isolés pour être examinés dans les salles blanches d'un laboratoire souterrain dont le nom de code était Wildfire. Leurs cas furent finalement classés « secret-défense » afin de protéger leur vie privée.

Une équipe d'éminents scientifiques, soigneusement choisis pour éteindre cette crise, afflua au laboratoire Wildfire afin d'étudier la microparticule exotique appelée SA-1. Ils découvrirent qu'elle mesurait un micron, qu'elle était transmise à l'homme par voie respiratoire, et qu'elle causait la mort par une coagulation presque instantanée du sang. Plus étrange encore, malgré sa microscopique structure à six faces et l'absence d'acides aminés – indiquant donc qu'elle était non biologique –, SA-1 fit la preuve de sa capacité à s'autoreproduire et à muter.

Avant même que l'équipe Wildfire ait pu finir les tests, la souche Andromède évolua pour se transformer en une nouvelle configuration plastiphage – baptisée SA-2. Bien qu'inoffensive pour les êtres humains, SA-2 était capable de dépolymériser les garnitures d'étanchéité du plastique isolant les cloisons du laboratoire. Le système de sécurité nucléaire fut activé et désarmé héroïquement avant la détonation.

Cependant, des bribes de la variété SA-2 s'échappèrent et ses particules, dégazant dans l'atmosphère, se dispersèrent sur l'ensemble de la planète. Bien qu'elles fussent sans danger pour les humains, elles firent des ravages sur les programmes spatiaux internationaux naissants dont les fusées et satellites dépendaient de polymères complexes pour atteindre leurs orbites.

Alors naquit le Projet Vigilance Éternelle.

Quelques heures après l'incident Andromède, les membres fondateurs du Projet Wildfire firent pression sur le président des États-Unis pour obtenir des moyens d'intervention d'urgence. Le but était de mettre en place la surveillance planétaire des nouvelles épidémies liées à la souche Andromède et à leurs évolutions subséquentes. Leur proposition obtint un immédiat et généreux financement puisé dans la caisse noire du ministère de la Défense, auquel s'ajouta la formation d'une équipe composée d'analystes de premier ordre. Trois jours plus tard, le projet était officiellement opérationnel.

Mais c'était il y a cinquante ans, et tous les scientifiques impliqués dans la gestion du premier incident étaient morts depuis.

Aujourd'hui, la colonelle Hopper regardait les rangées d'écrans d'ordinateur dont la lumière bleuâtre baignait le visage de ses analystes. Elle soupira, ressassant la dépense colossale nécessaire au financement de chaque seconde de temps satellite, de chaque heure d'analyse, et de chaque transfert ou stockage d'informations.

La colonelle Hopper avait parfaitement conscience de la perte d'influence de son unité. Chaque matin, elle notait l'obsolescence croissante de son matériel, l'usure de ses meilleurs analystes, et les besoins envahissants des autres unités en activité à la base de l'US Air Force de Fairchild.

L'Air Mobility Command – ou AMC – avait été favorisée pour obtenir davantage de temps satellite, afin de faciliter sa tâche quotidienne qui consistait à coordonner les vols des Boeing de ravitaillement KC-135 *Stratotanker* dans l'espace aérien couvrant le Tibet et le Moyen-Orient.

Le commandant par intérim de l'AMC avait même exprimé publiquement l'opinion selon laquelle Vigilance Éternelle ne faisait que gaspiller l'argent du gouvernement.

Et il semblait avoir raison.

Vigilance Éternelle était en activité depuis un demi-siècle, avec Hopper à sa tête ces quinze dernières années. Et, jusqu'à aujourd'hui, le programme n'avait jamais détecté quoi que ce fût.

Les individus privilégient une récompense personnelle immédiate à la promesse de futurs bénéfices collectifs – c'est un des talons d'Achille de la civilisation humaine. Cette tendance se manifeste plus particulièrement lorsque les gains en question mettront plus d'une génération à advenir. Ce phénomène a été baptisé « escompte intergénérationnel ».

Le concept a été officiellement formulé par un jeune économiste français dans un discours peu suivi lors d'une conférence internationale d'économie sociale, le 23 octobre 1982. Ce dernier avait déclaré : « La durée d'une génération humaine est de vingt-cinq ans. Chaque récompense reçue avant cet horizon générationnel crée un déséquilibre qui sape une coopération à long terme. En bref, nous sommes, en tant qu'espèce, enclins à trahir nos propres descendants. De mon point de vue, la seule solution possible est l'institution de punitions sévères et immédiates pour ceux qui seraient infidèles au futur. »

Il a été subséquemment théorisé que l'apparente incapacité de notre espèce à se concentrer sur des menaces à long terme mènera à l'inexorable destruction de notre environnement, à la surpopulation et à l'épuisement des ressources. L'opinion selon laquelle ce déficit inné représente une sorte de minuterie à retardement pour l'autodestruction de la civilisation humaine est par conséquent fort répandue parmi les économistes.

Hélas ! Toute l'histoire du monde prouve le bien-fondé de cette théorie.

Ainsi, malgré des enjeux mortels bien connus, le Projet Vigilance Éternelle souffrait d'un endémique manque de vision humaine à long terme. Au fil des ans, la capacité opérationnelle du projet avait été différée, réduite et affaiblie.

En cette matinée particulièrement pluvieuse, le projet, tout juste fonctionnel mais encore viable, vacillait sur ses bases.

À 16 heures, 24 minutes et 32 secondes (UTC), la colonelle Hopper apparut sur une vidéo interne, assise à son bureau, la posture parfaite. Son thermos de café à moitié vide reposait sur une pile de formulaires de demandes d'approvisionnement, dont elle savait fort bien qu'elles seraient refusées, mais qu'elle s'était résolue à effectuer malgré tout.

Le téléphone sonna.

Coiffant son casque, Hopper appuya sur un bouton de sa ligne de communication. Ses écrans prirent vie.

— Vigilance One. Parlez ! dit-elle, du ton brusque caractéristique des analystes de données.

La voix qui lui répondit avait un accent sud-américain marqué. Elle reconnut en son interlocuteur l'un de ses agents de terrain dont le nombre ne cessait de décliner.

— Ici Brasiliero. J'ai remarqué quelque chose que vous voudrez voir.

— Le canal privé est ouvert, certification en attente.

Appuyant sur les touches, Hopper agréa la demande du Brésilien.

Les quatre moniteurs à écran plat alignés le long du mur affichèrent d'un seul coup de nouvelles données. Chaque écran offrait un aperçu distinct de la jungle amazonienne : une image basique non améliorée de caméra numérique ; une carte obtenue par télédétection de la distance par laser (LIDAR) ; une imagerie hyperspectrale en couleurs rehaussées de la canopée ; et la topographie en niveaux de gris minutieusement détaillée du radar à synthèse d'ouverture.

Les images fournies par le drone étaient générées en temps réel.

Un par un, les huit analystes regardèrent les écrans, puis, éloignant leurs chaises de leurs bureaux, ils se mirent à parler à voix basse. Les postes de travail individuels commencèrent à recevoir des données complémentaires, chaque information affluant vers les spécialistes en fonction de leur domaine d'expertise. La colonelle Hopper se leva.

En plein centre de chaque image s'élevait une forme inidentifiable.

On aurait cru un bloc dénué de tout caractère. Il perçait l'étendue brumeuse de la jungle, légèrement incurvé et posé à travers un affluent du fleuve. À sa base, l'eau coulait paresseusement. Derrière la masse, le fleuve bloqué se perdait, créant une immense flaque de boue et inondant la jungle environnante. Les arbres ployés et la végétation alentour qui avaient échappé à la submersion paraissaient mourants.

— L'anomalie est située sur la trajectoire de descente de l'Heavenly Palace, précisa le Brésilien, à travers les hauts parleurs de la salle. La station spatiale *Tiangong-1* évoluait au-dessus, ajouta-t-il.

— Bien reçu, Brasiliero. Ce sera tout pour le moment, conclut Hopper en mettant la connexion en attente.

D'un coup d'œil, Hopper vérifia la latitude et la longitude. L'anomalie était parfaitement équatoriale, avec une latitude de zéro degré à sept décimales – une précision estimée à environ un mètre. Elle ajouta cette observation aux notes relatives à l'incident.

Dale Sugarman, le plus âgé des analystes de signaux électromagnétiques, ses écouteurs autour du cou, se leva et se tourna vers la colonelle Hopper. En cinq ans, elle n'avait jamais vu le gros homme faire preuve de la moindre exaltation face à quoi que ce fût, à l'exception des jeux vidéo. À présent, la voix tremblante du vétéran de l'US Air Force résonnait fortement à travers la salle par le biais du haut-parleur :

— C'est impossible, m'dame. Il n'existe ni route, ni piste d'atterrissage, ni aucun moyen de construire quoi que ce soit là-bas. Il s'agit d'une erreur du détecteur. Je préconise de réparer le drone. Soumettez…

— Impossible n'est pas le bon terme, le coupa sèchement Hopper en croisant les bras.

Sa voix s'affermit tandis qu'elle poursuivait :

— Ce que nous voyons n'est pas impossible. Il s'agit seulement d'un événement à très faible probabilité.

La salle redevint silencieuse, tandis que les analystes méditaient ses paroles.

Il existe une certaine catégorie d'événements qui pourraient techniquement advenir, mais la plupart des profanes les jugent improbables au point de ne pas les croire possibles. Cette fausse hypothèse est fondée sur une règle empirique baptisée « l'erreur de Borel », qui s'énonce ainsi : « Des phénomènes avec une probabilité extrêmement faible ne se produisent jamais dans la vie réelle. »

Bien sûr, le mathématicien Émile Borel n'a jamais tenu de tels propos. Au contraire, il a proposé une loi des grands nombres, démontrant que, dans un univers de taille infinie, *tout événement avec une probabilité non nulle finira par se produire.* Autrement dit, tout ce qui peut arriver arrivera.

Pour les plus patients et les mieux informés d'entre nous, fort rares, ces événements à probabilité infinitésimale ne sont pas inconcevables : ils sont inévitables.

La colonelle Hopper était d'une extrême patience et, plus le monde tournait vite, plus elle semblait ralentir son propre rythme. Elle avait d'ailleurs été choisie par ses prédécesseurs pour cette aptitude particulière[1].

Quinze années de dur labeur sans récompense en retour, ni même la promesse d'en recevoir une un jour, sans encouragement ni respect de la part de ses collègues… Et pourtant, Hopper n'avait pas vacillé une seule fois dans son engagement professionnel.

Et, à ce moment crucial, son obstination payait d'une manière inespérée.

La colonelle Hopper sortit un classeur de son tiroir et le posa bruyamment sur son bureau. Elle était déterminée à s'assurer que tout se déroulerait selon le protocole. À l'aide

---

1. Arthur Manchek, qui le premier occupa ce poste, était également de ceux qui ralentissaient quand le monde accélérait sa course. Il affichait un désintérêt proportionnel à la surexcitation de ceux qui l'entouraient. Il appréciait cette qualité, qu'il avait lui-même développée au fil des années, afin de garder la tête froide face aux situations d'urgence.

d'un coupe-papier, elle fit sauter tous les cachets, afin d'accéder aux pages plastifiées classées secret-défense. Bien que la plupart des mesures d'urgence fussent à présent automatisées, ces instructions, écrites des décennies plus tôt, nécessitaient un être humain qualifié et compétent pour garantir leur efficacité à chaque étape du processus.

Rapprochant de ses lèvres le micro de son casque, Hopper commença à donner rapidement des ordres avec l'assurance d'un contrôleur aérien.

— Brasiliero, établissez une zone de quarantaine circulaire de cinquante kilomètres en prenant l'anomalie pour épicentre. Faites atterrir le drone sur le périmètre. Une fois qu'il sera posé, ne laissez personne s'en approcher.

— Bien reçu, Vigilance One.

Lors de l'incident originel survenu à Piedmont, les modèles informatiques avaient indiqué que cinquante kilomètres étaient la distance minimum de sécurité en cas de contamination aérienne. Sur l'écran, l'image vidéo en temps réel se mit à trembler lorsque l'*Abutre-Rei* fila dans la direction opposée. Après quelques secondes, la caméra frontale fit un demi-tour complet, et l'anomalie réapparut sur l'écran, rétrécissant au loin.

— Colonelle, en quoi cette chose nous concerne-t-elle ? demanda Sugarman d'une voix douce, ses lunettes réfléchissant le clignotement de la lumière bleue de son poste de travail.

Hopper marqua une pause avant de décider de ne pas répondre directement. La mention par Brasiliero du nom de code Heavenly Palace pouvait déjà être perçue comme une possible violation d'une information top-secret. Plutôt que de répondre, elle choisit d'obtenir confirmation de l'information la plus importante pour Vigilance Éternelle.

— Pouvez-vous me reconfirmer l'emplacement ?

— L'anomalie est située en plein sur l'équateur, m'dame, dit Sugarman en se courbant sur son bureau. Au centimètre près, il semblerait.

Hopper prit une longue inspiration. Hormis le bourdonnement des appareils, la pièce était parfaitement silencieuse.

— Pourquoi cet emplacement semble-t-il avoir autant d'importance ? demanda Sugarman d'une voix étonnamment forte.

Le silence de Hopper détona. Elle ne pouvait pas répondre à la question sans compromettre la sécurité de la mission. Cette information ne pouvait être transmise qu'à ses supérieurs hiérarchiques, pas à ses subalternes.

— Soldat, réquisitionnez le satellite *Transat Four*, s'il vous plaît. Nous devons affiner notre connaissance de la situation.

— M'dame, c'est un système collectif. Il est utilisé par quelqu'un d'autre. Il est actuellement enregistré… pour une utilisation par la CIA à l'étranger.

— Vous avez mon autorisation pour obtenir une priorité Clear Eyes.

Sugarman déglutit.

— Bien, m'dame. Nous confisquons la transmission satellite.

Une série de touches furent pressées avec énergie, puis une image satellite infrarouge clignota sur les écrans : un convoi de jeeps traversant à toute vitesse un terrain sombre et désertique. Les pneus creusaient dans le sable deux traces blanches jumelles. Sur l'image figuraient également des réticules noirs servant au repérage.

Les haut-parleurs de la pièce commencèrent à grésiller :

— À l'attention de l'unité non identifiée ayant requis une permission Clear Eyes, dit une voix inconnue et courroucée. Quittez ce canal. Vous êtes en train d'interrompre…

— Communiquez à cette caméra nos coordonnées, ordonna Hopper. Et coupez le sifflet à cet homme.

— Oui, m'dame.

La salle replongea dans un silence rompu uniquement par la frappe frénétique des analystes, tous concentrés sur le flot de données défilant sur l'écran de leur ordinateur.

Quelque part au-dessus d'eux, le long d'une trajectoire orbitale top-secret, la lentille d'un satellite espion s'auto-régla dans le vide spatial. L'image du convoi de jeeps se brouilla et disparut des moniteurs. Quelques secondes plus tard, l'œil de la caméra se braqua sur une parcelle de la jungle amazonienne.

Sur les moniteurs situés à l'avant de la salle, l'anomalie apparut dans ses moindres détails. Des gouttes de brume perlaient sur sa surface d'apparence métallique, incrustée de fins motifs hexagonaux. L'ensemble luisait comme la carapace cireuse d'un scarabée à la lumière du soleil de midi.

— Infrarouge ! ordonna Hopper.

Sur d'autres écrans, la même image apparut avec différents niveaux de gris, les pixels plus clairs indiquant une température de surface plus élevée. L'image de la canopée environnante devint une masse grisâtre qui ressemblait à des nuages menaçants. L'anomalie elle-même était à présent d'un blanc immaculé, si éclatant qu'elle éclipsa brièvement le reste de l'image.

— Ce truc est chaud, m'dame. Vraiment chaud, dit un analyste. Regardez, la végétation recule.

Hopper acquiesça en désignant le moniteur :

— À quoi correspondent ces petites taches ? Elles semblent avoir la même température, mais elles refroidissent vite.

À son bureau, Sugarman parla brièvement dans le micro de son casque, s'adressant à un autre analyste, avant de répondre :

— Nous pensons qu'il s'agit de cadavres, m'dame. Quatorze, environ… tous humains.

— Comment pouvez-vous être aussi catégorique ? De nombreux primates vivent dans cette région du monde.

— Certains portent des lances, m'dame.

Hopper garda le silence un bref instant.

— Je vois, dit-elle.

À l'écran, l'image thermique virait au blanc, saturant le capteur et inondant l'écran. Peu à peu, la visibilité redevint normale. L'anomalie semblait avoir changé d'aspect. Les taches décolorées s'en étaient rapprochées.

— Qu'est-ce que c'était ? interrogea Hopper.

— C'est… On dirait qu'elle grossit, répondit Sugarman. Et quelque chose est en train d'émerger du milieu du lac. Une structure à six faces, plus petite.

Des taches de couleur illuminèrent une troisième rangée de moniteurs. Un nuage ténu bleu et orange apparut au-dessus de l'anomalie. Il semblait dériver vers l'est, porté par un vent faible.

— C'est un nuage de cendres, avertit un autre analyste. Il y en a plein dans l'atmosphère, là-bas. Il a dû être produit par l'anomalie, je ne sais comment. De nouvelles informations nous arrivent…

Hopper passa le doigt sur une colonne de chiffres figurant sur une page plastifiée du classeur. La page était estampillée TOP-SECRET : cette information capitale avait été portée là avec une désinvolture enfantine, selon le bon vieux principe KISS – *Keep It Simple, Stupid* –, qui préconise la simplicité.

Son index s'arrêta sur un graphique. Sa voix trembla lorsqu'elle donna son nouvel ordre :

— Récupérez la spectrométrie de masse fournie par le drone.

— On s'en occupe déjà, m'dame.

Quelques secondes plus tard, un jeune analyste fit glisser le graphe demandé sur le bureau de la colonelle.

Derechef, Hopper promena un doigt sur la feuille plastifiée. Quand elle eut terminé son examen, sa voix ne tremblait plus.

— Nous avons une identification positive.

— Une identification de quoi ? demanda Sugarman, pivotant pour faire face à sa cheffe.

Ses lèvres étaient pâles, son ton sec et sa voix presque brisée. Derrière lui, la totalité des analystes s'était tournée vers Hopper, affichant une gravité teintée de peur.

— Les pics du spectre de masse correspondent presque exactement à ceux des analyses de la souche Andromède récupérée à Piedmont, dans l'Arizona, il y a un peu plus de cinquante ans, répondit-elle. Il faut croire qu'une substance composée d'une variété similaire recouvre le sol de la jungle. Et, à en croire les graphiques, elle est en train de grossir. Les corps de ces hommes et femmes sont quasiment dessous.

— Mais ce n'est pas… Sugarman s'interrompit. Vous voulez dire…

Chacun dans la salle connaissait le but de cette mission. Pourtant, personne n'avait jamais vraiment cru que la souche pourrait réapparaître. Malgré l'évidence, tout le monde doutait encore. À l'exception d'une seule personne.

Hopper se leva et, calant le classeur sous son bras, s'adressa à son équipe incrédule :

— Le Projet Vigilance Éternelle vient de remplir sa fonction. Notre travail est terminé. Je vous souhaite le meilleur, quelles que soient vos missions futures.

La colonelle Hopper tourna le dos à son équipe et prit la direction de la salle entièrement insonorisée réservée aux communications ultraprioritaires. Les analystes, bouche bée et sans voix, la regardèrent s'éloigner.

Par-dessus son épaule, Hopper lança ses derniers ordres :

— Alertez vos collègues de Peterson et transférez-leur ces images. Dites-leur que, sur la base d'un taux de croissance exponentiel, j'estime que nous avons moins de quatre jours.

— Quatre jours ? Avant quoi ? demanda Sugarman.

— Avant que cette anomalie ne se répande jusqu'à l'océan.

Ces paroles marquèrent la fin du Projet Vigilance Éternelle.

Alerte

Rand L. Stern était déjà exténué alors que la journée venait à peine de commencer. Général quatre étoiles, Stern possédait une famille tentaculaire et sa carrière avait décollé à la vitesse d'une fusée. Il était constamment sollicité. Pour l'heure, il n'aspirait pourtant qu'à déjeuner en paix.

Stern était un Afro-Américain de petite taille d'une cinquantaine d'années dont les tempes grisonnaient depuis peu. Major de sa promotion à l'US Air Force Academy, il avait des milliers d'heures de vol à son actif aux commandes d'un *Fighting Falcon F-16*, dont plusieurs centaines passées au combat. Il avait ensuite brièvement enseigné à West Point. Depuis trois ans, il était responsable de l'United States Northern Command (USNORTHCOM) et du North American Aerospace Defense Command (NORAD). Sa nomination avait été unanimement approuvée par le Sénat en 2016.

Affecté à la base de l'US Air Force de Peterson, au beau milieu du Colorado, le général Stern supervisait le travail des trente-huit mille personnes chargées de protéger les intérêts du peuple américain depuis l'espace. Leur zone de couverture commençait à trois cents kilomètres d'altitude et se prolongeait jusqu'à trente-cinq mille kilomètres, un volume dépassant largement celui de la planète. Son budget annuel était de plusieurs dizaines de milliards de dollars, deux fois supérieur à celui de n'importe quelle multinationale.

Si on lui avait posé la question, il aurait répondu que sa mission de commandement la plus complexe consistait, avec l'aide précieuse de sa femme, chercheuse au département de psychologie de l'université de Denver, en l'éducation de ses quatre filles, toutes préadolescentes.

À la maison, la voix de Stern n'en était qu'une parmi d'autres. Au travail, en revanche, il décidait pour plus de trois cents millions de citoyens américains.

Le dossier qui avait été remis à Stern dès sa prise de fonction renfermait des renseignements sur douze projets top-secret de la plus haute importance pour la défense nationale. Parmi eux, un certain Projet Wildfire, lancé à la suite de l'incident Andromède survenu une cinquantaine d'années plus tôt. Wildfire lui avait au départ semblé n'être qu'une note en bas de page anodine comparée aux ambitions des Chinois ou au nombre stupéfiant de matières nucléaires disparues en orbite. Mais, en fait, aucun autre projet ne lui avait donné autant de fil à retordre.

D'abord purement scientifique, cette entreprise de recherche concernant la microparticule Andromède était devenue une course secrète aux armements, entraînant des répercussions qu'on n'avait pas connues depuis le paroxysme de la Guerre froide. Au final, le Projet Wildfire avait fini par mobiliser une quantité astronomique de ressources. Cacher au public ses dizaines de sous-projets au prix de milliards de dollars et de millions d'heures de travail était devenu un effort titanesque.

Voilà qui pesait lourd sur la conscience du général.

Plus tard, dans une interview, il expliquera s'être identifié à Atlas : « Je tenais la planète sur mes épaules et ployais sous son fardeau sans que personne – pas même mes filles – ne sache de quoi je les protégeais. »

Parmi les extensions du projet classées secret-défense, l'existence de Vigilance Éternelle était secondaire. La crainte d'abord sérieuse d'une mutation spontanée de la microparticule

Andromède s'était dissipée avec le temps. Les États-Unis ne se contentaient plus de contempler béatement cette forme de vie extraterrestre et avaient commencé à s'intéresser à une réalité bien plus prosaïque : d'autres pays (alliés ou non) avaient pris connaissance de l'existence de la microparticule originelle SA-1, mortelle, et de sa cousine plastiphage, SA-2.

Les deux variétés avaient fait la preuve de leur dangerosité, chacune à sa manière. Inhalée, SA-1 était presque toujours fatale à brève échéance. La variété SA-2, relativement bénigne pour l'homme, qui s'était développée spontanément au cœur du laboratoire Wildfire, s'était révélée capable de subsister dans la haute atmosphère, réduisant en poussière la plupart des matières plastiques – un aléa qui avait retardé de plusieurs décennies le programme spatial américain. N'importe quelle nation douée d'un minimum de perspicacité et de connaissances scientifiques avait pu partir collecter des échantillons de SA-2 en accès libre.

Aucune autre variété Andromède, naturelle ou créée par un être intelligent, n'avait été détectée. Et pourtant, ce n'était pas faute d'avoir cherché.

Et voilà que l'appel téléphonique que redoutait Stern depuis des années avait émané d'une source tout à fait inattendue : pas de ses agents qui scrutaient l'Administration spatiale chinoise, ni des espions partis enquêter sur les pathologies nouvelles aux quatre coins de la planète, ni même de la salle blanche secrète toujours dissimulée sous un champ de maïs du Nevada.

L'appel provenait de Vigilance Éternelle.

Bien installé dans son bureau privé, à la base de l'US Air Force de Peterson, la première réaction de Stern face à l'alerte d'urgence de la colonelle Hopper fut une légère contrariété.

Les fausses alertes devaient normalement être filtrées avant de lui parvenir. Il supposa que l'un des maillons de la chaîne de contrôle s'était montré défaillant.

Interrompant son économiseur d'écran pour le moins incongru – des chatons crachant des arcs-en-ciel, un cadeau de sa fille cadette –, le général accepta la notification *push* de Hopper. Tandis que des images de l'anomalie inondaient son écran, il se laissa aller en arrière dans son fauteuil et, les doigts entrelacés et posés sur le ventre, il ferma les yeux, frustré.

— Colonelle Hopper. Que se passe-t-il ? demanda-t-il.

— J'ai une théorie.

— Vous avez une théorie. Et moi, je suis en retard pour mon déjeuner. Depuis que j'ai été promu, mes journées sont découpées en plages de dix minutes. Le nombre de plages quotidien est limité. Vous êtes en train d'en occuper une. Je préférerais qu'elle soit occupée par un sandwich bacon, laitue, tomate.

— Je comprends, mon général. Avez-vous vu cette trajectoire ?

— Je vois un objet immobile dans la jungle, colonelle. Il n'y a pas de trajectoire.

— Le 10 avril de cette année, la station spatiale chinoise *Tiangong-1* a effectué une rentrée atmosphérique destructrice et s'est désintégrée. Cette anomalie qu'on a détectée est située en plein sur l'équateur, et directement dans la trajectoire des débris de la station échouée. Vous devez vous rappeler que l'incident avait reçu pour nom de code Heavenly Palace.

Le général Stern s'assit brusquement.

— Il nous est impossible de confirmer la nature des expérimentations menées par les Chinois à bord de cette station spatiale, ajouta Hopper.

— Mais nous avons notre petite idée sur la question, n'est-ce pas ? lui répondit Stern.

Stern prit connaissance des données sur son écran. Dans son cerveau, ce nouveau problème constituait désormais une priorité supérieure à la nécessité de prendre son repas.

Il concernait non seulement la défense nationale mais aussi celle des espèces.

— Bon boulot, colonelle. Nous allons étudier les données que vous nous avez transférées. Je lance... Ça alors, j'ai du mal à croire que je prononce cette phrase...

Le colonel marqua une pause, puis reprit :

— Je déclenche immédiatement une alerte Wildfire.

Peu de gens le savent, mais la dernière opération militaire majeure planifiée et menée par des experts en logistique des ressources humaines pour le compte des États-Unis d'Amérique remonte aux débuts de la guerre du Vietnam. Depuis, qu'il s'agisse de transporter du matériel ou de coordonner un poste de commandement, chaque manœuvre est au moins partiellement engagée par ordinateur à grand renfort d'algorithmes dits de logistique automatisée et d'analyse décisionnelle (LAAD).

Ainsi, la riposte à Andromède ne différa en rien de n'importe quelle autre mesure de rétorsion militaire – elle fut générée par des machines.

Tenant compte des informations initialement fournies par le général Stern, les LAAD activèrent la super-architecture informatique Percheron située dans les profondeurs réfrigérées des laboratoires de recherche de l'US Air Force, construits sous la base de Wright-Patterson, dans l'ouest de l'Ohio. Les LAAD annulèrent ou différèrent l'exécution de milliers de tâches moins urgentes et se connectèrent à une gigantesque base de données de ressources humaines et matérielles constamment réactualisée, après quoi ils générèrent, en l'espace de quinze minutes, une feuille de mission.

Même s'ils bénéficiaient d'une puissance de traitement de données inégalée, les LAAD avaient toujours été employés avec sagesse, selon la règle des 80/20 : un algorithme ne doit apporter que 80 % de la solution, les 20 % restants étant laissés au bon sens et à l'intuition de l'homme.

En l'occurrence, en consultant la feuille de mission générée par défaut, le général Stern ne décela pas le moindre signe de défaillance technique. Le dossier se présentait ainsi :

PROJET WILDFIRE V2 – CONSTITUTION DE L'ÉQUIPE

NIDHI VEDALA, DR (ÂGE : 42)
Autorisation Wildfire (AUTORISATION COMPLÈTE)
Désignation : chef de mission, 001 ***
Localité : Amherst, Massachusetts
>>> Durée du voyage : ~12H ***
Spécialisations : nanotechnologie ; science des matériaux ; souches Andromède (SA-1, SA-2) ***
Divers : compétences en leader-
ship ; expertise dans le domaine ***

HAROLD ODHIAMBO, DR (ÂGE : 68) ***
Autorisation Wildfire (STATUT :
UNIVERSITAIRE) ***
Désignation : chercheur sur le terrain
responsable d'équipe, 002 ***
Localité : Nairobi, Kenya >>>
Durée du voyage : ~15H ***
Spécialisations : xénogéologie ;
géologie ; anthropologie ; biologie ;
sciences physiques <SUITE>
Divers : vaste expertise multidomaines ***

PENG WU, FORCES AÉRIENNES DE L'APL
CHINOISE (GRADE : MAJOR) (ÂGE : 37) ***
Autorisation Wildfire (ALLIANCE
AVEC LA RPC) ***
Désignation : chercheuse sur
le terrain, 003 ***
Localité : Shanghai, Chine >>>
Durée du voyage : ~18H ***

Spécialisations: taïkonaute; soldat; médecin (anatomopathologiste) ***
Divers: entraînement au combat; entraînement à la survie; connaissances dans le domaine de [CENSURÉ] ***

ZACHARY GORDON, ARMÉE DES ÉTATS-UNIS (GRADE: SERGENT, PREMIÈRE CLASSE) (ÂGE: 28)
Autorisation Wildfire (AUTORISATION PARTIELLE) ***
Désignation: personnel médical militaire, 004 ***
Localité: Fort Benning, Georgie
*** Durée du voyage: ~14H ***
Spécialisations: unité de reconnaissance d'élite (infanterie légère); chef aide-soignant (bataillon) ***
Divers: compétences en chirurgie traumatologique ***

SOPHIE KLINE, DR (ÂGE: 32)
Autorisation Wildfire (NASA) ***
Désignation: scientifique intervenant à distance, 005 ***
Localisation: Station spatiale internationale
*** Durée du voyage: néant ***
Spécialisations: nanorobotique; nanobiologie; microgravité ***
Divers: expertise souches SA-1 et SA-2 ***

*** FIN DU DOSSIER ***

Stern s'attarda sur la présence du major Peng Wu, une ressortissante chinoise qui aurait dû être exclue du protocole pour des raisons de sécurité. Puis il secoua la tête avec un sourire ironique. L'algorithme LAAD, bien que d'une logique implacable, était capable de prendre des décisions intuitives. Compte tenu de ce qui s'était passé avec l'Heavenly Palace, c'était une idée de génie d'enrôler une soldate chinoise dont la participation au Projet Wildfire avait été pré-approuvée et mise en attente.

Peng Wu n'était pas une taïkonaute lambda. Elle avait en effet participé au premier voyage habité vers la station spatiale *Tiangong-1*. Stern savait qu'elle ne divulguerait aucun secret militaire chinois, mais sa connaissance des événements qui s'étaient déroulés à bord de la station pouvait sauver des vies.

À ce stade, le général Stern n'était tenu qu'à une simple confirmation verbale. Néanmoins, d'ultimes échanges eurent lieu quelques secondes avant son feu vert : une communication ascendante, avec le président des États-Unis, et des communications descendantes, avec les femmes et les hommes enrôlés, qui furent missionnés sur-le-champ.

Il y eut aussi un échange de dernière minute entre le général Stern et l'un de ses officiers les plus fiables. Ce qui suit en est une transcription partielle :

<...>

0-10 GÉN

Rayez le nom du dernier candidat pour le terrain.

S-OP-001

Zack Gordon ? Êtes-vous sûr, mon général ?

0-10 GÉN

J'ai un remplaçant. Envoyez Stone.

S-OP-001

Je vous demande pardon, mon général ?

0-10 GÉN

James Stone. De Palo Alto. Vous trouverez son nom sur la liste d'attente.

S-OP-001

[courte pause] Mon général, vous faites allusion au fils du Dr Jeremy Stone ? Le même Jeremy Stone qui a été impliqué dans la résolution du premier incident Andromède ? James Stone est réserviste mais il n'est pas habilité. En outre, il n'est pas à jour dans sa préparation. Il me semble qu'il a toujours été sur la tangente, trop irrégulier.

0-10 GÉN

Je sais. Envoyez-le tout de même.

S-OP-001

Son habilitation de sécurité va retarder le commencement de la mission.

0-10 GÉN

Compris. Faites décoller immédiatement mon C-40 et allez le chercher. Cela permettra de réduire le délai.

S-OP-001

[longue pause] Vous étiez un ami intime du Dr Jeremy Stone, n'est-ce pas, mon général ?

0-10 GÉN

Où voulez-vous en venir ?

S-OP-001

Je crains... Vous devriez songer à l'image que ce choix risque de donner.

0-10 GÉN

Écoutez, mon garçon. Ce n'est pas votre carrière qui est en jeu. J'invoque la directive 7-12 et le secret-défense. Mon avis vaut habilitation, je suis le général Rand L. Stern.

S-OP-001

Bien reçu, mon général. Dossier approuvé... Mission lancée.

[bruits de frappe]

S-OP-001

Des agents de liaison viennent d'être dépêchés afin de réunir notre équipe. Vous êtes invité à rallier le centre local de contrôle et de commandement afin d'effectuer la supervision. Bonne chance, mon général.

0-10 GÉN

Bien reçu. Et merci.

S-OP-001

Mon général ?
[courte pause]

S-OP-001

Mon général. Si je puis me permettre une question… Officieusement…

0-10 GÉN

Tout ce que nous disons est retransmis. Vous le savez.

S-OP-001

Je comprends. Officiellement, alors, mais de vous à moi.

0-10 GÉN

D'accord. Allez-y.

S-OP-001

Pourquoi James Stone ?

[longue pause]

0-10 GÉN

Juste une intuition. Rien de plus.

[fin de la transmission]

Selon le think tank Nova America, basé dans le district de Columbia, l'intuition de Stern aurait sauvé trois à quatre milliards de vies, au bas mot.

JOUR 1
TERRA INDIGENA

« Il existe une catégorie d'événements qui, une fois survenus, ne peuvent trouver de conclusion satisfaisante. »

Michael Crichton

Manœuvre d'évitement de débris

À quatre cents kilomètres au-dessus de la Terre, le Dr Sophie Kline flottait dans le nimbus formé par sa longue chevelure blonde. Il était tout juste 6 heures GMT – le fuseau horaire officiel de la Station spatiale internationale ; l'heure de Greenwich était un compromis qui permettait de coordonner la mission à la fois depuis Houston et Moscou – mais ses yeux bleu-gris étaient grands ouverts et alertes. Il était tôt : les deux autres astronautes dormaient encore, et la Cupola – la coupole d'observation – était fermée, inoccupée et plongée dans l'obscurité. Seul un sifflement sourd émanait des systèmes de ventilation du module *Tranquility*.

Pour Kline, c'était le meilleur moment de la journée.

Elle appuya sur un bouton lumineux et la coque commença à gémir tandis que les volets extérieurs de la coupole se levaient. La douce lueur de la surface de la Terre éclaira l'intérieur du module, et Kline se délecta du frisson qui lui chatouilla le ventre. Elle aimait regarder la planète d'en haut, seule et en suspension dans l'espace. Elle éprouvait un sentiment de supériorité, comme si tout ce qui se trouvait au-dessous d'elle était sa création.

Ce petit rituel quotidien (confessé dans son journal de vol personnel récupéré après l'accident) pouvait sembler arrogant, mais ce n'était qu'un rêve de liberté.

Par commodité, les jambes paralysées de Kline étaient sanglées l'une à l'autre par du Velcro. Seul le calme de l'apesanteur lui permettait d'oublier les terribles crampes et spasmes qui torturaient ses muscles atrophiés.

Depuis l'âge de six ans, Sophie Kline était incapable de marcher, aussi avait-elle choisi de voler. Elle était grande, malgré son handicap. Elle fixa son attention sur la fenêtre centrale de la coupole. Ses sourcils impressionnants et ses joues creuses lui conféraient un air prédateur, que seules les taches de rousseur parsemant son nez et son front tempéraient.

Son chemin vers les étoiles, hautement improbable, était le parfait exemple de l'erreur de Borel. Quand Kline fit une chute et se brisa le bras droit à l'âge de quatre ans, ses parents en conclurent que c'était de la maladresse ou la faute à pas de chance. Ils n'avaient raison que sur un seul de ces deux points – le second. À l'hôpital, un pédiatre attentif remarqua que la fillette était secouée de tremblements préoccupants.

À l'âge de cinq ans, les médecins lui diagnostiquèrent la maladie de Charcot, une pathologie dégénérative rare également connue sous le nom de sclérose latérale amyotrophique (SLA). Elle qui venait tout juste d'apprendre à marcher se trouva privée de l'usage de ses jambes. Sophie commença sa vie dans un fauteuil roulant, mais elle n'avait aucune envie de la terminer ainsi. Avec une détermination rare chez les êtres humains, et d'autant plus chez les enfants, elle employa son ingéniosité et sa volonté de fer à échapper à la gravité.

À présent, elle avait réussi.

Les spécialistes les plus réputés avaient prédit qu'elle n'atteindrait pas l'âge de douze ans. Cependant, elle persévéra, profitant de chaque nouvelle avancée médicale. Et finit par devenir une scientifique renommée, doublée d'une astronaute.

Kline constata comme toujours que ses douleurs musculaires chroniques disparaissaient en état de microgravité, et que son corps diminué ne la handicapait plus comme sur Terre. Elle possédait les mêmes capacités physiques que n'importe quel astronaute. Elle surpassait même ses collègues car elle n'avait pas à s'inquiéter des effets de l'atrophie musculaire dus à l'apesanteur.

Ainsi, à la seule force de ses bras, Kline se tourna pour faire face à la grande fenêtre circulaire au centre de la coupole d'observation. Elle était entourée par six hublots trapézoïdaux composés de lamelles de verre et disposés en étoile : c'était la plus grande fenêtre jamais utilisée dans l'espace. Derrière, la Terre glissait. Elle lui sembla étonnamment proche. Aujourd'hui, Sophie avait vue sur une jungle sans fin. Un paysage de forêt dense où serpentaient des rivières miroitantes, qui lui évoquèrent l'aspect tortueux de neurones.

Sur des images vidéo de l'intérieur de la Station spatiale internationale, on voit Sophie Kline en train de murmurer et de promener un regard incrédule sur les écrans d'ordinateur installés tout autour de la coupole. Des analyses physiologiques signalent une augmentation de sa fréquence cardiaque au moment de saisir deux minces rampes bleues et d'approcher son visage de la fenêtre zénithale. À l'évidence, le panorama qui, ce matin-là, s'offrait au regard de cette astronaute pourtant chevronnée lui semblait hautement improbable.

Comme celui de ses deux collègues à bord, le corps de Kline était équipé de capteurs physiologiques sans fil. Cependant, Kline faisait l'objet d'une surveillance accrue par rapport à ses coéquipiers : une fois par seconde, ses pensées étaient sondées. Lorsque Kline était adolescente, on lui avait implanté à sa propre demande une interface neuronale directe (IND) Kinetics-V. Elle avait ainsi pu suivre des études universitaires grâce à un ordinateur pendant que la maladie gagnait peu à peu du terrain dans son système nerveux.

L'IND était un maillage doré de milliers de fils revêtus d'une matière biocompatible visant à prévenir tout rejet de corps étranger, implanté dans la surface gélatineuse du cortex moteur de Kline. Régulièrement mise à niveau par radio, l'actuelle itération du logiciel utilisait un algorithme d'apprentissage profond qui cartographiait l'activité électrique des neurones de Sophie. Cette interface unique reliait mentalement Kline aux systèmes informatiques de la Station spatiale internationale via une connexion quasi télépathique.

Kline prit conscience que la station avait subi un important changement de trajectoire. Un tel événement, forcément le signe d'une catastrophe imminente, aurait dû être cause de panique. L'apparente réaction de Sophie en découvrant ce paysage inattendu fut un mélange de surprise et d'effroi. Néanmoins, l'analyse du flux de données fourni par ses implants cérébraux montre que sa structure mentale à ce moment-là correspondait à un rythme alpha avec une fréquence d'oscillation électroencéphalographique comprise entre 7 et 13 Hz : un état de disponibilité et de détente mentales malgré le danger.

Un simple petit écart par rapport à la normale, dont la signification ne fut décryptée que bien plus tard.

Kline ouvrit un canal avec le service de contrôle aérien de Houston et réclama des informations au CAPCOM, le contrôleur des communications avec l'équipage.

De nombreux événements avaient eu lieu pendant le sommeil des astronautes. Le premier avait eu lieu à 23 heures, 35 minutes et 10 secondes (UTC). Sous les auspices du général Rand L. Stern, l'USSTRATCOM, une unité de commande du ministère de la Défense, avait adressé une alerte d'urgence au centre de contrôle de mission de la Station spatiale internationale de Houston.

L'USSTRATCOM avait averti le centre que la station risquait de rencontrer plusieurs objets type seuil rouge. Ces alertes étaient monnaie courante, l'unité de commande étant chargée de surveiller tout objet gravitant en orbite basse et dont le diamètre était supérieur à quatre centimètres.

Officiellement, on mit ces objets sur le compte d'une défaillance dans le déploiement d'un satellite de la NSA, mais les techniciens de Houston furent informés en retour que ces débris orbitaux étaient en réalité la conséquence d'une attaque de missile antisatellite classée secret-défense, perpétrée contre la Chine par la Russie.

Pourtant, c'était un secret de Polichinelle que, depuis les années 1960, chaque nation engagée dans la conquête spatiale s'était dotée de plateformes de lancement de missiles antisatellites, notamment d'ogives à énergie cinétique.

Vandi Chawla, responsable ADCO au centre de contrôle de mission, effectua une simulation avec les données fournies par l'USSTRATCOM et confirma la probabilité élevée d'une collision dans la voie orbitale. Puisqu'il s'agissait d'objets type seuil rouge plutôt que jaune, la première mesure à prendre s'imposa naturellement. Chawla autorisa immédiatement une MUED – une manœuvre d'urgence d'évitement des débris –, sachant pourtant pertinemment que cette modification orbitale empêcherait plusieurs lancements au cours des prochains mois, mais aucun d'eux n'était crucial.

Tandis que les astronautes dormaient, une MUED d'une durée prolongée à trente-neuf minutes fut lancée. L'ordre de manœuvre fut donné depuis la console du directeur des opérations trajectorielles (DOJ). Les quatre actionneurs gyroscopiques, de cent kilos chacun, que comptait la Station spatiale internationale modifièrent leur rythme. Les volants d'inertie circulaires en acier inoxydable générèrent un couple moteur qui fit pencher en avant la station à quatre degrés constants – maintenant son plancher en direction de la surface terrestre et conservant une orbite de plongée orientée vers la Terre. Les gyroscopes à alimentation électrique entreprirent alors de modifier l'attitude de la station en prévision de la manœuvre.

Le DOJ décida de s'écarter du protocole habituel et autorisa ensuite l'utilisation d'un dispositif expérimental de propulsion solaire électrique (PSE). L'énergie électrique captée par les panneaux solaires à bord fut acheminée vers une série de propulseurs électrostatiques à effet Hall et à haut rendement, économisant ainsi de précieuses réserves de propergol chimique. Les propulseurs une fois activés déchargèrent un nuage de plasma. Sous l'effet de la force de propulsion, la Station spatiale prit de l'altitude et, simultanément, sa volumineuse structure fut orientée vers le sud.

La manœuvre normalement attendue n'aurait fait que modifier l'altitude de la station. En l'occurrence, son azimut fut lui aussi modifié, passant de cinquante-quatre degrés à zéro, ce qui explique l'orbite équatoriale particulièrement inhabituelle. La manœuvre fut effectuée dans les temps, et un bref communiqué de presse fut publié évoquant une manœuvre de routine, faisant par la même occasion l'éloge du parfait fonctionnement du dispositif PSE.

Le général Stern avait réussi à coordonner toute l'opération sans jamais informer la NASA, la RNCA ou la JAXA de la véritable urgence qu'elle dissimulait.

Pourtant, Sophie Kline comprit tout de suite que ce changement de trajectoire avait un rapport avec Andromède. Pas étonnant, puisque Kline était l'une des rares personnes à posséder une connaissance intime de la véritable raison d'être de la Station spatiale internationale.

La transcription complète, déclassifiée, de sa conversation initiale avec Houston est reproduite ci-dessous :

SSI-KLINE

Houston, ici la station, à vous. Rapport de situation demandé. Qu'est-ce que [inintelligible]. Pourquoi je vois le Brésil se déplacer d'est en ouest ?

HOU-CAPCOM

Il s'agit... euh... d'une simple MUED. Pour cause de débris orbitaux. Bonne nouvelle cependant : les réacteurs SEP ont parfaitement fonctionné.

SSI-KLINE

C'est une bonne nouvelle, en effet. Mais, euh... Écoutez, je lance une requête spéciale. Avez-vous été contacté par la base de Peterson?

[friture – quatre secondes]

HOU-CAPCOM

Je suis désolé, nous n'avons reçu aucun...

[transmission interrompue]
[friture – onze secondes]

PET-STERN

Kline. C'est Stern. Nous sommes sur un canal
privé. J'ai du nouveau pour vous.

SSI-KLINE

Je vous écoute.

PET-STERN

Votre mission est dès à présent suspendue. Jusqu'à nouvel ordre, la nouvelle de votre réaffectation ne doit pas être communiquée à la moindre agence spatiale, pas même à la NASA. Vous comprenez?

[courte pause]

SSI-KLINE

Bien, mon général.

PET-STERN

Vous avez été placée sur une orbite équatoriale qui passe au-dessus du champ de débris provenant de la station spatiale ***Tiangong-1***. Nous... On... On suppose que la destruction de la station a provoqué une contamination de la surface terrestre lors de sa rentrée atmosphérique.

SSI-KLINE

Dans la ***jungle***?

PET-STERN

Il y a quelque chose là-bas. Une espèce d'anomalie.
Elle a déjà tué des gens, et elle se répand.

SSI-KLINE

Je vois.

PET-STERN

Le Projet Wildfire a été réinitié, docteur Kline. Votre rôle consiste en une mission d'accompagnement depuis votre laboratoire orbital. Les autres membres de la station traqueront les éventuels déchets atmosphériques dus à ***Tiangong-1*** qui subsistent, sous le couvert d'une mission scientifique d'urgence.

SSI-KLINE

Compris.

PET-STERN

Vous surveillerez également notre équipe au sol. Vous serez nos yeux et nos oreilles. Entendu ?

SSI-KLINE

Une équipe au sol ? Vous n'allez tout de même pas envoyer des gens dans cette jungle, si ? Mon général, s'il vous plaît, attendez au moins que je puisse...

PET-STERN

Pas le temps. Vous rallierez le module de laboratoire *Mark IV*. La mission est déjà lancée.

L'existence d'un décret présidentiel peut sembler incompatible avec la conception d'un gouvernement démocratique. En effet, en temps de paix – comme en temps de crise –, le président des États-Unis n'a qu'à dicter sa politique pour qu'elle soit mise en œuvre par les instances législatives. Mais il a aussi la possibilité d'agir par décret, donc de passer outre à ces instances, tel le Sénat. Ce que l'on pourrait appeler le fait du prince…

Le premier décret présidentiel fut pris par George Washington le 8 juin 1789. Il imposait aux responsables de tous les départements fédéraux exécutifs de lui rendre compte de la situation des États de l'union nouvellement fédérés. En 1863, Abraham Lincoln promulgua l'*Emancipation Proclamation*, par laquelle il affranchit trois millions d'esclaves. Et, près d'un siècle plus tard, Franklin Delano Roosevelt prit un décret de cinq cent cinquante mots sommant l'administration des États-Unis d'enfermer plus de cent vingt mille citoyens américains d'origine japonaise dans des camps de concentration construits dans l'ouest du pays.

L'usage de ce terrible pouvoir suprême peut entraîner de graves répercussions historiques.

Classé secret-défense, l'ordre exécutif NSAM 362-S fut adopté trois semaines après le premier incident Andromède, la perte du vaisseau habité américain *Andros V* et la mission russe Zond 19. Dans les cercles gouvernementaux, ce décret fut largement considéré comme symbolique. En privé, de nombreux hommes et femmes politiques établirent un parallèle avec les ordres donnés par les pharaons pour faire ériger les pyramides de Gizeh.

Une portion du décret est reproduite ci-dessous :

PIÈCE JOINTE TOP-SECRET À DIFFUSION RESTREINTE
MÉMORANDUM N° 362-S
RELATIF À LA SÉCURITÉ NATIONALE

10 avril 1967

LE PRÉSIDENT
DES ÉTATS-UNIS

Création d'un module-laboratoire
en microgravité à intégrer
à une station spatiale en orbite.

GLG ♡ son ALB

En vertu des pouvoirs qui me sont conférés par la Constitution et les lois des États-Unis d'Amérique, je déclare par la présente qu'il est vital pour la sécurité nationale et pour celle de notre espèce d'étudier la microparticule connue sous le nom de souche Andromède dans son environnement naturel de microgravité, c'est-à-dire dans un laboratoire doté de ressources scientifiques et technologiques de pointe, placé en orbite terrestre basse.

Le coût de cette entreprise en 1967 est estimé à 50 milliards de dollars, soit le double de celui du programme Apollo et l'équivalent du budget militaire total de 2018 (calcul ajusté en fonction de l'inflation). Dans les hautes sphères de l'administration américaine, les dirigeants qui furent autorisés à lire le décret accueillirent la directive présidentielle avec dérision et incrédulité.

Toujours est-il qu'il fallait étudier la particule.

À l'automne 1970, les moindres recoins de la bourgade de Piedmont, dans l'Arizona, furent stérilisés, et les quarante-huit corps – parmi lesquels ceux de deux soldats américains – incinérés. Chaque bâtiment, chaque véhicule fut démoli ou mis en pièces et placé dans des sortes de hangars construits pour l'occasion dans le désert par le Corps des ingénieurs de l'armée. L'opération fut accomplie avec méticulosité et sans faire la moindre victime, grâce aux découvertes de l'équipe Wildfire. Elle fut si bien menée qu'en l'espace d'une vingtaine d'années l'existence même de la petite ville de Piedmont fut considérée, à tort, comme fictive par la plus grande partie de la population.

Une fois qu'on eut sondé chaque centimètre carré, l'étape suivante consista à déterminer précisément ce qui était arrivé. C'était la question à mille milliards de milliards de dollars, et il fallait que le monde entier l'ignore sous peine de causer une panique apocalyptique.

Comme l'a écrit une célèbre historienne britannique d'origine indienne dans son ouvrage *Les Empires perdus de l'homme déchu* : « Lorsqu'il entre en contact pour la première fois avec une civilisation étrangère, l'homme cherche instinctivement à la fuir. Si c'est impossible, il attaque. C'est seulement après avoir survécu à ce premier contact que l'être humain éprouve un irrésistible besoin d'en apprendre davantage sur autrui. Gardons-nous de croire qu'il s'agit d'une curiosité altruiste. Il s'agit au contraire de comprendre l'autre afin de s'en protéger… ou plutôt de tenter de le détruire. » Voilà exactement comment l'espèce humaine se comporta face à Andromède, en particulier après que la Russie et la Chine eurent été informées des événements de Piedmont et y eurent apporté leur propre solution.

Les Russes prirent les devants. En 1971, ils réussirent à placer la station spatiale *Salyut 1* en orbite, quatre ans seulement après l'incident Andromède. Les États-Unis tentèrent de les rattraper deux ans plus tard, mais le lancement du *Skylab* fut compromis par la souche Andromède plastiphage qui subsistait dans la haute atmosphère. Pendant l'ascension initiale du *Skylab*, l'exposition à la souche SA-2 entraîna la désintégration partielle des boucliers thermiques, en conséquence de quoi des débris furent rejetés qui endommagèrent la station[1].

Skylab eut une durée de vie de six ans. La station *Mir* dura plus longtemps – dix ans, en l'occurrence. Ni l'une ni l'autre ne put atteindre son but secret : étudier Andromède dans des conditions de microgravité. Le problème était

1. Officiellement, pour expliquer les dégâts, on prétexta un déploiement accidentel de la protection anti-micrométéorites lors du lancement.

finalement trop important pour être résolu par une seule nation, fût-elle une superpuissance.

En 1987, le président Reagan plaida pour la création d'une station spatiale internationale américano-soviétique. Il était prévu que d'autres pays partenaires prennent part ultérieurement à cette entreprise commune. Des sourcils se levèrent aux quatre coins du globe, car les Soviétiques et les Américains formaient un couple improbable. En réalité, les deux nations craignaient toutes deux de passer à côté de l'occasion d'étudier la particule Andromède[1].

Mais la création d'une station spatiale permanente n'était qu'une première étape.

Le module-laboratoire spatial *Mark IV* du Projet Wildfire (déguisé en vaisseau-cargo spatial) ne fit son apparition qu'en 2013 et fut amarré à l'un des ports du module *Harmony*, à l'avant de la station. Son activation eut lieu alors que le Dr Sophie Kline effectuait ses premières missions à bord de la Station spatiale internationale.

Ce module top-secret naquit dans les entrailles d'un bâtiment souterrain quelque part dans le Nevada, construit par des bras robotisés stérilisés pour les besoins du Projet Wildfire originel. Ces robots furent télécommandés par une équipe présente sur place travaillant dans une salle blanche de classe ISO 1. Le lancement du laboratoire eut lieu par le truchement d'une fusée *Antares-5* depuis la base de Cap Canaveral, en Floride, le 17 janvier 2013.

Jamais une installation de confinement bénéficiant d'un niveau V de biosécurité n'avait été construite et placée en orbite. Toutes les quatre heures, des ultraviolets

1. Plusieurs rapports déclassifiés de la CIA datant du début des années 1970 et sans lien les uns avec les autres font référence à Verlaik, une petite ville de Sibérie, dont les habitants seraient entrés accidentellement en contact avec une microparticule capturée dans la haute atmosphère dans le cadre du programme spatial russe Sovok. Cependant, aucune preuve de l'existence de la ville n'a pu être établie.

haute intensité irradiaient automatiquement le laboratoire Wildfire, qui ne contenait pas d'atmosphère respirable, mais qui était pressurisé grâce à l'action combinée de gaz rares inodores, incolores et possédant une réactivité chimique quasi nulle. L'espace cylindrique à l'intérieur du module-laboratoire était parfaitement propre et stérile. Il n'y avait que deux organismes à bord, ceux pour l'étude desquels le module avait été conçu : des échantillons de matière prélevés sur les microparticules extraterrestres baptisées SA-1 et SA-2.

L'intérieur du module n'avait jamais été ni ne serait jamais touché par un être humain. L'intégralité des éléments constituant le laboratoire étaient radiocommandés depuis l'extérieur. Et c'est pour cette raison précise que le Dr Sophie Kline était la première astronaute atteinte de la maladie de Charcot à avoir été affectée à l'équipe scientifique de la Station spatiale internationale.

L'implant d'une interface neuronale directe dû à la dégénérescence de sa maladie avait fait d'elle la candidate idéale. Après des années d'entraînement sur l'IND, elle contrôlait désormais la plupart des ordinateurs aussi facilement que sa respiration, une capacité indispensable à la manipulation d'échantillons très dangereux via une connexion à distance. Bien que d'autres personnes aient été amenées à contrôler le laboratoire *Mark IV*, seule Sophie Kline pouvait le faire par la pensée.

La voix du général Stern lui intimant de rallier le module résonnait encore à ses oreilles. Kline hésita un instant. Sa paupière gauche cilla presque imperceptiblement lorsqu'elle entreprit de communiquer avec son ordinateur personnel, qui alluma un moniteur sur la paroi inférieure de la coupole.

Une image vidéo du module scientifique *Kibo* apparut. L'astronaute qui s'y trouvait, Jin Hamanaka, apparemment alarmée elle aussi par le changement de trajectoire, était occupée à vérifier sur son ordinateur portable les niveaux de propergol. Sur une autre image du module de service *Zvezda*, elle vit le cosmonaute Yury Komarov : il avait quitté sa capsule de sommeil et rangeait calmement son équipement, se préparant à effectuer un exercice de routine avant leur conférence matinale.

Kline scruta les deux images vidéo. Ses collègues n'avaient pas l'air paniqué et ne se comportaient pas autrement qu'à l'ordinaire. Elle s'éloigna de la coupole et flotta vers le plafond jusqu'à la sortie. Elle quitta la station et contempla la vaste forêt tropicale, des centaines de kilomètres plus bas. La station changeait déjà d'orbite vers l'est et l'océan Atlantique se profilait peu à peu.

À une autre époque, Sophie Kline, incapable de se mouvoir et oubliée de tous, aurait été abandonnée dès l'enfance aux portes d'un hospice – pour peu qu'elle ait survécu. Si elle avait pu s'affranchir de la gravité, c'était seulement parce que l'homme était parvenu à prendre le pouvoir sur la nature. Elle en était pleinement consciente, alors même qu'elle baissait le regard et contemplait la Terre telle une déesse, piégée dans un corps qui refusait d'obéir à ses ordres.

Pourtant, l'histoire l'a prouvé à maintes reprises : plus le pouvoir est grand, plus le danger est omniprésent. Surtout quand ce pouvoir est exercé par des êtres humains, donc faillibles.

Heavenly Palace

La coalition de pays qui fonda la Station spatiale internationale (en espérant en partager les découvertes) avait négligé d'inclure dans leur entreprise une des plus anciennes et des plus grandes civilisations, une nation fière et capable, disposant de la puissance nécessaire au développement de ses propres recherches.

Mise à l'écart et forcée d'agir unilatéralement, la République populaire de Chine œuvra sans relâche à étudier Andromède. Suspicion, méfiance et compétitivité avaient sapé l'effort international visant à comprendre la souche Andromède. Bien que la microparticule SA-1 ait prouvé qu'elle pouvait tuer n'importe quel être humain, quelle que soit son ethnie, avec une égale sauvagerie, les caprices de la politique limitèrent la possibilité d'une réponse collective à ce fléau. Et le paroxysme de ce climat d'hostilité fut la création d'une nouvelle station spatiale.

La station *Tiangong-1*, dont le nom signifie « palais céleste » – *Heavenly Palace* –, fut lancée le 29 septembre 2011. C'était une date propice à la fois aux voyages et aux grandes inaugurations, selon les prédictions astrologiques du calendrier zodiacal chinois, le *Sheng Xiao*. Elle fut placée en orbite avec une position légèrement inclinée de dix-neuf degrés, parfaitement adaptée aux opérations de ravitaillement lancées depuis la base de lancement de satellites de Xichang, dans la province du Haïnan.

Bien que son lancement ne fût pas rendu public, la station fut surveillée de près par des agences d'espionnage américaines jusqu'à sa disparition prématurée.

Celle-ci survint brusquement en 2013, deux ans seulement après le début de ce projet de plusieurs milliards de yens. La Chine annonça soudainement la fin du projet. Officiellement, les autorités saluèrent *Tiangong-1*, qui avait été une « réussite incontestable pour l'Administration spatiale nationale chinoise et pour le peuple chinois ».

Toutefois, des observations d'imagerie effectuées depuis la Terre révélèrent un phénomène bien différent de celui décrit par les rapports officiels. Le centre chinois de contrôle de mission avait, semble-t-il, perdu le contact radio, télémétrie incluse, avec sa station. Et, privée de contrôle, la station *Tiangong-1* dériva vers une orbite cimetière.

Des analyses thermiques réalisées par de multiples agences d'espionnage établirent que le système de support de vie avait été coupé. La surface de la station était aussi froide que l'espace qui l'entourait. Pendant plusieurs années, la station abandonnée demeura en orbite autour de la Terre, moteurs inactifs et radios silencieuses.

Le 10 avril 2018, sous l'effet des quelques particules d'air qui pénétrèrent dans la haute atmosphère, la station effectua enfin sa rentrée atmosphérique, qui provoqua sa destruction. Le cylindre de métal fut déchiqueté en raison de la friction, et une pluie de confettis brûlants tomba sur la Terre – juste au-dessus de la jungle amazonienne.

L'événement aurait pu être jugé sans danger. Cependant, le suivi permanent de la station révéla un fait que l'agence spatiale chinoise ne rendit jamais public.

Nom de code : Andromède

Cent cinquante mètres au-dessus de la canopée amazonienne, qui elle-même culminait par endroits jusqu'à quarante-cinq mètres, un Superhawk *H-92 Sikorsky*, dans un bruit de tonnerre, survola les arbres, qui frissonnèrent. L'hélicoptère gris métallique était couvert de brume et son nez fendait l'air tel le bec d'un oiseau de proie. Les populations de singes hurlèrent et des traînées d'oiseaux colorèrent le ciel.

James Stone ne se rappelait pas s'être endormi.

Malgré le bruit sourd des rotors et la vibration de la vitre contre laquelle était calée sa veste enroulée, qui lui servait d'oreiller, il n'avait eu aucun mal à s'assoupir.

Plus tard, lorsque chaque détail de sa vie fut déclassifié et disséqué avant de faire la une des journaux, on apprit que Stone possédait la faculté de trouver le sommeil – de « fermer la devanture », en jargon militaire – n'importe où et à n'importe quel moment ou presque.

James possédait cette capacité depuis qu'il était petit garçon. Puis il l'avait développée par nécessité. Le jeune James avait passé son enfance à accompagner son illustre père – le Dr Jeremy Stone, esprit universel et lauréat du prix Nobel – dans ses voyages professionnels à travers le monde chaque fois qu'il allait donner une conférence ou assister à un colloque scientifique. Ils formaient un couple étrange. Avec ses beaux habits et sa voix douce, le petit James ne ressemblait en rien à son père, qui parlait fort et se montrait souvent impatient.

Après le divorce de ses parents, vers l'âge de neuf ans, James ne vit plus que rarement sa mère, Allison. Et, bien que père et fils fussent très différents, Jeremy était déterminé à ce que son garçon apprenne quelque chose de nouveau à chacun de leurs interminables déplacements.

Selon des entretiens restés confidentiels dont la presse à sensation ne put faire ses choux gras, Stone excellait dans l'art de s'endormir sur commande pour une autre raison. Bien souvent, il se réveillait terrorisé et frissonnant, tourmenté par un vieux cauchemar singulier. Cette sieste à bord du *Sikorsky* n'échappa pas à la règle.

Sur une vidéo récupérée dans la cabine de sécurité, on voit Stone se réveiller en sursaut et contempler d'un air groggy l'habitacle dépouillé de cet ancien hélicoptère militaire. Le soleil était bas et inondait le *Sikorsky* de sa lumière pourpre matinale. La mâchoire serrée, Stone cilla à plusieurs reprises avant de se forcer à se détendre.

Selon ses propres dires, le rêve était toujours le même : la vision devenue familière s'était figée au fil des ans, devenant presque un souvenir. Un épouvantable flot de sang couleur de vin noir se répandait sur un désert de sable blanc. Le ruissellement cessait soudain, d'une manière qui n'avait rien de naturel, et la surface du sang semblait se congeler aussitôt, puis la coulure lisse et brillante rétrécissait et se solidifiait en minuscules grains de poussière ocre – de fines particules de sang séché qui se mettaient à tourbillonner, emportées par le souffle ardent du vent du désert.

Chassant le rêve de son esprit, Stone se concentra sur la jungle qui s'éclairait peu à peu. Sans doute éprouva-t-il alors une certaine jubilation. Fils d'un scientifique casse-cou, il se retrouvait, à un peu plus de 50 ans, embarqué dans une expédition afin de rivaliser avec son père.

Il consulta les documents classés secret-défense, remplis d'avertissements, qui étaient éparpillés sur les sièges inoccupés à côté de lui. Parmi eux se trouvait une photographie rigide et jaunie accompagnée de quelques fiches techniques.

Le cliché, en ultrahaute résolution, était d'une qualité remarquable. Il avait été créé par un algorithme de reconstruction d'images qui élaborait une représentation en trois dimensions en combinant de multiples sources visuelles et données topographiques obtenues par radar. Son niveau de détail était spectaculaire.

Stone avait tout de même l'impression qu'il s'agissait d'une farce.

La structure lui rappelait ses aventures dans les anciens temples mayas du Guatemala et de la péninsule du Yucatan. Des édifices rocheux étonnamment conservés qui pointaient leur tête à travers la jungle brumeuse tels des géants dont la progression à travers la végétation primitive luxuriante aurait été brutalement interrompue à mi-parcours.

À ceci près que l'aspect de la structure en question semblait devoir justifier la mobilisation d'une coalition internationale d'éminents scientifiques à travers la jungle la plus reculée de la planète. Apparemment, cette chose valait la peine de louer un hélicoptère clandestin à prix fort pour envoyer un trio de soldats polis mais déterminés arracher Stone à une conférence sans même lui laisser le temps de finir sa phrase, lui confisquer son téléphone et l'escorter jusqu'au bout du monde.

Stone n'avait fait que jeter un œil à l'image brillante. La structure était intéressante, mais ce n'est pas elle qui avait piqué sa curiosité. C'était plutôt cet autre document :

RÉSULTATS DE LA SPECTROMÉTRIE DE MASSE

/// Ces données ont été collectées par analyse spectrale à haute résolution [censuré] et LEUR USAGE EST STRICTEMENT RÉSERVÉ À L'AFSPC. ///

*** CLASSIFICATION : SECRET-DÉFENSE. TOUTE DIFFUSION EST PASSIBLE DE SANCTIONS PÉNALES ET NOTAMMENT D'EXÉCUTION SOMMAIRE SANS PROCÈS ***

Inconnu /// Inconnu. N2. Saturation. /// Analyse de la composition…

… Incident de PIEDMONT, ARIZONA. CORRESPONDANCE : POSITIVE *** CORRESPONDANCE : POSITIVE *** CORRESPONDANCE : POSITIVE ***

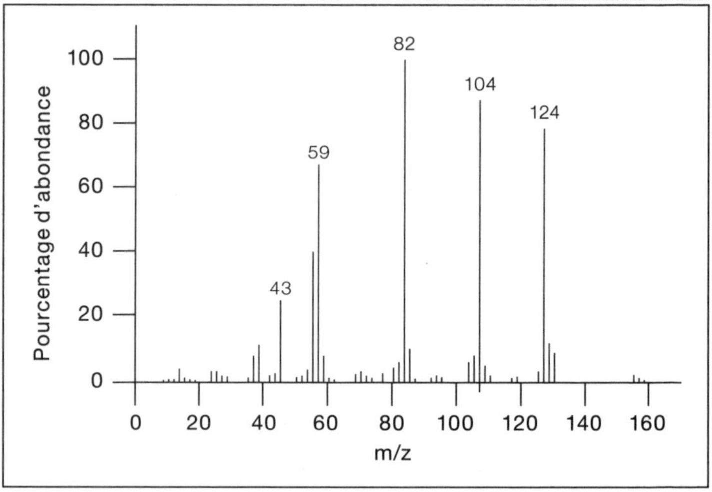

Les analyses atmosphériques étaient saisissantes en ce qu'elles révélaient une correspondance quasi parfaite avec la composition de l'air des plaines desséchées de la ville de

Piedmont telle qu'elle avait été décrite à la suite de l'incident Andromède.

Et sur le document, figurait cette mention effroyable :

*** PROJET WILDFIRE * PROJET WILDFIRE ***
PROJET WILDFIRE *

Ces mots durent éveiller en Stone des sentiments contradictoires. Cinquante ans plus tôt, son père avait joué un rôle crucial dans l'arrêt de la propagation de la souche Andromède. Au cours de l'examen préliminaire en vue de son incorporation au sein de l'équipe Wildfire, James Stone avait reçu la permission d'accéder à pléthore de documents classés secret-défense. Il en avait profité pour étudier de près chaque détail de l'incident de Piedmont et plus particulièrement la contribution de son père.

Mais il n'aurait jamais pu discuter de tout cela avec le paternel. Ç'aurait été purement et simplement illégal. Et, de fait, aucune source n'existe qui laisse supposer la moindre conversation entre le père et le fils concernant les événements de Piedmont. Le Dr Jeremy Stone n'avait jamais parlé des éléments ultraconfidentiels liés à l'incident qui avait duré cinq jours, ni à ses ex-épouses, ni à son fils, ni à quiconque.

Stone père était distant. Malgré cela, son fils l'idolâtrait, enfant.

Une fois adulte, James était devenu totalement différent du maigre et bientôt chauve Dr Jeremy Stone. Grand et athlétique, il possédait d'épais cheveux noirs (désormais grisonnants), un calme et une détermination à toute épreuve. Roboticien et expert en intelligence artificielle, il avait atteint le plus haut niveau de réussite professionnelle possible. Là où son père avait évolué dans les sphères sacrées du monde universitaire, James était devenu un petit prodige de l'industrie, usant de son esprit aiguisé pour gagner sa vie très confortablement. Célibataire endurci, c'était un bourreau de travail que consultaient diverses sociétés spécialisées dans les technologies de pointe – des start-up aussi bien que de vénérables institutions.

Après quatre mariages (dont deux avec la femme d'un collègue) et quatre divorces, le père Stone mourut célibataire. À l'évidence, James avait lui aussi décidé de renoncer à toute vie de famille. Il ne s'était jamais marié et n'avait pas d'enfant. Malgré leurs différences, James était le fils de son père à bien des égards.

Selon Stone, après avoir reçu l'autorisation officielle de rejoindre le second Projet Wildfire, sa décision de ne rien dire à son père fut l'une des plus difficiles de sa vie.

Mais c'est exactement ainsi que son père aurait agi à sa place.

Bien qu'il n'existe aucun document précisant l'identité des pilotes et copilote du *H-92 Sikorsky*, des témoignages indiquent qu'il s'agissait de narcotrafiquants brésiliens – un tandem de criminels, certes, mais n'ayant pas son pareil pour emprunter un itinéraire inconnu de la police, celui que privilégiaient les cartels colombiens.

Le pilote ne comprenait pas pourquoi il transportait un Américain, encore moins en plein jour, et ignorait tout de l'énorme somme en liquide non déclarée qui avait été versée à ses patrons. Il n'était pas tout à fait certain de sortir vivant de ce travail.

Cette inquiétude était tout à fait légitime.

À la base de Peterson, le *Sikorsky* était sous surveillance constante. Si l'hélicoptère montrait le moindre signe de contamination, un avion de chasse furtif stationné non loin se tenait prêt à l'abattre sur simple consigne à grand renfort de missiles air-air AIM-120 AMRAAM de moyenne portée.

Le pilote de l'hélicoptère n'aurait su dire quoi, mais il se doutait que quelque chose n'allait pas. Faisant preuve de sagesse, il choisit de ne pas dévier d'un iota de la trajectoire établie. S'il avait su ce qui allait se produire, il aurait agi autrement.

— *Agora, nos descemos*, dit le pilote à l'Américain. Préparez-vous.

— Pourquoi ici ? lui répondit Stone, balayant du regard la jungle indomptée au-dessous d'eux. On est encore loin du lieu.

— *Quarantena.* Cinquante kilomètres.

Une zone de quarantaine. Le gouvernement avait donc tiré quelques enseignements de l'incident de Piedmont. Si des microparticules plastiphages SA-2 étaient disséminées dans l'air près du site, elles risquaient d'infecter l'appareil, qui volait à basse altitude. Sur une vidéo de l'hélicoptère, on voit James s'empresser d'examiner le joint en caoutchouc d'un hublot en promenant son index dessus.

Il était intact.

La seconde variété Andromède, baptisée SA-2, séparait les polymères dont était constitué le caoutchouc, surtout ceux des mélanges synthétisés avant qu'on se mette à étudier la particule. Et, bien que l'information fût top-secret, James Stone savait qu'Andromède était toujours présente dans la mésosphère, riche en azote.

Stone poussa un profond soupir.

Si une souche SA-2 avait infecté l'hélicoptère, il l'aurait déjà su. Des éléments indispensables au fonctionnement de l'engin se seraient désintégrés. Le *Sikorsky* aurait piqué droit vers la jungle et ses occupants auraient trouvé la mort dans un amas de métal et de terre comme le pilote malchanceux du *F-40 Scavenger* dont la chute avait zébré le ciel de Piedmont après le premier contact. Ou comme le spationef *Andros V*, qui avait péri dans un brasier ardent le 17 février 1967 et dont le bouclier thermique en tungstène et en plastique avait été réduit en poussière.

Convaincu que l'heure de sa mort n'était pas encore venue, Stone contempla le paysage par le hublot. Tout était

Terra Indigena: des kilomètres de terrain placés sous la protection de l'État. Il se demanda si le gouvernement brésilien avait été informé de cette mission.

Il en doutait.

Stone aperçut un panache de fumée rouge s'élevant d'une zone déboisée non loin d'une berge. Une petite *maloca* récemment construite se dressait tel un champignon au centre de la clairière.

De l'avis de Stone, cette clairière était une cicatrice, un trou de cigarette qui défigurait la jungle.

Pour le pilote, en revanche, elle constituait la seule piste d'atterrissage dans un périmètre de huit cents kilomètres. Il la survola, gagna de l'altitude et fit décrire un grand cercle à l'appareil afin de surveiller le périmètre et d'alerter les individus au sol qu'il s'apprêtait à atterrir.

Sur les enregistrements audio, on devine un vif échange indistinct entre le pilote et son copilote. Trois secondes plus tard, le pilote tira brusquement sur le manche et fit accomplir au *Sikorsky* une descente vertigineuse. L'anomalie était à peine discernable à l'horizon. Mais, pendant un court instant, il avait aperçu autre chose que la cime des arbres. Une sorte de vague noire.

Stone aussi, à l'évidence.

— Attendez ! C'était quoi, ça ? Là-bas, demanda-t-il.

L'hélicoptère plongea encore plus rapidement, en spirale.

— Dehors. Maintenant ! cria le pilote à Stone tout en flanquant une tape à son copilote.

Le copilote crapahuta jusqu'à la cabine, allongea le bras par-dessus les genoux de Stone et ouvrit la porte latérale sans cérémonie. Stone eut un mouvement de recul. Il remarqua qu'ils étaient encore à une trentaine de mètres d'altitude. À l'extérieur, la jungle tremblait sous les rotors vrombissants, et une vague d'air humide emplit la cabine.

Tendant le cou, Stone put jeter un dernier regard perplexe à la scène étrange qui était en train de se dérouler au loin.

Le *Sikorsky* heurta le sol avec force secousses et ses roues écrasèrent la boue rouge de la clairière. Tandis que l'hélicoptère se stabilisait, le pilote abandonna les commandes et rejoignit son copilote dans la cabine pour détacher les bagages de Stone. Ignorant l'Américain, chacun cria après l'autre en portugais pendant qu'ils laissaient tourner les moteurs et les rotors.

Stone ne comprenait toujours pas ce qu'il avait vu.

On aurait dit qu'une vague ténébreuse déferlait sur la canopée. Une nuée de formes noires s'agitant comme un banc de saumons remontant le courant. Une débandade dans les frondaisons vert étincelant.

— *Senhor!* hurla Stone, tentant de couvrir le bruit des rotors. Qu'est-ce que c'était? Est-ce que c'était...?

Le pilote se retourna vers Stone, qui se tut.

Ce fut la peur qu'il lut sur le visage du Brésilien – un homme qu'il décrivit plus tard comme un « dur à cuire » – qui lui coupa le sifflet. Les traits déformés de son visage n'étaient pas sans similitude avec ce qu'il avait aperçu dans la canopée, alors un déclic se produisit dans son cerveau.

Le pilote et son copilote bazardèrent la valise noire et rigide de Stone. Celui-ci rassembla ses papiers à la hâte, attrapa son sac à dos et se leva – il était une mince silhouette sur fond de soleil écarlate.

Stone se tourna vers le pilote et lui dit d'une voix caverneuse:

— C'étaient des singes, pas vrai? Ils se balançaient d'arbre en arbre, pris de panique. Il y en avait plusieurs centaines. Un millier...

Le pilote ne répondit rien, ne trahissant aucune émotion derrière ses lunettes de soleil à verres miroir. Sans prévenir, son copilote saisit Stone par les épaules et le poussa hors de l'hélicoptère. Il chuta et ses genoux atterrirent dans le sol boueux.

Stone n'avait même pas eu le temps de se relever que le *Sikorsky* avait déjà redécollé.

Terrain boueux

Le Dr Nidhi Vedala était en colère, et elle s'impatientait. Alors qu'elle écrasait un moustique, elle fronça les sourcils en entendant le grondement du *H-92 Sikorsky* qui décollait. De grosses malles militaires rigides couvertes de boue étaient éparpillées dans la clairière. Chacune contenait un précieux matériel potentiellement endommagé. Le vacarme des rotors affola les oiseaux et alarma un jeune caïman qui s'immergea aussitôt.

Elle tâcha de ne pas prêter attention à cette agitation et se força à desserrer les poings et à inspecter les bagages. La jungle ne l'effrayait pas. Peu de choses lui faisaient peur.

Orpheline, Vedala avait grandi dans les taudis de Morarji Nagar, à Bombay. Appartenant à la caste des Intouchables, elle avait été souvent battue et discriminée. Mais, bien que pauvre, elle avait toujours porté un regard lucide sur le monde car elle était dotée d'une acuité intellectuelle naturelle. Elle avait été une enfant squelettique, au visage caché derrière une tignasse brune avec des reflets roux. Même à l'époque, elle ne doutait pas qu'elle échapperait un jour aux ruelles étroites, aux toilettes communes et aux odeurs nauséabondes des eaux polluées et toxiques du fleuve Mithi.

Aux examens nationaux obligatoires, Nidhi avait obtenu le meilleur score sur près de quinze millions d'enfants indiens en âge d'être scolarisés. Partie de rien, elle s'était donné du mal pour figurer parmi les éminents scientifiques de cette mission dont l'enjeu était considérable.

Cheffe de cette expédition et membre fondateur du projet Wildfire nouvelle génération, Vedala avait été escortée hors de son laboratoire du Massachusetts Institute of Technology par des militaires, qui l'avaient conduite en une heure à la base de l'US Air Force d'Hanscom et fait embarquer à bord d'un *C-130 Hercule* pour le moins baroque et inadapté. Son téléphone portable et son ordinateur lui avaient été confisqués, ainsi que ses papiers d'identité. L'avion-cargo avait fait le plein et attendait sur le tarmac. Conçu pour le transport de véhicules blindés, il ne disposait que de quelques sièges d'appoint pour les passagers.

Rien de tout de cela n'avait dérouté Nidhi un seul instant.

Vedala était une petite femme dont la frimousse et les cheveux étaient semblables à ceux d'un lutin. Lorsqu'elle se concentrait, elle prenait un air renfrogné et, sans en avoir conscience, elle devenait intimidante. Malgré sa petite taille, elle possédait une forte aura, si bien que son escorte décida de se joindre aux deux pilotes et au chef de soute dans le cockpit. Pendant les douze heures qui suivirent, Vedala resta seule dans le ventre de la bête. Elle dormit sporadiquement mais passa le plus clair de son temps de transport à relire le contenu d'un épais dossier rouge sous un éclairage avare.

Dès le début de sa lecture, elle comprit qu'un seul type de menace pouvait justifier de telles dépenses : une crise globale compromettant la survie de l'espèce humaine. Un vrai scénario de fin du monde, que Vedala accueillit favorablement.

Après tout, c'était exactement le type de situation à laquelle elle avait voué sa carrière. Scientifique des matériaux, spécialisée dans les nanostructures, elle avait pénétré les hautes sphères du monde universitaire.

Opiniâtre, elle avait tiré profit, pour les besoins de ses recherches dans le domaine des métamatériaux, des bizarreries de la mécanique quantique. Elle avait obtenu des résultats miraculeux. Ses découvertes de laboratoire étaient nombreuses. Elle était notamment parvenue à rendre la surface de certains matériaux parfaitement lisse, avec une friction proche de zéro, ce qui leur permettait de repousser les liquides visqueux[1].

Mais les recherches de Vedala les plus utiles ne s'étaient pas déroulées au grand jour. Très tôt au cours de sa carrière, elle avait été approchée par un major-général de l'US Air Force, un ancien pilote de chasse ambitieux du nom de Rand L. Stern qui enseignait temporairement les mathématiques fondamentales à l'académie militaire de West Point.

Vedala ignorait alors qu'universitaires et militaires pouvaient collaborer. Mais le général, déterminé, expliqua à Nidhi que son expertise était requise pour un projet d'une importance historique. Elle n'avait plus qu'à signer. Il lui avait indiqué qu'elle avait déjà passé tous les tests d'intelligence possibles et imaginables – de toute sa vie, Vedala n'avait jamais échoué au moindre examen – ainsi que ceux visant à vérifier ses antécédents.

C'était la seule chose qui l'avait fait tiquer. Elle n'avait pas eu conscience d'avoir été sous surveillance. Elle avait donc consenti à être habilitée militairement et avait écouté attentivement chaque détail du récit de l'incident de Piedmont, Arizona. Elle avait parfaitement compris son rôle.

D'abord présentée comme un organisme, la souche Andromède semblait en réalité relever d'un nouveau domaine scientifique : la nanotechnologie, à savoir l'étude des structures ayant un ordre de grandeur inférieur à cent nanomètres.

Tout au long de sa carrière, Vedala avait cherché à comprendre les propriétés des nanomatériaux et à fabriquer ces éléments, suffisamment petits pour tenir sur une tête d'épingle ou passer dans le chas d'une aiguille. Selon elle, la

1. Cette découverte brevetée finit par se révéler très efficace pour les bouteilles de ketchup : enduire leur paroi intérieure permit de résoudre définitivement un problème mineur mais très fréquent.

nanotechnologie possédait un potentiel considérable pour l'humanité. Une seule conversation avec Stern avait suffi à faire de cette mystérieuse microparticule extraterrestre l'œuvre de sa vie.

Jusqu'à présent, toutes ses recherches avaient connu un succès retentissant. Le génie de Vedala avait été de songer à mettre en contact les deux variétés Andromède. En étudiant les résultats à l'échelle nanoscopique, elle avait découvert que chacune des deux souches ne prêtait pas la moindre attention à l'autre. Proches cousines, elles semblaient respecter une sorte de clause de non-agression.

Pour résumer, SA-1 et SA-2 étaient neutres l'une pour l'autre.

Après cette découverte, Vedala avait été en mesure de produire en masse un enduit sous forme d'aérosol dont la nanostructure imitait l'aspect extérieur des deux souches Andromède, empêchant toute réaction avec l'une comme avec l'autre. Vedala n'alla pas jusqu'à nommer sa création. Le dispositif anti-liant fut simplement baptisé « bombe aérosol inhibitrice anti-Andromède à base de cellulose nanocristalline ».

Jusqu'alors, l'inhibiteur avait été utilisé pour protéger de SA-2 les satellites espions en orbite basse et les fusées gouvernementales. L'homme avait enfin réussi à dominer l'étrange microparticule plastiphage après plusieurs décennies d'études ultrasecrètes en laboratoire. Le temps était venu pour Vedala de tester son invention sur le terrain. Et le mot « échec » ne faisait pas partie de son vocabulaire.

Il était presque midi. Tous ses coéquipiers, arrachés à leurs vies respectives et transportés par hélicoptère, avaient déjà rejoint à temps le cœur de la forêt amazonienne, à l'exception du Dr James Stone.

Roboticien, Stone n'avait pas les qualités requises pour cette mission. Selon Vedala, il aurait dû être remplacé par un microbiologiste ou par un bactériologiste. Nombre de chercheurs aux spécialités multiples auraient été préférables. Pourtant, le général Stern avait été catégorique : il fallait inclure Stone.

Tandis que Stone rassemblait ses bagages, Vedala tourna les talons et partit inspecter les grosses malles militaires.

Debout près d'une rivière boueuse, Vedala était consciente des enjeux de cette mission. Elle connaissait également son histoire. L'orpheline qui s'était faite toute seule possédait sa propre idée de la raison pour laquelle James Stone lui avait été imposé. Et c'était une raison qu'elle ne pouvait respecter : son pedigree familial.

Briefing musclé

Peng Wu regarda les trois autres scientifiques se rassembler sans dire un mot et inspecter l'état de leurs bagages dans la clairière. Bien qu'elle parlât impeccablement trois langues étrangères (l'anglais, le français et l'allemand), elle estimait que le silence était presque toujours la meilleure réponse à apporter à ses collègues occidentaux. Elle avait pris connaissance du dossier détaillant le profil des membres de l'équipe (la documentation lui avait été fournie par l'armée américaine et la Force aérienne de l'Armée populaire de libération chinoise – ou APL) mais ne s'était encore entretenue avec eux que brièvement.

Seul l'Afro-Américain, Harold Odhiambo, ne la mettait pas mal à l'aise. Plus âgé que les autres, il parlait lentement et avec mesure. Et malgré son sourire narquois sous ses lunettes rondes à monture épaisse, Harold s'abstenait de toute démonstration ostentatoire et superflue de sympathie.

Peng savait qu'avec son esprit vif, ses yeux noirs et son regard perçant, les Occidentaux pouvaient la trouver sévère, en particulier les civils. Cela ne la perturbait pas. Elle estimait que leur malaise était dû moins à la barrière culturelle qu'à ses antécédents militaires et à son tempérament.

Quand elle était petite, à Zhengzhou, ses parents étaient souvent absents, en mission pour l'APL. Confiée aux bons soins de son grand-père, elle avait très tôt éprouvé une anxiété liée à la séparation. Cette sensation s'était rapidement traduite par des crises de panique. En guise de remède, le vieillard avait initié sa petite-fille au *weiqi*, passe-temps ancestral connu sous le nom de « jeu de go » en Occident. Il lui avait expliqué que la vie était pareille à ce jeu. Chaque mot prononcé, chaque émotion trahie par un geste ou une grimace représentait un coup joué. En choisissant soigneusement chacun de ses coups, elle pouvait calmer son anxiété et gagner la partie.

Peng Wu avait découvert qu'elle adorait gagner, au *weiqi* comme dans la vie.

Depuis, la stratégie de Peng consistait à atteindre ses objectifs en un minimum de coups. Elle avait grimpé les échelons de l'APL et suivi un entraînement intense pour devenir astronaute. C'est ainsi qu'elle s'était exercée au jeu de go grandeur nature. Par stratégie, elle avait épousé l'un de ses compagnons d'armes, gagnant la confiance de son gouvernement et des militaires.

Peng porta son attention sur la douzaine d'éclaireurs qui avaient été engagés pour aménager la zone d'atterrissage à renfort de machette et accompagner son équipe tout au long de son expédition à travers la jungle amazonienne, dont ils étaient de fins connaisseurs. Ces hommes basanés arboraient des peintures tribales sur le visage mais possédaient également un équipement militaire moderne. Ils formaient une équipe efficace, discrète, et avaient utilisé les ressources naturelles à leur disposition pour transformer cette zone sauvage en clairière et y dresser un camp de fortune. Chaque coup de machette avait été porté avec une aisance révélatrice d'une longue expérience dans la jungle.

Pendant ce temps, les civils du groupe devaient s'habituer à se passer de leur smartphone et d'Internet.

Après avoir trié méthodiquement le contenu de son sac à dos et identifié le matériel scientifique qu'elle pouvait confier sans risque à l'un des porteurs indigènes, Peng se résolut à rester près des guides. En agissant ainsi, elle augmentait statistiquement ses chances de survie, et du même coup la probabilité de réussite de la mission.

— Enfin, nous sommes tous là, dit Vedala.

L'Indienne regarda à peine dans la direction de James Stone lorsque, soufflant comme un bœuf, il traîna une malle militaire noire en plastique dur remplie de matériel. Vêtu d'un treillis neuf, le roboticien avait une cinquantaine d'années mais paraissait plus jeune. Son visage était déjà ruisselant de sueur en raison de la chaleur oppressante du soleil de midi.

— Allons-y ! lança Vedala.

Elle se tenait debout sous le plafond bas d'une *maloca*, sorte de chaumière rudimentaire que les guides avaient construite à la hâte au bord de la rivière brunâtre. Une carte en papier du territoire était déployée sur une table pliante ; elle était maintenue à plat par des pierres pleines de boue séchée posées aux quatre coins. En face de Vedala se tenait Peng Wu, vêtue d'une veste à manches longues et d'un pantalon militaire dont elle avait minutieusement coincé les pans dans ses bottes.

Le maintien militaire de Peng tranchait avec la dégaine et l'air doucement amusé d'Harold Odhiambo, un grand gaillard kenyan aux cheveux poivre et sel taillés ras. Il portait une tenue fripée, un short kaki et un bob dont il avait maintenu le bord relevé à l'aide d'une épingle, et qui aurait mieux convenu à un safari dans la brousse africaine.

Odhiambo porta son regard doux sur Stone pendant que celui-ci, tout débraillé, rejoignait le groupe sous le toit de chaume.

— Bienvenue, docteur Stone ! s'enthousiasma Odhiambo d'un ton fort aimable avec un accent anglais. Félicitations pour votre contribution aux systèmes anticollision à imagerie basse résolution. Quelle efficacité !

Stone resta sans voix un moment, étonné que ce célèbre xénogéologiste ait pris la peine de lire ses travaux. Puis il se rappela qu'Odhiambo était censé être un polymathe et un touche-à-tout. Il retrouva alors ses bonnes manières.

— Merci, docteur Odhiambo. C'est très flatteur. Pardonnez-moi de ne pas avoir pris connaissance de vos derniers…

Vedala les interrompit.

— Vous terminerez cette conversation en privé. Harold s'est intéressé à peu près à tout au cours de sa carrière. C'est pourquoi il est parfait pour notre mission.

Ses paroles restèrent en suspension dans l'air suffisamment longtemps pour installer un silence gênant, que finit par briser une sonnerie modulée.

— Revenons à l'ordre du jour, ajouta Vedala.

Vedala saisit un téléphone satellite Iridium posé sur la table. L'imposant instrument en plastique noir était un modèle militaire à usage restreint de la DISA, l'agence du ministère de la Défense spécialisée dans les systèmes d'information. Il avait été consolidé, imperméabilisé et équipé d'un adaptateur d'antenne permutable « à chaud ». Son signal avait été crypté. Une lumière métallisée émanait froidement de l'écran LED bleu métallique. Elle détonnait dans la chaleur de la jungle. L'intégralité des quatre barres indiquant la force du signal était illuminée.

— Le Dr Sophie Kline se joint à nous depuis la Station spatiale internationale, dit Vedala en appuyant sur un bouton pour prendre l'appel. Bonsoir, docteur. La vue est belle, de là-haut ?

— Très belle, Nidhi. Et pas un seul moustique.

La voix qui s'échappait du haut-parleur était assurée et féminine, mais un léger tremblement et quelques syllabes mal articulées trahissaient une maladie neurodégénérative.

— Je suis juste au-dessus de vous actuellement, mais dans quelques minutes je changerai d'orbite et la communication deviendra plus difficile.

Vedala regarda son équipe et continua :

— Je suppose que vous avez tous lu mon briefing ainsi que les documents du dossier rouge transmis par le ministère de la Défense.

James Stone leva la main. Vedala, agacée, stoppa net et pinça les lèvres.

— Oui?

— Désolé de vous interrompre, docteur Vedala, mais je n'ai pas reçu votre topo.

Irritée, Vedala souffla sur une mèche de cheveux qui lui cachait les yeux.

— Bien sûr que vous ne l'avez pas reçu. Même si vous êtes un… un ajout de dernière minute.

— Oh, je l'ignorais…

— Ce n'est pas votre faute, lâcha-t-elle, plus sèchement qu'elle ne l'aurait voulu. Vous pourrez prendre connaissance des détails pendant notre équipée. Il est temps de nous mettre en route. Vous comprenez tous l'enjeu du Projet Wildfire.

— Le sort de la planète…, répondit Odhiambo avec un sourire.

— Vous n'êtes sans doute pas loin de la vérité, répliqua Vedala. Commençons par un point de la situation. Il y a vingt-six heures, un drone a cartographié le terrain et détecté une… structure… dans les profondeurs de la jungle, à cinquante kilomètres d'ici. Cette anomalie mesure environ soixante mètres de haut, elle est apparue au cours des deux dernières semaines, au beau milieu de cette forêt impénétrable dépourvue de toute voie d'accès et de toute piste d'atterrissage. Et maintenant, passons à la raison de notre présence ici. Des analyses de spectrométrie de masse réalisées par la suite ont révélé une signature chimique concordant avec le premier incident Andromède. Questions?

— Une nouvelle contamination bactérienne, dit Odhiambo d'une voix calme. Mais pourquoi ici, si loin de tout?

La voix de Kline se fit de nouveau entendre à travers le téléphone satellite :

— La station spatiale chinoise *Tiangong-1* s'est désagrégée dans l'atmosphère, au-dessus du Brésil, il y a six mois. Des débris ont été répandus jusque dans l'océan Atlantique. Nous pensons... Enfin, *les Américains* pensent que les Chinois ont mené des recherches expérimentales sur Andromède.

Peng s'était attendue à cette accusation. Le visage de l'ancienne soldate demeura impassible tandis que les autres la regardaient. Le ton de reproche de Kline n'était pas passé inaperçu, mais Peng semblait avoir préparé sa réponse.

— Bien sûr, officiellement, je ne sais rien, les avertit Peng. Cependant, un tel scénario n'aurait rien d'inédit compte tenu des nombreuses initiatives internationales en cours visant à étudier Andromède dans un environnement de microgravité.

Vedala acquiesça et eut un sourire en coin. Il était clair que Peng venait de glisser un sous-entendu quant à la présence du laboratoire du Projet Wildfire à bord de la Station spatiale internationale, mais au moins Peng était disposée à reconnaître la réalité – il existait une probabilité qu'un échantillon issu de la station spatiale chinoise désorbitée ait contaminé la jungle.

— Peu importe comment cette anomalie s'est retrouvée ici, une chose est certaine : nous sommes en présence d'une structure imposante qui se développe en pleine jungle et dont la composition chimique correspond à celle d'Andromède. Le plan consiste à pénétrer à l'intérieur de la zone de quarantaine pour faire la lumière sur la nature de cette chose avant qu'elle ne grossisse. Grâce au précédent Projet Wildfire, nous en savons beaucoup plus que l'équipe de Piedmont. Nos masques et nos aérosols inhibiteurs nous protégeront, et nous sommes munis de détecteurs de gaz toxiques qui fonctionnent sans interruption.

— Étonnant que les fédéraux n'aient pas aussitôt dégainé l'arme nucléaire, observa Stone, risquant une plaisanterie.

— Et déclenché une guerre mondiale ? rétorqua Vedala, un poil renfrognée. Nous ne sommes pas aux États-Unis, docteur Stone. Cette fois-ci, la contamination ne se trouve pas dans notre pré carré. Nous n'avons pas cette chance.

À ces mots, Vedala nota un changement de comportement chez Stone. Le rouge lui monta aux joues et il regarda immédiatement ailleurs. Elle comprit qu'elle avait eu des mots durs.

— Naturellement, ce qui est arrivé à Piedmont n'était pas *une chance*. Mais ce second incident survient dans un des lieux les plus sensibles de la planète d'un point de vue écologique. Cela limite considérablement nos options. Nous sommes en plein milieu d'un territoire indigène protégé, où la loi brésilienne garantit paix et tranquillité à des tribus vivant en autarcie. Même notre présence ici est problématique. Harold peut nous fournir des détails à ce sujet.

— Elle a raison, confirma Harold Odhiambo en s'adressant au groupe, nous sommes en *Terra Indigena*. Les indigènes qui vivent ici sont des populations isolées. Ils survivent relativement bien avec une technologie quasiment équivalente à celle de l'âge de pierre.

Harold écarta les bras et désigna les arbres.

— Nous nous trouvons au cœur du poumon de la Terre. Les racines omniprésentes de ces arbres restreignent drastiquement la formation d'un socle rocheux. Les populations qui vivent ici depuis des millénaires n'ont jamais eu la possibilité de développer des outils en pierre. Elles sont restées à l'écart du progrès technologique. Leurs flèches sont taillées dans du bambou entièrement biodégradable.

— À vous entendre, on croirait que le progrès est une mauvaise chose, fit remarquer Peng avec calme.

— Il n'est pas mauvais… tant que nous nous tenons à l'écart. Face à une technologie plus avancée, ces tribus deviennent vulnérables : elles risquent d'être exploitées, réduites en esclavage ou même tuées. Au mieux, elles ne font que convoiter notre technologie, en particulier nos armes. Une fois qu'elles s'en sont emparées, elles oublient leur mode de vie traditionnel et développent une dépendance à des objets qu'elles ne peuvent pas reproduire. Tout contact avec des étrangers, qu'ils soient bien ou mal intentionnés, les prive sinon de leur vie, du moins de leur mode de vie.

Le ton d'Odhiambo était devenu grave.

— Notre présence dans la jungle constitue une grande menace. Le schéma est toujours le même, quels que soient le continent et les individus concernés, des tribus africaines aux aborigènes d'Australie en passant par les Indiens d'Amérique. À la fin, ils s'éteignent.

— Et c'est pourquoi nous devrons nous garder de provoquer toute interaction avec eux, dit Vedala en désignant le pourtour de la clairière que gardaient leurs accompagnateurs en tenue militaire. Eux, ce sont nos guides, et ils vont nous tenir loin des autochtones.

Ces hommes en uniforme, au nombre de douze, stationnaient debout ou accroupis à divers endroits ombragés à la lisière de la clairière. De loin, ils ressemblaient à des soldats en pleine opération de camouflage. Des machettes étaient accrochées à leur ceinture et ils portaient nonchalamment des fusils de chasse autour des épaules.

Toutefois, à y regarder de plus près, ils étaient clairement autochtones. Stone s'avisa qu'en plus de leurs impeccables uniformes militaires ils portaient des boucles d'oreilles façonnées avec des coquilles de palourdes qui étiraient leurs lobes, et que des pousses de bambou leur perforaient les narines façon moustaches de jaguar. La plupart avaient le haut des joues bariolé de tatouages bleus et une toison de cheveux noirs coupés au bol.

— Ce ne sont pas des Indiens ? demanda Peng.

— Ce sont des Matis, répondit Vedala, et ils connaissent parfaitement le territoire. Il y a encore quarante ans, ils faisaient partie de ces tribus coupées du monde.

Vedala salua un homme solidement bâti et vêtu d'une chemise verte pleine de sueur soigneusement rentrée dans son froc de combat. Contrairement aux autres, ce soldat parlait leur langue et portait un fusil ultrasophistiqué autour de la poitrine.

— Dernier point à l'ordre du jour : faire connaissance avec nos guides, annonça Vedala.

Comme s'il avait attendu le signal, le soldat en question se leva. Il avait des biceps plein les manches. L'Américano-Brésilien barbu cracha un cure-dents puis servit son discours au groupe avec un accent portugais.

— Bon, tout le monde m'écoute. Je suis le caporal-chef Eduardo Brink, des forces spéciales de l'US Army. Le général Stern m'a conseillé de vous ménager. Mais ici vous êtes au cœur de la forêt sauvage. La jungle amazonienne se moque de vos diplômes. Elle se moque de votre intelligence. Ou de votre technologie. Elle était là avant vous et elle sera encore là après.

— Si on a de la chance, murmura Stone.

Brink darda un regard froid au roboticien avant de poursuivre.

— Vous êtes sur les terres des *Indios Bravos*, les valeureux Indiens du Brésil. Ne vous y trompez pas : vous n'êtes pas les bienvenus. Vous avez une chance inouïe que je me sois trouvé non loin de la FUNAI et que j'aie été disponible pour vous accompagner. Un contact avec le centre de commandement est programmé dans quarante-huit heures, à la destination prévue. Si nous ne pouvons pas honorer le rendez-vous, le centre supposera que nous sommes morts au combat et mettra en place un plan B. Mon travail est de vous amener là où il faut, dans les temps… en assurant votre survie.

La voix de Brink monta d'une octave et il s'approcha de Stone.

— Et je vais être clair, *amigo*… sans moi, vous mourez.

Les scientifiques échangèrent des regards inquiets, et le caporal-chef parut satisfait. Il se retourna vers les soldats et débita dans leur dialecte des instructions à la vitesse d'un tir de mitraillette. Ils jetèrent leurs cigarettes et se levèrent. Quelques-uns se mirent à transporter les malles à l'aide de mecapals, ce qui leur laissa les mains libres. D'autres pénétrèrent dans la jungle sans un mot. Le sifflement sourd des machettes se fit entendre tandis qu'ils commençaient à tailler un chemin à travers la forêt dense. Brink se retourna vers les scientifiques tout en sortant un cure-dents de la poche de sa chemise. Il le coinça entre ses dents en affichant un grand sourire menaçant.

— Je ne vous demande pas de m'aimer. Juste de m'obéir. Parce que vous n'avez aucun intérêt à vous retrouver seuls ici.

Inventaire

L'équipe au sol du Projet Wildfire deuxième génération s'enfonça dans la jungle amazonienne aussi bien préparée que possible compte tenu du préavis d'une heure et de la préparation logistique raccourcie. Quoique de nature technique, le document dont figure ci-dessous une reproduction partielle éclaire cette préparation. D'abord classé secret-défense, cet inventaire est à présent conservé aux Archives nationales.

***** ÉQUIPEMENT STANDARD DES MEMBRES DE L'EXPÉDITION *****

Chargement tropical tel que validé par le Centre d'entraînement de combats de jungle du Corps des Marines (Okinawa, Japon). Articles rangés dans le sac à dos étanche Umlindi : vêtements civils de jungle standard, bottes, chaussettes mérinos x 4, windshirt tactique, équipement de pluie. Trousse à outils comprenant sifflet, boussole, lampe torche, allume-feu, couteau multifonctions, ustensile tout-usage, gants de cuir, truelle + machette. Hamac avec moustiquaire et couverture étanche, poncho de montagne, cordage.

Pour les guides locaux : kit de survie, matériel de cuisine, trousse de premiers soins, armes.

***** ÉQUIPEMENT SPÉCIFIQUE DES SCIENTIFIQUES DE L'EXPÉDITION *****

NIDHI VEDALA, DR
Bombe aérosol inhibitrice anti-Andromède à base de cellulose nanocristalline (volume: 6 l.), conçue à partir de ses travaux de recherche en collaboration avec l'IIT (Institut indien de technologie de Delhi). Classification: secret-défense. Ne contient aucun élément en latex. Imite la nanostructure de la particule Andromède, ce qui lui permet de rester invisible aux variétés SA-1 et SA-2. Les couches superposées autonettoyantes créent une surface à faible viscosité qui repousse liquides, poussières, etc. Gaz 100 % inerte, inassimilable par l'organisme. Fréquence de réapplication: faible.

HAROLD ODHIAMBO, DR
Sismomètres avec embout projectile à usage unique (quantité: 16). Activation via réseau local. Intelligence artificielle. Mis au point grâce à un financement de recherche gouvernemental (KIR-2300B). Conçus pour détecter les migrations de la faune sauvage, l'activité géologique et les actes de braconnage illicites. Dispositif de réglage pour utilisation en surface et subsurface, apprentissage automatique inné par reconnaissance de ***patterns*** et contrôle actif du bruit. Matériel additionnel: détecteurs d'infrasons; humidimètre.

PENG WU, MAJOR
Matériel scientifique portable Dyclone-Wa de fabrication chinoise comprenant, entre autres: microscopes optiques, autoclave, spectromètre de masse, chromatographe utilisable en phases liquide et gazeuse, pH-mètre, réfractomètre, microcentrifugeuse, enregistreur de données sans fil, système de transfert de données par satellite, capteurs et passeurs d'échantillon (quantité: 27), dispositif de contrôle et de calibration automatiques des capteurs. Matériel convenant à une expérimentation multidisciplinaire sur le terrain.

JAMES STONE, DR
Mini-drones « canaris » à recharge spontanée (quantité: 12) – avec station de recharge intégrée à un sac à dos fonctionnel – équipés d'une lame radiale à cinq axes et de quatre hélices avec pièces interchangeables. Boîtier équipé d'un télémètre laser miniaturisé

à précision submillimétrique, caméras basse et haute résolutions, centrale inertielle avec gyroscopes, détecteurs de gaz toxiques (particules SA-1 et SA-2, notamment). Cartographie en temps réel, système anticollision, algorithmes de recherche de chemin tridimensionnelle. Capacité de charge utile maximale atteinte.

CAPORAL-CHEF EDUARDO BRINK, US ARMY
<CENSURÉ sur ordre présidentiel n° 3028.>

JOUR 2

WILDFIRE

« Face à la catastrophe, votre personnalité n'a plus d'importance. Le moindre de vos actes, ou presque, aggrave la situation. »

Michael Crichton

Découverte matinale

Pour leur première nuit de repos, qui serait également la dernière, les quatre scientifiques et leurs douze guides campèrent au bord d'une rivière qui n'avait pas de nom. Ils dormirent dans des hamacs protégés par des moustiquaires. Ils n'avaient marché que six heures et avaient parcouru moins de quinze kilomètres, mais ils étaient épuisés. Le caporal-chef Brink ne fit état d'aucun problème particulier dans son rapport officiel, ni Nidhi Vedala dans ses notes du matin.

Mais un événement survint pendant la nuit.

Lorsqu'on examina le carnet de route personnel de James Stone (un simple calepin imperméable retrouvé après l'incident avec un stylo), on s'attarda sur le paragraphe suivant : « Sommeil intermittent. Réveillé par le rêve habituel. Pense avoir vu quelqu'un dans l'obscurité, mais n'en suis pas sûr. Les guides semblent effrayés. Ai surpris les Matis en train de chercher quelque chose à la lisière de la forêt. Rien répondu lorsque je les ai questionnés. »

Après la mission, chaque éclaireur matis ayant survécu réintégra son village tribal en *Terra Indigena* sans laisser la moindre trace. Un seul d'entre eux, Ixema, fut retrouvé, car il était revenu chercher du travail non loin du poste d'observation de la FUNAI, ayant dilapidé au jeu l'intégralité de sa paie en l'espace d'une seule journée à Leticia, une ville des environs. Il fut rémunéré en échange d'informations sur le périple.

À propos de la première nuit passée dans la jungle, Ixema ne fit qu'un commentaire : « Le matin, quelque chose n'allait pas. » Quand on le pressa de livrer de plus amples détails, il finit par révéler que les guides avaient observé des traces de pas autour du camp. Plusieurs objets avaient été déplacés, mais rien n'avait été volé.

Finalement, pressé de questions, Ixema ajouta un détail.

La personne qui s'était trouvée sur place avait laissé quelque chose derrière elle. Brink avait ordonné aux Matis de faire disparaître promptement cette chose pour éviter que les scientifiques ne l'aperçoivent. Ixema décrivit une tête de singe écorchée vive grimaçant de douleur, de grands yeux marron exorbités à l'intérieur d'un crâne couvert de chair rose.

Et une gueule ouverte, comme pour pousser un cri, pleine de cendre grise.

Périmètre restreint

À leur réveil, les quatre scientifiques trouvèrent les Matis en train de lever le camp. Le feu de la veille avait été éteint, et les éclaireurs étaient occupés à se répartir tranquillement le lourd matériel des scientifiques. Sans un mot, deux Matis tatoués entrèrent en file indienne dans la forêt avec leurs fusils de chasse en bandoulière. L'éclat de leurs machettes pâles fut rapidement éteint par la jungle ombreuse.

Vedala les regarda s'éloigner et s'approcha du caporal-chef Brink, qui se tenait parmi les éclaireurs et les porteurs restés au camp.

— Où vont-ils ? lui demanda-t-elle.

— En direction de l'anomalie. On les rejoint dans vingt minutes. Tenez-vous prêts.

Vedala marcha vers une malle étanche posée sur le sol boueux de la jungle. Elle éprouvait un sentiment de malaise croissant. L'équipe se rapprochait de l'anomalie sans avoir la moindre idée du niveau de létalité auquel s'attendre. Son seul espoir reposait sur l'aérosol inhibiteur, dont le fonctionnement jusqu'alors n'était que théorique.

Chassant ses doutes, elle ouvrit la malle et en sortit plusieurs bombes. Elle en passa une à Brink puis entreprit de pulvériser la substance sur ses propres bras, poitrine et jambes. Elle lui expliqua : « Cette solution inhibitrice empêche tout contact avec la nanostructure d'Andromède. Appliquez-la sur vos vêtements et sur toutes les parties exposées de votre peau, puis passez-la à vos hommes. Dites-leur de voir ça comme un écran solaire. Ses effets devraient durer quelques jours. »

Elle ferma les yeux, retint sa respiration, puis s'aspergea le visage. Brink saisit la bombe sans un mot et se dirigea vers les guides. Vedala rouvrit les yeux et sortit le téléphone satellite Iridium fourni par le gouvernement.

Discrètement, elle essaya de joindre le général Stern à la base de l'US Air Force de Peterson.

Sous l'omniprésente canopée, l'appareil pourtant ultramoderne n'affichait pas la moindre barre verticale. Aucun signal. Soucieuse de ne pas gâcher la batterie, Vedala renonça rapidement. Il allait falloir attendre de retrouver une clairière. La plus proche était celle située à proximité de l'anomalie.

Le rendez-vous avec le centre de commandement était toujours fixé à midi le lendemain. En attendant, l'équipe se retrouvait, semble-t-il, livrée à elle-même.

Les deux éclaireurs en tête de cortège avaient ouvert derrière eux, dans la végétation tropicale, une piste facile à suivre bordée de haies, de plantes et d'arbres amputés qui ressemblaient étrangement à des pointes de lance prêtes à empaler quiconque aurait dévié du chemin. Le caporal-chef Brink et plusieurs de ses Matis partirent les uns derrière les autres. Les scientifiques leur emboîtèrent le pas, pris en sandwich entre les éclaireurs, qui menaient la marche, et les porteurs, qui la fermaient.

Ils progressèrent sans incident majeur.

Disposant de données topographiques détaillées collectées par l'*Abutre-Rei*, Brink et ses guides parvinrent à mener le groupe en évitant les collines abruptes et en traversant les nombreux affluents du fleuve là où l'eau était peu profonde ou grâce à des ponts de fortune – de gigantesques arbres couchés d'une rive à l'autre.

Même si le sentier était tortueux, l'équipe était dans les temps.

L'environnement complexe de la jungle désorientait les scientifiques. Peng Wu et Vedala, front plissé et sourcils froncés, marchaient en silence. James Stone cheminait derrière elles, ruisselant de transpiration, les yeux grands ouverts et balayant sans cesse le paysage du regard.

Seul Harold Odhiambo semblait parfaitement à l'aise : il riait et plaisantait avec les Matis en progressant à travers les broussailles, short kaki et chaussettes blanches montantes dépassant de ses godillots boueux et usés.

Rien ne procurait davantage de satisfaction au savant kenyan que de se frotter à de nouveaux environnements exotiques, qui constituaient pour lui un défi. Celui-ci en était un de taille. Au terme d'années d'études et de recherche, Odhiambo avait consacré le crépuscule de sa carrière à la géologie extraterrestre. Bien qu'il eût pris peur en découvrant l'architecture inconnue de l'anomalie, celle-ci avait également éveillé sa curiosité. Voilà qu'il redevenait l'enfant de naguère assis à l'arrière du vieux bateau de pêche de son père. L'expérience, certes risquée, était grisante.

Stone se déplaçait plus prudemment. Il portait un sac à dos ventru au-dessus duquel voltigeait un essaim de douze drones canaris. Pour l'instant, chacun des drones miniatures vadrouillait dans un périmètre d'une trentaine de mètres et revenait périodiquement s'arrimer à la station de recharge intégrée au sac à dos. Stone ressemblait à un apiculteur portant une ruche bourdonnante sur l'échine. Ces intrigants volatiles amusaient beaucoup les Matis, qui les désignaient régulièrement du doigt et tentaient de communiquer avec eux en poussant des cris d'oiseaux étonnamment réalistes.

Chacun de ces drones agiles à quadruple rotor et de la taille d'une main possédait plusieurs capteurs chimiques embarqués conçus pour détecter les variétés SA-1 et SA-2. Les détecteurs de toxines analysaient l'air en permanence. De temps en temps, les drones se posaient sur une surface stable que leurs préhenseurs se mettaient à gratter afin de collecter des échantillons physiques pour les analyser.

Stone portait une petite tablette tactile à écran plat suspendue à son cou par une lanière. L'écran affichait une carte topographique brute générée par les drones. La position de chacun des robots volants était visible et les gros objets étaient représentés par des points de diamètres variables. Dans l'un des coins figurait une image vidéo pleine de « neige » fournie par l'un des canaris. Stone s'arrêtait rarement pour consulter le flux constant d'informations qui lui parvenait. Il craignait de se laisser distancer.

Inaccoutumés à se retrouver aussi nombreux dans un si petit espace, les scientifiques avaient une sensation de claustrophobie. Chaque parcelle de l'Amazonie regorge d'une centaine d'espèces de plantes différentes, de quoi dérouter les habitués des forêts d'Amérique du Nord, où ne cohabitent qu'une dizaine d'espèces.

Des arbres s'élevaient autour d'eux et déployaient à la surface du sol leurs racines tentaculaires. On aurait cru des tendons de dinosaures éteints. Ce paysage grouillait de plantes grimpantes, de fleurs et de lianes. Chaque centimètre carré de la jungle était vivant et peuplé d'insectes, d'oiseaux, de fourmis piqueuses qui sillonnaient le sol et de fourmiliers qui reniflaient dans les broussailles, pendant que des aras volaient dans les airs, laissant dans leur sillage des traînées quasi luminescentes.

Cette vie végétale foisonnante et le sol spongieux semblaient étouffer chaque bruit. Rester groupé devint la priorité de l'équipe. La moindre conversation un tant soit peu distante était réduite à un murmure étouffé, et les scientifiques n'étaient guère emballés à l'idée de se perdre, auquel cas ils devraient utiliser d'urgence un sifflet et attendre que les guides les retrouvent.

James Stone commençait à avoir des doutes. Certaines entrées de son carnet de route en témoignent : il n'était pas certain que l'équipe ait obtenu la permission de se trouver sur cette terre protégée. Il soupçonnait que personne n'avait été informé de l'existence de cette expédition – pas même le gouvernement brésilien – et encore moins de son but.

S'ils échouaient, pensait Stone, ils seraient probablement portés disparus à jamais.

Plus important encore, il éprouvait une inquiétude grandissante face au comportement du chef de leurs guides, Eduardo Brink. Stone possédait un sens aigu du détail, trait qu'il tenait de son père. Il avait remarqué que Brink et les Matis s'étaient regroupés à plusieurs reprises, inquiets, pour converser dans un pidgin incompréhensible, mélange de portugais et de langues panoanes.

À aucun moment Brink ne leur fit part de la teneur de ces discussions.

Stone vit l'un des Matis indiquer une élévation du terrain. Brink s'empressa de taper dessus avec son godillot. Quand Stone examina le sol quelques minutes plus tard, il distingua ce qui ressemblait à une empreinte de talon qu'aurait laissée un pied humain nu. Par la suite, Stone remarqua quelques branches anormalement courbées qui lui arrivaient à la taille, sans doute l'œuvre de quelqu'un qui avait voulu retrouver son chemin à travers la jungle. Soit les éclaireurs s'étaient soudain mis à baliser le sentier, soit quelqu'un d'autre l'avait déjà emprunté.

Après des heures de marche, Stone repéra une branche posée en travers du sentier. Ce n'était pas grand-chose, mais le message était clair : n'allez pas plus loin.

Stone commençait à se dire que l'équipe était surveillée. Une chose était sûre, Brink et ses éclaireurs possédaient des secrets. Sans preuve, cependant, il n'était pas en mesure de porter d'accusations.

Pas encore.

Et même si ses soupçons étaient fondés, ces cachotteries deviendraient bientôt le cadet de ses soucis.

— Je tiens quelque chose ! héla Stone, d'une voix assourdie par l'épais rideau de végétation. N'allez pas plus loin. Venez jusqu'à moi. Ne vous éloignez pas du sentier.

Les scientifiques, éreintés, chaussures toutes crottées, convergèrent vers Stone à la queue leu leu. Le roboticien respirait fort et tenait dans ses mains le petit écran suspendu à son cou. Le caporal-chef Brink émergea de derrière un arbre et les observa. Il était visiblement agacé par ce ralentissement, mais il ne pipa mot.

Sur l'écran lumineux, une série de points plus ou moins alignés, presque identiques, parsemaient la jungle une centaine de mètres plus loin. Aucun de ces points ne se trouvait directement sur le sentier, mais le groupe allait à leur rencontre. D'un simple coup de doigt sur l'appareil, Stone envoya les canaris en mission de reconnaissance. D'autres points épars commencèrent à apparaître au profond de la jungle.

— Regardez, là, dit Stone. Ces objets ont presque tous la même taille. Ils forment deux lignes.

Odhiambo examina l'écran, passant ses doigts rugueux sur les lignes de points. Dans un coin, une vidéo miniature montrait une masse sombre sur le sol de la jungle.

— Les plantes ne poussent pas en ligne droite, observa-t-il.

De nouveaux points apparurent.

— En fait, dit Stone, ces lignes sont courbées, regardez. Ce qui se trouve là-bas décrit deux arcs de cercle concentriques.

Un coup de fusil retentit dans le lointain.

Le bruit sourd s'estompa rapidement. Aussitôt, un silence exceptionnel s'abattit sur la jungle.

— Restez ici ! hurla Brink en se mettant à courir seul.

Les scientifiques échangèrent des regards inquiets avant de le suivre. Stone, loin derrière les autres, gardait un œil sur son écran, à l'affût de toxines.

Il émergea enfin de derrière les racines apparentes d'un kapokier gigantesque, s'arrêta au niveau du reste du groupe et regarda le tableau devant lui avec incrédulité.

Les lignes étaient en réalité une procession de bêtes à poils noirs : des singes hurleurs, autrement appelés alouates. Derrière eux, Stone distingua quelques primates couverts d'une fine fourrure roussâtre : des lagotriches, ou singes laineux.

Brink faisait de grands gestes pour rappeler les deux éclaireurs défricheurs. L'un d'eux tenait toujours son fusil ; il haussa les épaules devant les invectives de Brink et lui parla à voix basse.

— Que s'est-il passé ? demanda Vedala.

— Il dit qu'il a abrégé les souffrances d'une de ces bêtes, expliqua Brink.

— D'accord. On va rester ici le temps d'établir un rapport de situation, ordonna Vedala alors que Brink s'approchait du cadavre de primate le plus proche.

— Restez avec moi, caporal, ajouta Vedala d'un ton ferme.

Le colosse fit quelques pas supplémentaires puis se ravisa. Faisant signe aux Matis de le rejoindre, il alla s'adosser à un arbre. Il entreprit de nettoyer le canon de son fusil avec un vieux chiffon.

Vedala se tourna vers les scientifiques et s'adressa à eux d'un ton pressant :

— Nous devons trouver ce qui a tué ces bêtes. Tout de suite.

James Stone s'était accroupi sur une racine et avait les yeux fixés sur son moniteur. Il envoya les canaris examiner les cadavres. Le léger vrombissement de leurs rotors était le seul son audible dans la jungle silencieuse.

— Pas de toxines en suspension dans l'air, déclara-t-il.

Plissant les yeux dans la jungle ombragée, Vedala étudia le parterre de primates inanimés qui s'étalait sous ses yeux tel un champ de mines. Les Matis s'étaient réunis, préoccupés. Ils ne semblaient pas vouloir prendre la moindre initiative. Peng avait déjà sorti son laboratoire portable. Elle déballait du matériel en déchirant méthodiquement des sachets en plastique qui portaient une estampille du gouvernement chinois.

— Ces primates sont regroupés par espèce, expliqua Odhiambo. Les noirs courent plus vite que les roux. C'est sans doute pour cela qu'ils sont arrivés plus loin qu'eux. On voit aussi dans quelle direction ils allaient.

— Ils fuyaient quelque chose, conclut Vedala.

— Ces lignes sont des arcs concentriques, ajouta Peng, ce qui signifie qu'ils fuyaient la *même* chose – située à un seul et même endroit dans la jungle.

— Notre anomalie ? suggéra Odhiambo.

— C'est ce que nous allons voir, dit Stone en touchant son écran. Je peux localiser le centre grâce au rayon des deux arcs.

Au signal de Stone, l'essaim de drones prit de l'altitude : les dépouilles des singes formèrent alors sur l'écran deux arcs nets et distincts.

Stone dézooma avec deux doigts pour changer d'échelle. Chaque corps était représenté par un point noir. Du bout de l'index, il relia les points, dessinant une figure qui ressemblait fortement à un cercle.

— Le Dr Odhiambo a raison, dit Stone. Ils fuyaient l'anomalie.

Stone leva les yeux, surpris de voir Vedala se pencher à côté de lui, ses joues presque collées aux siennes pendant qu'elle regardait le moniteur. Une image vidéo basse résolution filmée en direct révélait le visage grimaçant d'un singe mort. Sa langue pendante était striée de ce qui ressemblait à de la cendre grise.

— Qu'est-ce que c'est que ce truc ? demanda-t-elle en dévisageant Stone.

Prenant soudain conscience de sa proximité physique avec le roboticien, Vedala recula et trébucha sur une racine. Elle fut étonnée de sentir une chaleur lui étreindre les joues sous la couche de poussière terreuse et de sueur qui les recouvrait.

— Il avait quelque chose dans la bouche, dit-elle, cachant sa gêne. Vous auriez dû nous le signaler immédiatement. C'est le signe d'une pathologie.

Agenouillée à quelques mètres de là, Peng avait fini d'assembler son laboratoire.

— Je vais vous dire de quoi il s'agit, affirma-t-elle. Mais on va devoir faire un prélèvement.

Tout le monde se regarda en se demandant qui se porterait volontaire.

— Je m'en charge, dit Vedala.

Vedala exhuma un masque de protection respiratoire et le plaça de manière à couvrir sa bouche et son nez. Bleu foncé et lisse, il était pourvu de part et d'autre de deux filtres cylindriques noirs. Elle enfila une paire de gants d'examen mauves – ils n'étaient pas en latex –, prit le matériel de Peng nécessaire au prélèvement d'échantillons et, le pas assuré, se dirigea vers le cadavre de singe le plus proche.

— Attendez-moi, dit Stone en s'équipant à son tour. Je vous accompagne.

Heureusement, le prélèvement des échantillons fut bref et accompli sans encombre. Plus important, un échange verbal dont la nature demeure indéterminée eut lieu entre Nidhi Vedala et James Stone pendant qu'ils se trouvaient seuls.

De retour dans la jungle, Nidhi remit le sac d'échantillonnage à Peng puis se tourna immédiatement vers le caporal-chef. Elle ne tergiversa pas et demanda à Eduardo Brink s'il était au courant d'un danger immédiat menaçant leur équipe. Posant sur James Stone un regard dur comme l'acier, le caporal-chef croisa les bras et lui répondit que les risques étaient les mêmes qu'au départ.

Le visage impassible, Brink lui prodigua un dernier conseil :

— Quoi qu'il arrive, je gère. Croyez-moi, j'ai été briefé pour faire face à chaque éventualité.

Pendant ce temps, Peng Wu avait lancé l'analyse du contenu de ses tubes à essai. Son laboratoire portable était équipé d'un matériel spécialisé qui lui permettait de réaliser plusieurs expériences en parallèle. Elle avait également l'avantage de connaître les découvertes des scientifiques qui avaient survécu au premier incident Andromède.

À l'aide du spectromètre de masse, elle établit que la cendre grise présentait une signature chimique correspondant à celle d'Andromède (confirmant les résultats des capteurs de l'*Abutre-Rei*). Malgré la séparation chromatographique, elle ne parvint pas à un niveau de granularité satisfaisant et fut incapable de déterminer si les prélèvements correspondaient à SA-1 ou à SA-2. Il aurait fallu les comparer à des échantillons vivants ou recourir à des méthodes de laboratoire plus avancées (et non portatives) telles que la cristallographie aux rayons X.

Néanmoins, elle poursuivit ses expériences, isolant les échantillons positifs.

Ensuite, Peng essaya de simuler la croissance. Elle plaça les échantillons dans différents environnements avec plus ou moins de vide, de dioxyde de carbone et d'ultraviolets puis les mit en contact avec plusieurs matières potentiellement réactives, notamment avec du tissu épithélial (c'est-à-dire de la peau) et avec la substance inhibitrice de Vedala.

Les échantillons refusèrent de réagir sauf au contact de deux substances : le sang et le latex. Et, dans les deux cas, l'environnement ne semblait pas avoir la moindre incidence sur la microparticule vorace.

Son analyse finale (et plutôt sommaire) au microscope optique se concentra sur ces deux réactions. Elle observa avec perplexité des résultats variés : le sang coagula à une rapidité alarmante tandis que le latex fut réduit en poudre. SA-1 et SA-2 avaient déjà produit ces deux réactions.

Cependant, c'est ce qui advint ensuite qui dérouta passablement Peng.

La microparticule semblait croître, s'auto-répliquant à la moindre exposition. Peng ne pouvait pas pousser l'examen aussi loin qu'elle l'aurait voulu mais émit l'hypothèse d'une contamination croisée et jugea les résultats d'une fiabilité très relative.

Au moins, Peng possédait désormais suffisamment d'informations pour les communiquer au groupe :

— Les tests réalisés sur la substance grise trouvée sur la langue du primate révèlent la présence d'Andromède, déclara Peng. Je ne peux pas me prononcer sur la variété. Les résultats sont confus, et très probablement faussés.

— Quand bien même, qu'avez-vous découvert ? lui demanda Vedala.

Peng parla prudemment.

— Le spécimen, au contact du sang, semble provoquer sa coagulation, comme SA-1. Mais il induit également une dépolymérisation partielle des tissus, comme SA-2. Et… il semble s'auto-reproduire en utilisant la matière vivante comme combustible.

Nidhi Vedala soupira.

— Au moins, nous savons que les primates ont été infectés. La question est de savoir par quelle souche.

— Impossible à déterminer sans une analyse complète en laboratoire, dit Peng.

— Les arbres sont intacts d'ici jusqu'à l'anomalie, raisonna Odhiambo d'une voix assurée. Il n'y a pas de bébés parmi ces singes. Ils ont dû abandonner leurs petits. Et les primates sont capables de brachiation à plus de 50 km/h dans une canopée aussi dense que celle-ci.

— Nous sommes à moins de trente kilomètres de l'anomalie, ajouta Vedala, prolongeant le propos d'Odhiambo. À supposer qu'ils se soient déplacés à leur vitesse maximum, ces animaux ont survécu un peu plus d'une demi-heure après leur infection.

— Cela concorde avec l'incident de Piedmont, dit Stone. Quelques victimes sont mortes immédiatement à cause de la coagulation sanguine, mais d'autres… ont résisté plus longtemps. Assez longtemps pour enregistrer des messages d'adieux, errer dans les rues et se suicider. Personne n'a survécu plus d'une heure.

— À l'exception du bébé et du vieillard, le corrigea Nidhi. Tous les deux avaient un pH sanguin anormal qui empêchait l'infection.

— Exact, dit Stone d'une voix caverneuse.

— Nous devrions transmettre ces résultats à Kline, suggéra Peng. En comparant le spécimen à des échantillons vivants d'Andromède, elle peut nous dire à quelle souche nous avons affaire. Nous devons trouver une clairière.

— Je ne crois pas, intervint Brink tout en inspectant la jungle du regard. Nous devons avancer. Nous avons un rendez-vous à honorer. Par ailleurs, aucune communication satellite n'est possible ici. Et donc aucun contact radio.

— Ce n'est pas tout à fait vrai.

Brink jeta un regard furieux à James Stone, qui tenait dans ses mains un drone de la taille d'une assiette.

— Qu'est-ce que c'est que cet engin ? demanda Brink.

Stone haussa les épaules et afficha un sourire penaud.

— C'est mon bébé, le *PhantomEye*. Je l'ai entièrement personnalisé. Je l'ai emporté avec mes effets personnels, à la place de vêtements de rechange.

Brink eut un rire nasal et s'éloigna.

Quelques instants plus tard, le drone en fibre de carbone s'éleva lentement à travers la canopée, piquant à travers un labyrinthe de branches et de plantes grimpantes. Il traînait un mince cordon semblable au fil d'une canne à pêche. L'appareil bourdonnant ne tarda pas à se faufiler à travers une trouée étroite dans le toit de la forêt tropicale.

Vedala établit une liaison directe avec la Station spatiale internationale.

Un instant plus tard, un torrent de données invisibles afflua vers la canopée verdoyante et s'engouffra dans le vide obscur au-dessus d'eux.

Analyse approfondie

Au cœur de la Station spatiale internationale, des centaines de kilomètres au-dessus de la jungle amazonienne, une forme anthropomorphique enveloppée d'ombres se tenait immobile et silencieuse. Le robot humanoïde Robonaut R3A4, construit à l'intérieur de cette salle par son prédécesseur, n'avait jamais quitté son environnement hermétique, et c'était le seul occupant du module-laboratoire *Mark IV* du Projet Wildfire.

Bien qu'il n'eût jamais été touché par des mains humaines, le robonaute était souvent touché par des *pensées* humaines.

Une par une, des lumières blanches s'allumèrent à l'intérieur du module cylindrique. Les LED sur le thorax du R3A4 passèrent du rouge au vert, et le robonaute sembla prendre vie. La machine baissa les yeux vers ses mains, plia chaque doigt avec une dextérité surprenante. Puis elle se tourna vers un mur entier de postes de sécurité microbiologique, chacun abritant une expérience différente. On aurait cru des aquariums illuminés par une lumière vive.

Inventé et perfectionné au centre spatial Lyndon B. Johnson grâce au financement renouvelé de la NASA, le R3A4 possédait le même facteur de forme qu'un astronaute humain, ce qui facilitait son contrôle à distance, bien qu'il fût plus fort, plus rapide, et doté de plus grandes capacités sensorielles que ses téléopérateurs.

Et ce R3A4-là était unique en son genre.

Le robonaute du Projet Wildfire avait été conçu sur mesure pour le Dr Sophie Kline. L'interface neuronale directe utilisée par la jeune femme depuis l'enfance avait été modifiée de façon à lui permettre de contrôler par télépathie les gestes du R3A4 avec une précision d'orfèvre. Claustrée, la machine pouvait réaliser ses expériences sans que la propreté immaculée du laboratoire risque d'être compromise par une contamination bactérienne, par des saletés ou par tout autre corps étranger.

Le R3A4 se mit au travail.

À trente mètres de là, dans le laboratoire *Destiny*, Sophie Kline flottait à côté d'un poste de travail. Elle portait une mince paire de lunettes de réalité virtuelle et des gants sensitifs. Elle pouvait voir aisément avec les yeux de la machine, toucher avec ses mains et habiter mentalement le robonaute. Au fil des années, il était devenu le prolongement de son propre corps, une incarnation d'elle-même qui l'exaltait en secret.

Depuis la forêt tropicale, l'équipe au sol avait envoyé une nuée de données issues de primates décédés. À présent, Kline avait réglé sa seconde paire d'yeux – celle de son avatar de métal – sur la fonction agrandissement maximal et comparait les informations entrantes à un échantillon vivant de la souche Andromède SA-1, un spécimen récupéré directement à Piedmont, Arizona.

Ci-dessous figure la retranscription de sa communication avec les scientifiques sur le terrain enregistrée par l'USNORTHCOM et corroborée par les enregistrements audio d'un drone canari récupéré après le désastre :

SOL-VEDALA

Le transfert des données est terminé, Kline. Le drone ne nous offre que deux minutes de communication.

SSI-KLINE

Bien reçu, Vedala. Les résultats préliminaires confirment effectivement une correspondance avec Andromède.

SOL-VEDALA

Mais à quelle souche avons-nous affaire ? Pouvez-vous effectuer une comparaison avec les échantillons de Piedmont ?

SSI-KLINE

Attendez. [silence – quinze secondes]

SSI-KLINE

Ce... Ce n'est ni SA-1, ni SA-2. Vous avez mis la main sur quelque chose de nouveau.

SOL-VEDALA

[friture] Une autre mutation ?

SSI-KLINE

Appelons-la SA-3.

SOL-VEDALA

Est-elle dangereuse ?

SSI-KLINE

Affirmatif. Je vous conseille d'abandonner votre mission et de vous retirer à l'intérieur de la zone de quarantaine. L'anomalie est en train de se développer à vitesse grand V. Et une autre structure non identifiée est en train de sortir du lac. Il n'y a rien que votre équipe puisse faire.

SOL-VEDALA

On a trouvé un grand nombre de primates morts, et le temps nous est compté. Qu'avez-vous découvert, exactement ? Est-ce que SA-3 réagira à l'inhibiteur ?

SSI-KLINE

Elle ne réagit pas à l'inhibiteur, mais l'échantillon présente les propriétés mortelles des deux souches précédentes.

SOL-VEDALA

Je m'en doutais. Nous poursuivons la mission.

SSI-KLINE

Nidhi, écoutez. La première souche Andromède a été stimulée au contact de la vie. Elle a tué les habitants de Piedmont, puis a muté en SA-2, qui dévore le plastique nécessaire aux vols spatiaux. Ce n'est ***pas*** une coïncidence.

SOL-VEDALA

Alors votre hypothèse, c'est qu'Andromède a évolué pour empêcher notre espèce de quitter la Terre ? C'est une théorie intéressante, mais je ne cerne pas bien le rapport avec ce qui nous occupe.

SSI-KLINE

SA-3 n'est pas apparue par hasard. Il y a une intelligence extraterrestre derrière tout cela. Nous faisons face à un ennemi inconnu qui a organisé une offensive sur une centaine de milliers d'années, à travers notre système solaire et probablement le cosmos. C'est une guerre, Nidhi, et vous êtes en première ligne. Je répète. N'approchez pas de cette anomalie.

SOL-VEDALA

[friture] Nous allons prendre votre théorie en considération. Terminé.

SSI-KLINE

Fuyez. Désobéissez aux ordres s'il le faut. Quittez…

[connexion perdue]

Manque d'informations

Côte à côte devant le téléphone satellite, tous les scientifiques demeurèrent muets de stupeur pendant que le *PhantomEye* redescendait de la canopée baignée de soleil.

Vedala fut la première à se remettre en mouvement.

— Mettez vos masques, ordonna-t-elle de son ton brusque caractéristique. Tout le monde s'asperge d'inhibiteur. Allez-y par petites pulvérisations pour ne pas gâcher. Rentrez vos pantalons dans vos chaussures et enfilez des gants. Ne prenons aucun risque inutile.

— Dites voir, ma p'tite dame, objecta Brink. Vous n'avez pas entendu ce que votre copine vient de…

— Brink, l'interrompit Vedala. Dites à vos guides de s'appliquer de l'inhibiteur. Surveillez-les. Assurez-vous qu'ils s'y prennent correctement. Je ne veux pas qu'un des membres de notre équipe finisse comme ces primates. On taille la route dans cinq minutes.

— Dixit qui ? demanda Brink en se redressant de toute sa hauteur.

Son fusil de combat pendait contre sa poitrine comme un point d'exclamation.

— Dixit *moi*, affirma Vedala face au caporal-chef.

Elle faisait une tête de moins que lui mais n'en était pas moins intimidante.

— Je n'ai pas l'intention de vous démontrer ma légitimité pour cette mission, reprit-elle, mais si vous avez bien lu et compris les directives que vous avez reçues, vous devez mesurer quelles seront les conséquences si vous me désobéissez, *bordel.*

Brink la dévisagea, mâchoire serrée, le visage virant au rouge. Avant qu'il puisse répondre, une main se posa sur l'avant-bras de Vedala et la tira doucement en arrière.

— Attendez, dit Peng.

Le son rare de sa voix calme suffit à capter l'attention de ses coéquipiers, qui se désintéressèrent de Brink pour l'écouter.

— Il a raison, dit Peng. Nous devons discuter tous ensemble.

— Discuter de quoi ? lui demanda Vedala en la toisant avec suspicion. Cette *chose* là-bas représente une menace pour la survie de l'humanité. De tous les habitants de cette planète, nous quatre sommes les mieux placés pour en apprendre davantage à son sujet et, si tant est que ce soit possible, empêcher sa propagation. Nous savions depuis le début que ce serait dangereux.

— C'est vrai, dit Peng. Mais si Kline a raison, c'est potentiellement une mission suicide. L'anomalie est le foyer d'une nouvelle infection virulente. Le point zéro. Nous obtiendrions peut-être de meilleurs résultats en l'étudiant de loin. Établissez un périmètre, comme Kline le suggère.

Vedala pouffa, resserra les sangles de son sac à dos et s'avança vers Peng.

— Kline a avancé une *théorie.* Sans preuve, ce n'est rien d'autre que cela. Nous sommes des scientifiques. Nous devons comprendre. Et on n'y arrivera pas en restant à la périphérie.

Peng regarda froidement Vedala tandis que Brink les observait avec un sourire ironique.

— La major Wu a raison, approuva une voix grave. Cessons de nous disputer, ne nous précipitons pas et mettons-nous à *réfléchir.*

Odhiambo fit craquer ses doigts et prit une profonde inspiration. La lumière du soleil qui filtrait à travers la canopée dansait sur sa barbe naissante. Les autres attendirent, et leur fréquence cardiaque ralentit tandis qu'ils regardaient le Kényan.

Avec rigueur et méthode, Odhiambo commença à résoudre le problème :

— Si ce que le Dr Kline dit est vrai, et si cette anomalie est là pour nous attaquer, alors la souche Andromède originelle doit être présente dans notre atmosphère depuis des milliers d'années. Des millions, peut-être. C'est une entité ancestrale et patiente, un piège qui attend que les formes de vie intelligentes aient évolué pour croître. Une fois réveillée, la souche évolue de manière à cantonner la vie à la surface de la Terre en dévorant les plastiques nécessaires aux vols spatiaux. Ai-je raison jusque-là ?

Les autres membres du groupe hochèrent la tête en guise d'approbation.

— Bien. Si cette hypothèse est correcte, pourquoi la souche attend-elle *ici* plutôt qu'ailleurs où la vie peut évoluer ?

— Une arme comme celle-ci, répondit Stone, ne fonctionne que si la microparticule se dissémine partout où la vie peut évoluer – d'un bout à l'autre de la galaxie – et subsiste dans la haute atmosphère de chaque planète ou lune qui possède une atmosphère. C'est la Théorie du Messager de John Samuel, l'une des premières raisons avancées par mon père à l'existence de la souche Andromède.

— Soyez plus clair, dit Vedala.

— La Théorie du Messager pourrait être le meilleur moyen, et probablement le seul, de communiquer avec les formes de vie intelligentes à travers les galaxies. Vous envoyez un astronef vers un système planétaire voisin, vous le programmez à trouver les matières premières nécessaires à sa reproduction puis vous expédiez les répliques vers d'autres systèmes. Une telle flotte spatiale se propage exponentiellement et investit chaque planète de la galaxie en quelques milliers d'années seulement…

Odhiambo sourit à James Stone et conclut :

— La preuve d'une intelligence extraterrestre, en somme. Nous n'avons aucune certitude qu'Andromède ait proliféré à travers notre système solaire. Aucune mission n'a révélé la présence de la microparticule, pas vrai ?

Sur la vidéo reconstruite fournie par les drones qui s'affairaient à cet instant au-dessus de la petite clairière, on voit Nidhi Vedala en train de regarder attentivement Peng Wu. Le visage de Peng est dépourvu d'expression, et tandis qu'Odhiambo finit d'exposer sa pensée, elle se tourne pour faire face à la jungle.

— Pour autant que je sache, dit Stone.

On voit alors Peng Wu inspirer profondément comme pour prendre la parole… mais l'ancienne taïkonaute expire ensuite sans s'exprimer. Son silence à ce moment-là est sûrement motivé par un conflit intérieur : son obligation morale envers ses coéquipiers se heurte à son devoir de loyauté envers sa patrie. Pour le soldat qu'elle est, chaque mot équivaut au déplacement d'une pièce sur un échiquier. Sa décision de ne pas s'investir à cet instant se révélera lourde de conséquences.

Et inutile.

Dans le grand ordre de l'univers, tous les êtres humains appartiennent à la même famille, sans distinction d'origine[1]. Les divisions que nous avons établies en nous fondant sur les origines ethnique et géographique sont pure illusion. Pour peu que notre espèce parvienne un jour à dépasser ces préjugés, c'est ce patrimoine génétique commun qui nous

1. Des travaux modernes dans le domaine de la variance génétique portent à croire qu'un événement cataclysmique ancestral réduisit la population de l'espèce humaine à seulement six cents individus. Les milliards d'habitants que compte aujourd'hui la Terre descendraient tous de ce minuscule groupe.

permettra de survivre à cette artificialité culturelle qui, jour après jour, nous éloigne de l'essentiel.

Néanmoins, en l'occurrence, face à la menace qui pesait sur l'espèce humaine, c'est le sentiment national qui l'emporta. Peng Wu se tut.

— Alors l'hypothèse de Kline me semble hautement improbable, continua Odhiambo. Si la microparticule existe seulement dans notre atmosphère, elle doit avoir évolué naturellement à partir d'une source terrestre ou être arrivée du cosmos par hasard. Si c'est le cas, la Théorie du Messager ne tient pas, et il ne peut y avoir d'intention malveillante. Si on se fie aux informations dont nous disposons, nous avons affaire à un spécimen très dangereux mais dénué de volonté propre.

Aucun des scientifiques n'exprima de désaccord. Toutefois le caporal-chef Brink grogna son mécontentement et s'éloigna de son arbre.

— Trêve de tergiversations. Nous avons un rendez-vous à honorer, rappela Vedala. Tout le monde est d'accord ?

Debout dans la jungle silencieuse, les membres du groupe échangèrent des regards sans prononcer un mot. Ce fut le son plaintif de la machette de Brink en train de couper une branche qui brisa le silence. Le caporal-chef avait tourné les talons et fonçait bille en tête parmi les hauts arbres, le reflet huileux de l'enduit inhibiteur prêtant à ses bras musculeux une moire surréaliste.

— Allez, cria Brink – son appel fut partiellement étouffé par la jungle. Nous avons perdu assez de temps.

Camp éphémère

Durant le reste du deuxième jour, l'équipe au sol du Projet Wildfire continua son périple à travers la zone circulaire de quarantaine de cinquante kilomètres afin de se rapprocher de l'anomalie. Le rendez-vous avec le PC de mission était programmé à midi le lendemain – dans dix-huit heures – et l'équipe était dans les temps.

Sa progression fut facilitée par le travail exploratoire et analytique des drones canaris commandés par le Dr Stone. Cependant, précisément parce que les drones étaient accaparés par ces tâches, il existe très peu de documentation vidéo montrant les échanges entre les membres de l'équipe pendant cette partie de leur pérégrination.

Les événements de cet après-midi-là ont été reconstitués grâce à des entretiens postérieurs avec les survivants, au carnet de route du Dr Stone et à des informations récupérées dans la mémoire cache du *PhantomEye*, collectées involontairement.

L'équipe cheminait rapidement à travers un terrain escarpé, franchissant collines abruptes, affluents de l'Amazone et autres obstacles. Elle avançait en file indienne, réglant ses pas sur les traces de ses éclaireurs. Le sentier dégagé par les Matis, jonché de branches et de feuillage, souffrait de tout ce piétinement et se transformait en champ de boue rouge glissant, si bien que les scientifiques se retrouvaient parfois à quatre pattes.

Sur un document vidéo partiel capturé par un canari distant de plusieurs mètres, on voit Stone s'entretenir en aparté avec Brink au faîte d'une étroite colline. On devine un échange de propos véhéments frôlant l'altercation. Il semble que les deux hommes aient failli en venir aux mains et que Stone, furieux, ait fini par s'éloigner d'un pas énergique.

Tandis que des ombres commençaient à envelopper la canopée, une lumière crépusculaire se mit à filtrer à travers les innombrables feuilles et plantes grimpantes. Une fois que tous furent arrivés à une zone de terrain surélevée, Brink se tourna vers les Matis et déclara la fin de la randonnée du jour.

— Périmètre de quinze kilomètres, dit-il. On reste ici cette nuit. On arrivera à destination demain avant midi.

Les guides commencèrent à défricher et à établir le camp de nuit, en silence mais avec célérité. Au bout de quelques minutes, cependant, ils découvrirent que la clairière était infestée de *tracuá* – des fourmis particulièrement voraces, connues pour défendre vigoureusement leur territoire. Les Matis étaient habitués à ces insectes nuisibles qui envahissaient de nombreux pans de la forêt. Leur piqûre faisait aussi mal que celle d'une guêpe ; elles étaient même capables de traverser les cordages pour infester les hamacs suspendus. Quelques fourmis commencèrent à poindre dans la pénombre, et leur nombre augmenta rapidement.

Le Dr Vedala se montra tout de suite sceptique face au choix du site. Elle fit observer qu'il leur restait au moins une heure de lumière diurne pour trouver un autre emplacement pour le camp. Ses inquiétudes furent balayées d'un revers de main par le caporal-chef Brink, pour qui les fourmis n'étaient qu'une broutille insignifiante, ce qui ajouta à la tension et à la peur qui s'étaient installées dans l'équipe.

James Stone travaillait d'arrache-pied.

Le roboticien avait ressorti son *PhantomEye*, agrandi les quatre rotors et remplacé la batterie. Filant à travers les branches et les plantes grimpantes enchevêtrées, le drone à intelligence artificielle utilisait un télémètre laser haute-fidélité afin d'éviter les obstacles et pouvoir accélérer jusqu'à 80 km/h.

À une telle vitesse, il pouvait théoriquement repérer leur destination en douze minutes.

Stone étudiait le moniteur qu'il portait autour du cou tout en écrasant des fourmis et en tentant d'ignorer le débroussaillement sauvage auquel s'employaient les Matis, armés de leur machette, ainsi que les plaintes de ses collègues. L'appareil offrait un flux vidéo gyrostabilisé en temps réel de la progression du drone. Stone espérait apercevoir la mystérieuse anomalie aux dernières lueurs du jour.

Après neuf minutes de voyage, le *PhantomEye* (encore distant de trois kilomètres de sa destination) fit état d'une exception gyroscopique. Stone perdit le contact radio et, malgré des efforts désespérés, ne parvint pas à se reconnecter à son précieux robot. L'appareil, qui avait coûté des centaines de milliers de dollars, disparut.

Il ne fut jamais retrouvé.

Poussant des jurons et tapant sur le clavier de son moniteur, Stone découvrit qu'il ne disposait plus que d'un rapport de données des derniers instants du drone. Au terme d'une rapide expertise, il établit que le *PhantomEye* s'était trouvé déstabilisé en traversant un cours d'eau, dans lequel il avait dû s'écraser.

Harold Odhiambo remarqua la détresse de Stone et le rejoignit.

Le Kényan était préoccupé. Il avait remarqué que les Matis, qui avaient pourtant fini de nettoyer le camp, coupaient de grosses branches et les taillaient avant de placer les bâtons échancrés tout autour du camp. Tout portait à croire que les guides préparaient la guerre.

— Une collision ? demanda Odhiambo à Stone en s'accroupissant à côté de lui.

— Possible, mais peu probable, lui répondit Stone, le visage illuminé par la lueur du moniteur. Il survolait une rivière. Avant ça, il se déplaçait parfaitement bien dans la jungle. Regardez.

Image par image, Stone passa la vidéo enregistrée. Tout à coup, l'image trembla violemment. Puis l'écran devint flou, conséquence du manque de stabilité des rotors.

— Il a heurté un oiseau ? demanda Odhiambo.

— C'est possible, lui répondit Stone en continuant à scruter chaque image.

Le reste de la vidéo était inexploitable – une simple traînée de couleurs.

Stone secoua la tête de dépit.

— Attendez ! le pressa Odhiambo. Faites un arrêt sur image, là.

Intrigué, Stone s'exécuta.

— Revenez en arrière, s'il vous plaît, demanda le Kényan. Encore un peu. Là.

Une forme ovale rougeâtre était cachée parmi les arbres. Peng et Vedala les avaient rejoints sans faire de bruit. À présent, la totalité de l'équipe au sol regardait tandis que Stone zoomait sur la tache rouge.

— On dirait un visage, dit-il, déconcerté. Mais il n'est pas normal. Est-ce qu'il pourrait s'agir d'une illusion optique ?

Bien que pixellisé à cause du zoom, le visage – si c'en était bien un – semblait déformé. Les traits étaient presque démoniaques, les yeux noirs et incandescents. La peau était rougie, comme maculée de sang.

— Voilà sans doute ce qui a détruit votre drone, dit Odhiambo.

— Qu'est-ce que c'est ? demanda Stone en dirigeant son regard par-delà les pieux de bois fraîchement installés qui cernaient le périmètre.

Peng et Vedala se rapprochèrent un peu. Les quatre scientifiques étaient minuscules dans la pénombre de la forêt.

— La vraie question, ajouta Odhiambo, le front plissé par des rides d'inquiétude tandis que son regard humide fouillait les profondeurs de la jungle, serait plutôt : « *Qui* est-ce ? »

Dans nos rêves, nous avons tous fait l'expérience d'une inquiétante distorsion du passage du temps, cette impression que quelques précieuses secondes s'étirent à l'infini, généralement en présence d'une catastrophe imminente. James Stone, pour qui cette vision se répétait depuis l'enfance, décrivit l'heure qui suivit comme la matérialisation de ses pires cauchemars.

Dans ce crépuscule doré fait d'ombres changeantes et de faibles lueurs, un sentiment d'impuissance avait gagné les membres de l'équipe au sol. Leurs yeux s'accoutumaient à la lumière déclinante.

Cette immobilité fut rompue par un coup de sifflet strident.

Dans la clairière nouvellement aménagée, un Matis se tenait devant un gros tronc d'arbre avec un hamac dans les mains. Son chapeau calé en arrière sur sa tête, l'homme mâchonnait des feuilles de coca, qui formaient sous sa joue une boule semblable à une tumeur. Il levait des yeux caves et noirs dans la dernière lueur du jour. Les scientifiques suivirent son regard et aperçurent leur premier hévéa d'Amazonie.

Une longue pellicule humide de sève blanche, semblable à de la cire de bougie, dégoulinait contre l'écorce rugueuse et tachetée du tronc.

Surnommée « l'arbre qui saigne », cette espèce avait été à l'origine de l'une des périodes les plus sombres de l'histoire du Brésil. La fièvre du caoutchouc qui s'empara des pays de l'Amazonie à la fin du XIXe siècle attira au profond de la forêt vierge une foule de prospecteurs et de barons de l'industrie du caoutchouc particulièrement avides. Des dizaines de milliers d'indigènes furent réduits en esclavage, menacés de mort et forcés à extraire la résine coulante. Ce fut le premier pillage systématisé de l'Amazonie par des colons.

Le Matis cracha par terre ses feuilles de coca. Il parla rapidement à Brink sans quitter l'arbre du regard. Dans la lumière mourante, les pousses de bambou qui lui traversaient les narines lui conféraient une présence surnaturelle.

— Comment ça l'arbre n'est pas censé « ressembler à ça » ? lui demanda Brink calmement tout en chassant une fourmi de son avant-bras, après quoi il se tourna vers le groupe. C'est un hévéa. Il est censé saigner.

L'homme des bois tendit le bras avec un index pointé et s'immobilisa. Vedala lui avait attrapé le poignet. Les yeux rivés sur la surface de l'arbre, elle lui fit baisser lentement le bras.

— Non. N'y touchez pas ! l'avertit-elle.

À mi-hauteur du tronc, la sève suintante était plus sombre, gris métallisé. Sa surface était parsemée de taches vertes lumineuses. Le long des bords, un dépôt chitineux se répandait en hexagones.

Sous les yeux de Vedala, la croûte de la substance s'aplatit puis s'étala sur deux ou trois centimètres dans toutes les directions. Un craquement plaintif s'échappa de l'intérieur de l'arbre, suivi d'un bruit sinistre, celui de quelque chose réduit en éclats.

Vedala recula immédiatement. Le caporal-chef Brink resta sur place pour regarder, la bouche à demi ouverte, avec au coin des lèvres un cure-dents dont il semblait avoir oublié la présence.

La cheffe de l'expédition s'adressa au groupe. Ses yeux durs brillaient.

— Écoutez-moi tous, dit Vedala. Ce site est contaminé. Nous ne pouvons pas rester ici ce soir. Tenez-vous prêts à partir.

— Vous plaisantez.

Le groupe se tourna vers Brink, qui respirait bruyamment. Sa colère soudaine masquait une peur grandissante. Le crépuscule allait bientôt céder la place à la nuit. Les oiseaux nocturnes commençaient leur chant du soir.

— Je suis on ne peut plus sérieuse, répliqua Vedala, fusillant du regard les Matis qui l'ignorèrent et attendirent les ordres de Brink tout en scrutant la jungle avec méfiance et en faisant des messes basses.

Brink marqua un temps d'arrêt, porta une main à son front puis la baissa.

— Je ne peux pas le croire, marmonna-t-il. Très bien. On se dépêche.

Les porteurs matis ramassèrent les bagages et se préparèrent à lever le camp.

Stone s'empressa de consulter l'analyse des détecteurs de toxines de ses drones canaris. Les résultats étaient négatifs. Toutefois, il sortit le masque de protection respiratoire qu'il avait dans la poche et s'en couvrit le nez et la bouche. Il sentit la chaleur familière de sa propre haleine sur ses joues.

— C'est un hévéa, dit Odhiambo. L'arbre à latex. Logique qu'Andromède s'installe ici. Je suppose que nous avons sous les yeux la particule SA-2, ou une variante. Une cousine de la microparticule qui a dévoré les joints du laboratoire du premier Projet Wildfire.

— Si elle ne dévore que du caoutchouc, ce n'est pas une menace, insista mollement Brink.

— Ah, mais elle évolue, répliqua Odhiambo presque avec tristesse. Nous sommes en train d'assister à une mutation d'Andromède. Et il est impossible d'évaluer précisément le danger.

— Harold a raison, dit Vedala.

Brink s'équipa d'une lampe frontale et l'alluma. Dégainant sa machette, il fit signe aux éclaireurs de se mettre en marche avant de leur emboîter le pas. D'aucuns rapportent qu'il marmonna en partant : « Cette expédition est la plus folle et la plus périlleuse à laquelle j'aie participé. »

L'homme, furieux, disparut sous les frondaisons en débroussaillant à tout-va.

Peng passa devant les autres, talonnant Brink. Ses yeux noirs brillaient sous son masque bleu foncé. Elle avait à peine jeté un coup d'œil à l'infection qui tuméfiait l'arbre. Depuis leur conversation avec Kline, elle était plus calme que d'habitude.

Stone la regarda s'éloigner.

Il avait constaté avec stupéfaction que personne n'avait prélevé le moindre échantillon. Il était très tard, et tout le monde en avait déjà trop vu. Cette jungle était malade. Elle avait été infectée par quelque chose – manifestement par l'inexplicable anomalie qui se trouvait à une quinzaine de kilomètres de là.

L'équipe s'enfonça dans la nuit d'un pas militaire. Elle laissa derrière elle un camp éphémère aménagé dans la jungle hostile, avec ses hordes de fourmis et de longs poteaux aiguisés qui l'entouraient. Cette décision de dernière minute de reprendre la route avec la nécessité d'établir un camp dans l'obscurité allait se révéler lourde de conséquences.

Tous les membres de l'équipe ne reverraient pas la lumière du jour.

JOUR 3
ANOMALIE

« Je crois au futur. »
Michael Crichton

Embuscade nocturne

L'un des détecteurs d'infrasons portables activés par Odhiambo enregistra un coup de feu quarante-neuf minutes avant l'aube du troisième jour, coïncidant avec le moment le plus sombre de la nuit. Avec la lumière déclinante des étoiles et la lune cachée derrière le plafond de l'épaisse canopée, le sol de la jungle était couleur d'encre noire.

Eduardo Brink et ses hommes avaient établi un nouveau camp à la hâte. Épuisés, ils se trouvaient dans un lieu inconnu et ne voyaient presque rien. En bref, l'équipe au sol n'était absolument pas préparée à se défendre contre une attaque coordonnée.

L'offensive survint soudainement.

La poignée d'attaquants se déplaçait avec une aisance déconcertante dans la jungle. Une preuve médico-légale relevée plus tard sur les lieux indiqua que leur vision avait été accrue grâce au jus de la racine de sananga[1]. Ainsi, les assaillants furent capables de manœuvrer en toute confiance dès la première et presque indécelable lueur de l'aube.

Les événements suivants s'étalèrent sur onze minutes.

Le Dr Nidhi Vedala fut réveillée dans son hamac par un hurlement à glacer le sang. Plus tard, il fut établi que le cri

1. Frottée sur les yeux, la racine de sananga accroît la perception des couleurs et l'acuité visuelle, ce qui est fort utile pour la chasse et la guerre. Bien que la science moderne ne comprenne pas encore le mécanisme sous-jacent de ses actions, elle a pu établir que la racine est utilisée par les indigènes d'Amazonie depuis environ deux mille ans.

émanait d'un porteur matis dont le thorax avait été transpercé par une lance en bambou aiguisée. Peut-être l'homme avait-il entendu un bruit et s'était-il rendu à l'orée du camp à la lueur de sa lampe frontale.

Des rugissements inhumains semblables à ceux des jaguars retentirent dans la jungle pendant les trente secondes suivantes tandis que les scientifiques apeurés paniquaient et sautaient de leurs hamacs pour atterrir dans la boue en clignant des yeux pour chasser le sommeil. Une confusion s'ensuivit lorsque les scientifiques et les porteurs tentèrent de se précipiter en lieu sûr, sous une grêle de flèches à pointes de bambou provenant de toutes les directions.

Le caporal-chef Brink avait sagement placé ses robustes éclaireurs dans un périmètre autour des scientifiques, moins expérimentés, à la fois pour les protéger contre les animaux qui rôdaient et pour les empêcher de partir errer dans les bois au risque de s'y perdre. Les scientifiques presque sans défense occupaient stratégiquement le centre du camp, leurs hamacs rayonnant à partir de la base partagée d'un grand palmier marcheur.

Les Matis furent les premiers à faire face au danger, tandis que l'équipe Wildfire, progressant à tâtons, trouvait un abri partiel parmi les épais palmiers aux racines semblables à des pilotis. Des douzaines de flèches pleuvaient autour d'eux. Leurs pointes acérées étaient enduites d'extraits de plantes de curare normalement utilisées pour chasser le singe.

Après les premières volées, la voix rauque de Brink se fit entendre et il aboya des ordres. En quelques instants, une cacophonie de coups de feu éclata dans la petite clairière autour du grand palmier marcheur. L'odeur puissante de la poudre à canon et un arôme piquant d'écorces et de feuilles déchiquetées remplirent le camp. Le crépitement perçant des fusils de chasse se fit entendre presque sans interruption pendant plusieurs minutes assourdissantes.

Le tout était ponctué par les rafales du fusil d'assaut M4A1 de Brink, une des armes préférées des unités des forces spéciales. L'arme noire était plus légère que la norme et équipée d'un receveur de combat Mark 18 Close Quarters (CQBR) – un canon de 10,3 pouces, adapté à la nature des guérillas dans la jungle.

Tandis qu'il rampait sur ses coudes et ses genoux à la lueur vacillante des détonations, Stone entrevit les visages rouges démoniaques et tordus des assaillants. Les monstres couraient à travers les broussailles, autour du périmètre du camp en brandissant de grandes haches. Se souvenant des taches de rouge sur les images filmées par son drone, Stone avait à présent la confirmation qu'il ne s'agissait pas de troubles visuels.

Le visage enduit de peinture de rocou rouge, les guerriers à l'allure diabolique n'étaient en réalité que des hommes agiles de petite taille, à la poitrine tatouée de barres noires, et aux cheveux couverts d'une touffe de plumes d'oiseaux. Ils étaient les émissaires d'une tribu isolée, et presque certainement le groupe qui avait suivi et observé le voyage des scientifiques. Ils avaient averti l'équipe de multiples façons de ne pas aller plus loin dans le territoire interdit.

À présent, c'était trop tard. En se penchant sur une série d'observations réalisées par la FUNAI l'année précédente, on a pu établir que ce groupe correspondait à une tribu surnommée Machado, baptisée ainsi car elle utilise des haches en pierre rares. S'étant retirés à l'intérieur de l'Amazonie seulement une génération plus tôt, ces hommes possédaient probablement une connaissance étendue des fusils et de leurs capacités. Cela explique pourquoi ils utilisèrent des arbres comme couverture contre les armes qui aboyaient et crachaient des balles dans la nuit.

Les Matis, qui avaient été jusque récemment dans la même situation que leurs agresseurs, semblaient reconnaître immédiatement les techniques indigènes. Ils comprenaient bien les enjeux mortels de ce combat. Chaque Matis fit feu rageusement sur la jungle, vidant les magasins et éjectant les douilles vides, remplissant l'air avec le tonnerre roulant de leurs détonations.

C'était une impressionnante démonstration de force, et c'était le but recherché.

Le caporal-chef Brink avait été surpris par la hardiesse de l'attaque. Mais son incrédulité et sa peur s'intensifièrent lorsque le combat continua au-delà du tir de barrage initial. Le bruit et la destruction avaient pour but évident de faire battre l'ennemi en retraite. Même en n'ayant que brièvement aperçu les féroces guerriers, Brink soupçonna que quelque chose n'allait pas chez eux. Les guerres intertribales dans l'Amazonie profonde étaient bien connues, mais les attaques contre les Occidentaux étaient rares et se limitaient presque toujours à la démonstration d'une puissance de feu écrasante.

Pire, Brink comprit que son autorité sur les éclaireurs matis était pour le moins fragilisée. Tandis qu'il donnait des ordres désespérés en hurlant pour couvrir les crépitements de son propre fusil, ses pires craintes se réalisèrent.

L'un après l'autre, les fusils se turent.

Après avoir poussé un premier cri, le Matis blessé s'était rapidement écroulé. Son système nerveux avait été envahi par le curare noir, une neurotoxine naturelle employée à l'origine pour paralyser les grands primates pendant les expéditions de chasse. Son corps gisait, la LED de sa lampe frontale éclairant encore une parcelle brillante du sol de la jungle. Pendant ce temps, faisant acte de coordination silencieuse, le reste des guides matis avait tranquillement battu en retraite.

Les ordres hurlés par Brink n'eurent aucun effet sinon d'effrayer un peu plus les scientifiques toujours blottis parmi les racines du palmier marcheur.

Les mercenaires indigènes ne comprenaient pas l'intérêt de continuer à risquer sa vie pour des étrangers et de participer à une mission incompréhensible. Exploités pendant des décennies par les différents visiteurs de l'Amazonie, les Matis avaient beaucoup plus en commun avec les Machados qu'avec le caporal-chef Brink ou l'équipe Wildfire.

Les guides étaient de plus rassurés car ils savaient que quelques jours de marche leur suffiraient à atteindre les *malocas* ancestrales de leur famille au plus profond de la jungle. En outre, une méfiance de longue date (et ô combien méritée) envers des Blancs les avait amenés à la conclusion que ce désordre avait été causé par des étrangers. Mieux valait se retirer et laisser la situation se dénouer d'elle-même.

Au bout de six minutes d'attaque, les non-indigènes de l'équipe Wildfire furent donc livrés à eux-mêmes. Seul Eduardo Brink était armé et capable de défendre le camp. Il progressait confiant à travers la jungle noire en sachant que, s'il était ne fût-ce qu'entaillé par la pointe empoisonnée d'une lance, toute l'équipe serait massacrée.

— Éteignez les lumières ! hurla-t-il.

James Stone avait allumé une torche au centre du camp. La lumière faisait de lui une cible. En outre, elle interférait avec l'ultime plan d'attaque de Brink. Le camp fut rapidement plongé une nouvelle fois dans les ténèbres.

Brink s'accroupit, coinça la crosse de son fusil d'assaut dans le creux de son épaule et pressa sa joue contre le métal froid. De son pouce couvert de boue, il activa l'AN/PVS-17. Normalement, la vision de nuit était intégrée à son casque, mais il s'agissait d'une opération civile et ses ordres étaient de transporter un minimum de matériel militaire.

Balayant le palmier marcheur avec la lumière amplifiée du fusil, Brink constata avec satisfaction que les scientifiques restaient groupés dans les plis de l'écorce. En outre, une personne entreprenante avait traîné quelques malles militaires afin d'en faire un barrage contre les flèches perdues.

Brink balaya la jungle de sa vision nocturne, dont la lueur traçait un cercle vert autour de son œil droit.

Il commença à discerner les silhouettes de ses attaquants, tandis qu'ils bondissaient entre les arbres. Il distinguait leurs traits maculés de plusieurs couches de peinture granuleuse rouge. Leurs visages étaient tordus et déformés. La surface de leur peau semblait éclaboussée de taches sombres et horribles.

Quelque chose n'allait décidément pas chez ces hommes.

Les Sertanistas ne devaient à aucun prix blesser les indigènes qu'ils protégeaient, fût-ce au risque de leur propre vie. L'un des plus fameux dictons au sein de la FUNAI était un avertissement plutôt terrible : « Mourez s'il le faut. » Mais cette nuit-là, Brink se révéla être un soldat des plus basiques. Comme la plupart des visiteurs de ce lieu, il n'était pas disposé à risquer sa propre vie pour protéger cette tribu qui vivait au tréfonds de la jungle.

En fait, Brink n'était pas affilié à la FUNAI comme il l'avait indiqué. Il était un vétéran chevronné avec une ténacité endurcie par d'innombrables opérations clandestines menées pour le compte d'obscures agences dans les endroits les plus reculés du monde. Se déplaçant comme une machine, il avança lentement, balayant la jungle du regard, et pressant occasionnellement la détente de son fusil de guerre.

Chaque coup était une sentence de mort. Sa visée était impeccable.

Brink avait été abandonné par ses mercenaires indigènes. Il était dépassé par le nombre et affrontait une mort qui prenait la forme de haches et de flèches primitives.

Doté de l'instinct du soldat, il bénéficiait également d'une excellente formation, et de deux mille ans d'avance sur ses assaillants grâce à ses armes et à leur technologie de détection pour éradiquer impitoyablement la menace devant lui.

Marchant avec précaution à travers la jungle, paré à faire feu, Brink, un œil sur son viseur, tirait sur tout ce qui avait forme humaine. Il ne s'inquiétait pas de savoir s'il toucherait un Matis amical ou un Machado hostile. Il les considérait à présent tous comme des ennemis.

En trois minutes, Brink avait presque atteint son objectif. Quand une hache en pierre ricocha sur son omoplate, il se retourna et tira d'instinct. Sa balle perça un trou de la taille d'un poing dans le Machado qui lui faisait face et projeta une brume de sang sur les feuilles cireuses d'un kapokier.

Brink pensa d'abord que le problème était résolu. Le coup avait seulement entamé la chair de son épaule. Bien que douloureux, il n'avait pas brisé d'os et le soldat conservait sa liberté de mouvement. Il sentit un liquide chaud couler le long de son dos et à l'intérieur de la couture de son pantalon. Après quelques secondes, la sensation disparut.

Bien que Brink ne pût le voir, le ruisselet de sang s'écoulant le long de son dos avait rapidement coagulé en une fine poussière rouge.

Pendant trente secondes, Brink continua à marcher sans trouver de nouvelle cible. Il garda un œil sur la lunette, le fermant occasionnellement et ouvrant l'autre œil (encore ajusté à l'obscurité) pour balayer la zone autour de lui.

Onze minutes s'étaient écoulées, et tous les attaquants gisaient, morts. Sept cadavres étaient étendus parmi les arbres. Cinq d'entre eux étaient les corps des diaboliques Machados. Brink reconnut dans les deux autres ses propres employés matis. Cependant, son objectif de mission était rempli.

Les scientifiques semblaient sains et saufs, bien que terrifiés. L'opération pouvait continuer : l'équipe était en mesure d'atteindre facilement sa destination pour honorer son rendez-vous de midi le lendemain. À cette pensée, Brink, soulagé, s'adossa à un arbre. Abaissant son fusil, il sourit tristement.

Il avait trompé la mort une fois de plus.

Le sourire triste flottait encore sur le visage d'Eduardo Brink lorsque l'aube se leva vingt minutes plus tard. Son corps fut retrouvé paisiblement appuyé au tronc d'arbre éclaboussé de sang, les doigts enserrant encore la crosse de son fusil.

Alpha et oméga

Dans les ténèbres précédant l'aube, Peng Wu tendit l'oreille depuis sa cachette pendant que les trois autres scientifiques crapahutaient pour se mettre en sécurité parmi la myriade de racines du palmier marcheur. Pendant l'attaque, Peng glissa hors de son hamac et rampa jusqu'à un grand noyer à la limite de la clairière. Sortant son couteau de combat fourni par l'APL, elle se recroquevilla, devenant ainsi une cible plus difficile à atteindre, devant un solide mur de jungle. De cette position stratégique, elle résolut de poignarder tout ce qui se présentait à elle.

Selon Peng, si les Matis échouaient à défendre le camp et qu'une attaque finale survenait, celle-ci anéantirait les scientifiques impuissants qui s'étaient regroupés. Elle n'avait pas l'intention de figurer parmi les victimes. Aussi s'assit-elle, seule. Elle scruta aveuglément les ténèbres et aperçut quelques détails, car les tirs produisaient des éclairs de lumière.

Le feuillage compact de la jungle étouffait les crépitements des armes. Des hurlements et des cris de guerre stridents semblaient venir d'un peu partout. Leur fréquence diminua bientôt, et le silence se fit après dix longues minutes. Peng écouta attentivement et se prépara à une dernière attaque. Elle n'entendit qu'une exclamation de surprise et devina qu'elle émanait du caporal-chef Brink.

Quelque chose n'allait pas, et Peng se mit en tête de découvrir quoi.

Tandis que les autres scientifiques commençaient à retrouver leur sang-froid aux premières lueurs de l'aube grise, Peng quitta prudemment sa cachette. Elle remarqua une balafre pâle dans un tronc près de son visage, là où une flèche avait raté de peu sa cible. Elle marcha accroupie, mais avec vélocité et en silence, jusqu'au périmètre du camp, couteau pointé en avant.

En chemin, Peng entrevit plusieurs cadavres gisant parmi les broussailles et les racines noueuses. Les troncs avaient été atteints et les frondaisons déchiquetées par les balles. Plusieurs feuilles étaient éclaboussées de sang et de chair : une vision de film d'horreur. Il fallait inspecter ces corps. En un coup d'œil, Peng vit que leurs peaux étaient recouvertes d'un pigment rougeâtre. Elle continua à avancer à bonne distance des corps mutilés. Derrière elle, le reste de l'équipe au sol chuchotait.

Quelques secondes plus tard, elle repéra la silhouette massive de Brink. Il était adossé nonchalamment, l'arme basse, au pied d'un hévéa. La vision nocturne projetait un cercle de lumière verte sur son biceps.

— Brink, chuchota Peng en avançant vers lui.

S'approchant par-derrière, Peng alla pour lui taper l'épaule avec la pointe de son index mais s'arrêta avant de la toucher. Quelque chose n'allait pas.

Cet homme n'était pas Eduardo Brink, pas exactement.

Elle recula prudemment, contrôlant sa respiration, et jeta un coup d'œil derrière elle. Elle était toujours seule.

Lentement, elle tourna autour de Brink.

Il souriait toujours mais ses yeux étaient assombris par des taches grises, une substance couleur de métal. Visiblement, il s'était adossé à l'arbre pour reprendre sa respiration et il était mort, paralysé. Sa chemise de camouflage était déchirée, et la peau de son torse comportait une mince lacération.

Son corps s'affaissait, et pourtant quelque chose le maintenait droit.

Peng Wu ne fut pas assez naïve pour toucher le corps. Au lieu de cela, elle se hâta de descendre la fermeture éclair du sac à effets personnels de Brink. Ancienne soldate, elle savait que c'était là que les troupes des forces spéciales rangeaient leurs mémentos, cartes et autres notes de mission.

Parmi les affaires de Brink, Peng découvrit un petit sac étanche étiqueté : DERNIÈRE EXTRÉMITÉ. Elle l'ouvrit et en sortit un boîtier en plastique noir de la taille d'un Zippo. À l'intérieur de cet étui de protection se trouvait une fiole contenant un liquide orange peu ragoûtant. Il était évident pour l'ancienne soldate que ce fluide épais était une sorte d'agent neurotoxique – un poison discret et mortel.

Sur la fiole de verre était gravé le mot de code OMÉGA. La dernière lettre de l'alphabet grec. Ce qui signifiait la fin de tout.

La méfiance grandissante de Peng Wu envers le reste de l'équipe venait de se muer en véritable paranoïa. Elle dut prendre des décisions difficiles au cours de ces dernières secondes de solitude. Elle ne parvenait pas à établir avec certitude lesquels de ses collègues étaient dignes de confiance – aucun, peut-être.

Quand le reste de l'équipe au sol découvrit le corps inanimé de Brink un peu plus tard ce matin-là, la fiole OMÉGA n'y figurait plus.

Lumière du matin

— Ce n'étaient que des hommes. Des autochtones, dit Odhiambo d'une voix grave. Encore des victimes indigènes.

Debout devant le corps boueux d'un Machado, le scientifique kényan enfila une paire de gants d'examen mauves. Le petit homme gisait à plat ventre dans les broussailles où perlait une rosée matinale. Avec des gestes prudents, Odhiambo le retourna.

Les joues du Machado étaient maculées de poudre de rocou. Ses narines et sa lèvre inférieure étaient percées par des pousses de bambou – une redoutable imitation des moustaches d'un jaguar. Ces décorations traditionnelles, légèrement différentes de celles des Matis, confirmaient l'identité tribale du corps.

Mais ce n'était pas ce qui préoccupait le plus Odhiambo.

La bouche ouverte de l'homme qui grimaçait de douleur était revêtue d'une substance grisâtre cendrée. Celle-ci encroûtait également sa lèvre supérieure. Plus troublant encore, la peau de son visage était tapissée d'une sorte de cuticule composée de formes hexagonales semblables à du métal.

— On dirait la substance trouvée sur les singes hurleurs, dit Peng, observant à distance. Quelque chose au profond de la jungle, probablement l'anomalie, les a infectés. A infecté la forêt tout entière.

Odhiambo fit une autre découverte horrible, cette fois sur la partie supérieure de la poitrine dénudée du Machado :

une plaie ravinée et ensanglantée, causée par un impact de balle.

— Il a été abattu comme un chien malade, dit Odhiambo, sa voix brisée par l'émotion. Les autres aussi. Brink les a tous tués.

— Pouvait-il agir autrement? demanda Vedala.

— S'il était vraiment de la FUNAI, répondit Odhiambo d'une voix brisée par la colère, Brink ne les aurait jamais tués. Pas tous, en tout cas. Les indigénistes sont entraînés à ne jamais blesser les *Indios Bravos*. Ils se contentent de les effrayer pour les faire fuir.

Odhiambo détourna le regard. Ses yeux étaient fatigués.

— « Mourez s'il le faut », dit-il, comme pour lui-même. « Mais ne blessez personne. »

— Je suis désolée, vous avez raison, lui répondit Vedala. Il faut qu'on discute de ce qui est arrivé au caporal-chef Brink. J'ai besoin que vous l'examiniez, tous les deux.

Nidhi Vedala sentait que ses coéquipiers étaient au bord de la panique. Ils prenaient conscience d'avoir été abandonnés par leurs guides indigènes. Tous gardaient à l'esprit la menace constante d'une autre attaque. La situation était grave, même en faisant abstraction de la contamination.

Vedala envisageait également les répercussions d'un rendez-vous manqué avec le général Stern. Si le groupe était porté disparu, Stern prendrait probablement des mesures drastiques.

Vedala ressentait pourtant un certain calme. La précision mécanique de Peng Wu et le flegme d'Harold Odhiambo étaient réconfortants. C'était James Stone, l'expert en robotique, ajout de dernière minute à l'équipe, qui l'inquiétait. Elle lui avait ordonné avec brusquerie de remballer son précieux équipement. Sans porteurs, chaque scientifique allait devoir transporter l'intégralité de son chargement. Il allait donc falloir en abandonner une partie.

Stone était désormais agenouillé dans la boue près du palmier marcheur. Il se frottait le visage et marmonnait dans sa barbe auburn quelque chose à propos de cauchemars et de « poussière de sang portée par le vent ».

L'une des premières observations effectuées par l'équipe du Projet Wildfire originel avait été que les corps ne saignaient pas. Voilà que là-bas, au cœur de la jungle, une cinquantaine d'années plus tard, Vedala se retrouvait à recréer une expérience de terrain dont elle n'avait eu connaissance qu'en lisant les dossiers de l'époque.

À l'aide d'un scalpel, elle incisa la chair musclée qui recouvrait l'omoplate de Brink, juste au-dessous de sa blessure. Elle vit parfaitement chacune des couches de tissu, d'abord la surface bronzée de son épiderme puis le derme blanc pâle et l'hypoderme jaune adipeux. Dessous, une autre couche de muscle rose s'ouvrait sur un os blanc rosé, barré par une entaille bien nette.

Vedala s'enregistra en train de décrire ses observations : « Lacération profonde dans la scapula du sujet. Pas de sang. L'examen préliminaire indique une déshydratation des hématies dans la zone autour de la blessure et peut-être dans tout le corps. Aucune lividité cadavérique. »

— Autrement dit, son sang s'est transformé en poussière rouge.

Les trois scientifiques se retournèrent et découvrirent, à quelques mètres, un James Stone tremblant au visage émacié. Son sac à dos était bien attaché, et rempli de drones perchés sur leur station de recharge. Pour une fois, ils étaient silencieux. Les yeux hagards de Stone semblaient brûler avec une intensité que Vedala n'avait jamais vue.

— Exactement comme à Piemont, poursuivit Stone. L'histoire se répète. Nous devrions tous être morts. Je devrais être mort.

— Non, James, répliqua Vedala d'une voix égale.

Elle n'appréciait guère la façon dont Stone respirait en haletant, pas plus que les regards qu'il promenait sur le corps du caporal-chef Brink, lequel était d'une étrange verticalité.

— Ce n'est pas tout à fait pareil qu'avant. Regardez ici. Concentrez-vous.

Vedala tira soigneusement sur la chemise de Brink, déchirant le tissu là où il avait été fendu. Peng Wu sursauta quand la peau de l'épaule de Brink fut révélée. La chair exsangue au contact de la sève de l'hévéa avait commencé à s'amalgamer avec l'écorce.

Le corps mort de Brink était en train de fusionner avec l'arbre.

Dictaphone en main, Vedala poursuivit son observation, conservant un ton froidement objectif face à cette nouvelle vision d'horreur :

— Le latex naturel de l'hévéa se désintègre, comme lors d'une infection par la variété plastiphage SA-2.

Vedala s'arrêta et prit plusieurs inspirations profondes.

— En outre, la coagulation du sang du sujet est conforme à l'infection par la variété mortelle SA-1, qui a tué les habitants de Piedmont. Ces éléments confirment l'existence d'une nouvelle mutation, qui combine les propriétés des souches SA-1 et SA-2. On note une altération de la chair au contact du latex présent dans la sève. Ces deux matières semblent… fusionner. Une excroissance pelliculaire, possiblement métallique, de matière particulaire grise solidifiée, révélant des motifs hexagonaux, peut être observée sur la chair comme sur l'écorce.

Odhiambo déplia une loupe de géologue semblable à celle d'un bijoutier et étudia l'écorce de plus près.

— Ces hexagones sont une version réduite des motifs que nous avons observés sur les images de l'anomalie, commenta-t-il. Et nous savons que ces mêmes motifs forment la structure cellulaire de la souche Andromède observée au microscope.

Odhiambo referma l'instrument et le rangea dans sa poche.

— Alors, que conclure de tout cela ? demanda Peng.

— Je suis du même avis que le Dr Kline, répliqua Vedala. Nous n'avons pas affaire exactement à SA-1 ou à SA-2. Nous faisons face à une nouvelle évolution de la souche Andromède. On peut l'appeler SA-3 par commodité, mais on ignore tout d'elle pour l'instant, sinon qu'elle possède les propriétés mortelles de ses deux prédécesseurs. SA-3 semble provoquer la coagulation du sang, se comporte comme un plastiphage et transforme les tissus organiques en une sorte de substance métallique.

Debout à l'ombre d'un arbre, James Stone était parvenu à se calmer.

— Tout cela est bien beau, Nidhi, dit-il, mais, si on veut rester en vie ici, la vraie question à se poser est : « Comment a-t-il été infecté ? »

Nidhi Vedala resta silencieuse un moment. Elle sentait la chaleur de la jungle monter tandis que le soleil se levait au-dessus de la canopée.

— C'est une bonne question, James, lui répondit-elle. La barrière inhibitrice cutanée de Brink est intacte. Par conséquent, il semble que cette variété d'Andromède ne réagisse pas au contact de ses prédécesseurs. Les narines et la bouche sont exemptes de tout résidu. La probabilité qu'il ait inhalé SA-3 ou qu'elle ait pénétré une muqueuse est faible. Par ailleurs, Brink ne présente aucune difformité faciale, contrairement à nos agresseurs. En fait, tout semble être parti de sa blessure à l'épaule. Je suggère qu'on se mette en quête d'un fomite.

— Un vecteur non-organique de transmission de la maladie, clarifia Odhiambo. Et je crois que la solution est sous nos yeux.

Odhiambo se tourna vers une hache en pierre abandonnée sur le sol boueux. Une substance d'un gris tirant sur le vert faisait briller la lame de l'instrument. Odhiambo la ramassa délicatement par son manche en bois.

— Docteur Odhiambo, dit Peng en haussant la voix. Vous nous aviez dit qu'il n'y avait pas de pierres en Amazonie… ?

— Une très faible quantité, répliqua Odhiambo en soulevant la hache. Le peu que l'on trouve ici provient des Andes.

Il fit tourner l'arme précautionneusement dans ses mains gantées. Il promena son regard sur les motifs hexagonaux à peine visibles qui semblaient incrustés dans le tranchant de la hache.

— Mais je ne crois pas que cette pierre soit vraiment de la roche. Elle est bien trop légère. Et beaucoup, beaucoup trop aiguisée.

— Alors, d'après vous, qu'est-ce que… ? commença Vedala avant de prendre conscience de l'évidence et de s'interrompre.

— Les êtres humains sont entreprenants, docteur Vedala. Ils s'adaptent. Cet outil a été façonné dans un matériau qui est sans doute apparu récemment.

— Ils ont extrait la matière dont est faite l'anomalie, souffla Peng.

— Et pourtant, au moindre accident, SA-3 pouvait les tuer, dit Stone. Je ne comprends pas. Qui prendrait le risque de travailler avec un tel matériau ?

— Ils ne savaient évidemment pas à quoi ils s'exposaient. Ils ont simplement vu en cette nouvelle matière un atout, lâcha Peng à toute vitesse en se frappant le front. Fort utile pour se défendre… Mais oui, c'est ça ! Ce sont des êtres humains, après tout ! Ils ont voulu exploiter une nouvelle technologie ! La possibilité de tuer leur ennemi d'un seul coup leur donnait un avantage considérable, qu'il s'agisse d'un homme ou d'un jaguar. Oui, oui, évidemment !

Elle se calma en prenant conscience de son excitation inhabituelle.

— Cela pourrait également expliquer pourquoi ils ont eu l'audace de nous attaquer, malgré nos armes, songea Odhiambo. Ils possédaient enfin un arsenal susceptible de nous vaincre.

— Ou alors, ils étaient en colère, dit Stone. Ils nous croyaient responsables de cette… chose qui avait envahi leur monde. Ce en quoi ils n'auraient pas eu complètement tort.

Le groupe de scientifiques réfléchit un moment à cette hypothèse.

Les peuples indigènes ont souvent été considérés comme « sous-évolués » à travers l'histoire au prétexte qu'ils n'avaient pas réussi à développer les mêmes outils, les mêmes convictions religieuses et les mêmes infrastructures sociétales que les Occidentaux. Même le mot « civilisation » est un terme piège car sa définition est traditionnellement proposée par les gardiens autoproclamés du progrès. Ces *Indios Bravos* avaient trouvé un nouveau matériau et leur instinct ne les avait pas poussés à fuir, à le détruire ou à s'en détourner.

Leur instinct d'hommes les avait incités à *s'en servir.*

C'étaient la même curiosité et le même intérêt personnel qui avaient conduit les citoyens de Piedmont à lever les yeux vers le ciel pour regarder s'écraser un satellite gouvernemental puis à l'ouvrir pour savoir ce qu'il contenait. La mort de ces hommes dans la jungle était due à une erreur humaine, déjà commise auparavant et qui serait répétée dans un avenir proche par d'autres individus qui se croyaient plus « civilisés ».

Au cœur de la forêt amazonienne, quatre des esprits les plus vifs de la planète se tenaient prêts à affronter la plus grande menace de toute l'histoire de l'humanité. L'équipe Wildfire au sol pouvait compter sur plus de deux mille ans d'avancées scientifiques. Jusqu'alors, elle s'était crue infiniment supérieure aux « sauvages » de la forêt, et bien plus aguerrie qu'eux. Mais, coupée du reste du monde, privée de ses guides et des connaissances nécessaires à sa survie dans la jungle, l'équipe Wildfire courait à sa perte.

— Nous devons contacter le centre de commandement, reprit James Stone. Mon drone a disparu et il n'y a pas de clairière dans les environs. Je ne vois pas d'autre solution…

— Oui. Revenons à notre mission. Nous allons nous rendre à la clairière qui se trouve à côté de l'anomalie pour obtenir une liaison satellite, continua Vedala, autoritaire. C'est notre seul espoir. Stern peut autoriser des renforts, ou notre extraction.

À en juger par l'expression de son visage, Peng Wu n'était pas convaincue. Sur les vidéos retrouvées, on la voit les mains enfouies dans ses poches, manifestement en train de serrer un objet. On peut supposer qu'il s'agit de la fiole contenant un agent neurotoxique mortel.

À peine avait-elle ouvert la bouche pour parler – peut-être pour confesser sa découverte et avertir les autres – qu'elle fut interrompue par un événement incroyable.

— Écoutez-moi, dit Odhiambo. Restez parfaitement immobiles et ne paniquez pas.

— Quel est le problème, Harold ? lui demanda Vedala, le visage inquiet.

Le vieux Kényan fit un signe de tête en direction de la forêt devant lui.

— Nous avons un visiteur.

Les scientifiques se retournèrent comme un seul homme et aperçurent un petit visage rouge. À mi-hauteur du tronc d'un arbre penché, une paire d'yeux les observait derrière un rideau de feuilles. C'était le visage d'un enfant. D'un garçon. Ses joues étaient maculées d'une couche de peinture de poudre de rocou rouge que des larmes avaient manifestement ravinée.

En comptant l'équipe Wildfire, ce garçonnet était le cinquième survivant.

Répercussions

À mille cinq cents kilomètres plus à l'ouest, une unité spéciale de ravitaillement aérien était stationnée au large des côtes du Pérou. Sur l'USS *Carl Vinson*, porte-avions polyvalent, un escadron de quatre chasseurs-bombardiers *F/A-18E Super Hornet* attendait, prêt à décoller. Au cœur de la nuit, une obscure cargaison avait été livrée par deux *V-22 Osprey* non signalés. L'opération de ravitaillement verticale fut menée par une équipe peu communicative, sans affiliation militaire.

Seule cette équipe avait été autorisée à procéder au chargement, au grand dam des officiers d'artillerie de service. Vétérans et membres à part entière de cet escadron d'élite, ils se sentaient responsables non seulement des avions mais aussi de leurs pilotes. Toutefois, les ordres étaient les ordres. C'est pourquoi ces hommes et femmes en chemise rouge trompaient leur attente en fumant, renfrognés, au pied de la tour de contrôle aérien pendant que des gars venus de l'extérieur effectuaient le travail à leur place[1].

Près de trois mille kilos d'inhibiteur anti-Andromède sous forme liquide furent chargés à bord des avions de

1. Curieusement, il est toujours permis de fumer à bord des navires de surface de l'US Navy car une loi fédérale impose à la flotte de la marine américaine de vendre des cigarettes et du tabac à leur équipage. C'est le résultat d'un lobbying intense exercé par l'industrie du tabac dans les années 1990. L'interdiction de la cigarette à bord de ces vaisseaux ne pourra avoir lieu sans l'adoption d'une loi par le Congrès.

chasse. L'existence de cette substance-prototype était officiellement classée secret-défense, et son armement fut un secret bien gardé.

Les mystérieux membres de l'équipe de livraison se relayèrent sur le pont d'envol tout le restant de la journée. Derrière leurs lunettes d'aviateur à verres miroir, ces nouveaux venus ne semblaient pas doués de parole. Pendant ce temps, le centre de contrôle avait été mis au courant d'une opération de lancement.

Une procédure d'alerte fut lancée. Les *Super Hornets* se tenaient prêts à décoller à tout moment sous la propulsion de la catapulte du porte-avions. Leur survol de l'Amazonie violerait une douzaine de traités en vigueur, dont le Traité international de paix et d'amitié signé en 1828. Une sortie armée non autorisée en territoire étranger, même accomplie avec les meilleures intentions, serait considérée à coup sûr comme un acte de guerre, ni plus ni moins.

Il fallait espérer qu'on n'ait pas à en arriver là.

La vitesse de vol maximum d'un *Super Hornet* s'élève à Mach 1.6. Cependant, l'escadron se trouverait considérablement ralenti par les charges qu'il transportait. Avec une vélocité maximale de 1 Mach, la durée estimée pour rejoindre la cible était de trois heures et quarante minutes. L'escadron serait donc en mesure de faire pleuvoir les flammes de l'enfer le lendemain à l'aube.

Cette tentative de dernière minute pour contenir l'anomalie, consistant à épandre l'inhibiteur anti-Andromède depuis les airs, avait été jugée nécessaire par le protocole Wildfire malgré la forte probabilité d'un conflit international. Il fut décidé que les risques encourus étaient acceptables au regard des scénarios alternatifs les plus probables en cas d'infection par Andromède.

La taxonomie eschatologique qui suit figure dans plusieurs rapports classés secret-défense liés à l'incident Andromède. Elle décrit les répercussions d'une potentielle dissémination de la microparticule Andromède d'un point de vue holistique, c'est-à-dire non centré sur les nations.

Scénario A (65 %) : Catastrophe régionale

Impact similaire à celui d'une grosse catastrophe météorologique ou à la chute d'un petit astéroïde. Dispersion de particules contagieuses, mais limitée à une zone de quarantaine. Mortalité : cent à plusieurs milliers d'individus.

Scénario B (21 %) : Diminution de la population mondiale

Impact similaire à celui d'une guerre thermonucléaire mondiale. Dispersion de particules aux quatre coins du globe, mais le taux de mortalité reste relativement faible et les institutions gouvernementales demeurent opérationnelles en raison d'une préparation à l'incident ou de phénomènes dus au hasard. Mortalité : 1 million à 100 millions d'individus.

Scénario C (9 %) : Quasi-extinction de la civilisation

Impact similaire à celui d'un large astéroïde ou d'une éruption volcanique causant le réchauffement soudain de la planète. Les infrastructures gouvernementales périclitent et l'humanité est plongée dans une phase prétechnologique. Mortalité : plusieurs milliards d'individus.

Scénario D (4 %) : Extinction ciblée de l'humanité

Impact similaire à celui d'une guerre bactériologique mondiale sans prophylaxie ni vaccins fonctionnels. Dans ce scénario, la particule Andromède se propage comme une véritable traînée. Extinction totale ou quasi totale de l'espèce humaine, mais potentielle absence de dégâts sur les autres organismes vivants. Tout au plus 10000 à 100000 rescapés.

Scénario E (< 1 %) : Extinction de la biosphère

Impact similaire à un sursaut de rayons gamma. Andromède absorbe suffisamment d'énergie pour se répandre aux quatre coins de la planète en consommant au hasard toutes sortes d'organismes vivants, avec pour conséquence la stérilisation de la biosphère terrestre. La Terre n'est plus qu'un rocher sans vie. Seuls les humains en résidence extra-planétaire (Station spatiale internationale, autres structures/ véhicules orbitaux) peuvent subsister, mais vraisemblablement peu de temps. Quelques dizaines de rescapés seulement.

Scénario F (< 0,01 %) : Extinction planétaire totale

Impact d'une ampleur sans précédent, comparable à celui de la pulvérisation de la Terre par le Soleil mourant dans approximativement 7,6 milliards d'années. Théoriquement possible : c'est le scénario d'une « coulée grise » de nanoparticules répandues à la surface du globe. La souche Andromède s'adapte et consomme différents matériaux qu'elle convertit en énergie. En cas de répétition non endiguée de ce processus, la masse entière de la planète Terre serait dévorée. Aucun survivant.

Indios Bravos

Conscient de s'être fait repérer par l'équipe Wildfire, le garçon décida de descendre de l'arbre où il s'était caché. D'abord prêt à s'enfuir, il se posta finalement entre deux racines et fit face aux scientifiques en conservant une certaine distance.

Le garçon était âgé d'une dizaine d'années. Il était pieds nus, avait la peau brune et les cheveux grossièrement coupés à quelques centimètres du crâne. Le maintien fier, de la poudre rouge encore accrochée à ses joues, il gonfla sa maigre poitrine. Il tenait une immense sarbacane comme s'il s'agissait d'un sceptre, dont il plantait fermement l'une des extrémités dans le sol boueux.

Le garçon cria de sa voix la plus féroce et, de sa main libre, adressa à l'équipe un geste qui signifiait clairement: « Allez-vous-en ! »

Les quatre scientifiques, seuls dans la jungle en territoire étranger, n'avaient à l'évidence aucune idée de la réponse à apporter. Toujours debout devant le corps qu'ils avaient examiné, ils ne quittaient pas l'enfant des yeux. D'instinct, ils se déplacèrent lentement et parlèrent calmement, gardant leurs mains visibles.

— Il n'a pas l'air infecté, dit Stone.

— Il n'a sans doute pas manipulé les armes contaminées. Il était probablement trop jeune, fit observer Peng.

— Nous devrions partir d'ici, suggéra Harold Odhiambo avec un sourire triste.

— Pourquoi ? lui demanda Vedala. C'est un petit garçon. Pas une menace.

— Je crois que nous nous trouvons devant le corps d'une personne qu'il connaît, peut-être un parent ou un oncle, répliqua doucement le Kényan.

Toute l'équipe fit quelques pas en arrière.

Le garçon rampa vers l'homme mort. Il s'agenouilla à côté du cadavre et plaqua son front contre le sol. Des larmes avaient jailli de ses yeux et il était secoué de frissons.

Les scientifiques observaient à une courte distance.

— Nous ne devrions pas le laisser toucher le corps, dit Stone.

— Que proposez-vous ? dit Vedala.

— J'ai une idée, dit Stone.

— Vous semblez toujours en avoir, rétorqua Vedala.

Stone appela l'enfant d'une voix douce mais reçut pour seule réponse un mouvement de recul et un nouveau cri. Le garçon tâcha de protéger le corps de l'homme, tira sur une de ses mains inanimées, tenta de le traîner – sans succès.

Paumes tournées vers le ciel, Stone avança de quelques pas. Le garçon se leva soudainement. On ne peut plus lentement, Stone allongea le bras vers son sac à dos et extirpa un drone canari de son perchoir de recharge.

Stone présenta au garçonnet le petit engin noir sur le plat de sa main.

Les yeux du garçon se plissèrent tandis que les quatre rotors s'activaient. Une mini-bourrasque souffla sous le drone. Avec un petit sourire qu'il espérait rassurant, Stone baissa la main et s'effaça.

Le drone continua à graviter sous les yeux du jeune Indien.

Ses yeux s'écarquillèrent. Lançant un regard interrogateur aux autres scientifiques, il tenta d'évaluer le niveau de danger de cet oiseau mystique.

Centimètre par centimètre, le drone s'approcha de l'enfant stupéfait.

Profitant de cette distraction temporaire, Stone détacha le moniteur pendu à son cou et le remit à Vedala. Calmement, il s'adressa au groupe :

— Tous les capteurs du canari sont reliés à cet appareil, ainsi que sa caméra. Servez-vous-en pour déterminer si le garçon est infecté. Je vais être occupé au cours des prochaines minutes.

Sceptique, Vedala saisit le moniteur et déclencha le mode infrarouge. Examinant la température cutanée du garçon, elle se lança dans une discussion à voix basse avec Peng Wu à la recherche des signes les plus manifestes de l'infection.

Pendant ce temps, Stone avait sorti de son sac à dos un ordinateur portable renforcé qui ressemblait à une brique de plastique noir. Il avait également déplié son clavier portatif. Assis par terre, il le déposa en équilibre sur ses genoux.

Il commença à taper frénétiquement.

Vedala examina l'image en gros plan du visage du garçon sur le moniteur en zoomant sur son nez et sa bouche. Sans lever les yeux, elle fit part de ses conclusions aux autres scientifiques, d'une voix feutrée :

— À la différence des autres, il n'a pas de cendre noire autour de la bouche et du nez. Et je ne discerne aucun signe d'excroissance métallique sur son épiderme.

Vedala jeta un œil au garçon par-dessus le moniteur. Perché sur une bûche, il regardait le drone canari avec grand intérêt. L'appareil planait lentement en décrivant des cercles autour de lui. Le garçon avait l'air d'un chaton prêt à sauter sur sa proie.

— Sa motricité et sa coordination semblent bonnes, ajouta-t-elle.

Stone continua à taper, les coudes déployés de part et d'autre du clavier de façon incongrue. Peng fouillait dans une malle en quête de sacs d'échantillonnage. Et, quelques mètres plus loin, Odhiambo, le dos voûté, creusait la terre à l'aide d'une pelle tandis que de la sueur ruisselait sur ses tempes.

— Harold, que faites-vous ? lui demanda Vedala. Votre aide ne serait pas de refus.

Odhiambo se tourna vers elle, toujours penché au-dessus d'une pleine pelletée de terre bourbeuse. Il eut un mouvement de tête en direction du cadavre, puis porta son regard vers le garçon distrait.

— Oh, s'exclama Vedala.

Entièrement concentrée sur l'enjeu scientifique de la mission, Vedala dut faire un effort pour se rappeler que c'étaient des vies humaines qui avaient été sacrifiées. Odhiambo l'aidait à relativiser, ce qu'elle appréciait, car toute seule elle en était incapable.

— Et vous, Stone, qu'est-ce que vous fabriquez ? On ne va pas pouvoir distraire ce garçon éternellement avec votre drone à la noix.

Stone lui répondit sans lever les yeux de son ordinateur.

— Ce drone à la noix, comme vous dites, est un robot ultrasophistiqué doté de toutes sortes de capacités. Plus précisément, il dispose d'une caméra, d'un microphone, d'une petite enceinte… et il a de l'intelligence artificielle à revendre.

— Et alors ?

— Avez-vous remarqué que ce garçon bouge les mains quand il parle ? Je pense qu'il utilise un sous-dialecte d'une langue panoane. Celui que parlaient nos guides matis.

— Formidable, mais aucun d'entre nous ne le comprend, lui fit observer Vedala. À part les siens, personne n'a jamais pratiqué cette langue. Il vit isolé du reste du monde, vous vous souvenez ?

— Personne n'est complètement isolé. Nous sommes tous reliés par l'histoire. Sa langue présente sûrement de nombreux points communs avec les autres dialectes locaux.

De toute manière, nous n'allons pas tarder à le savoir. J'ai apporté un système de reconnaissance vocale universel et plusieurs importantes bibliothèques de reconnaissance gestuelle. De plus, l'enceinte du drone est à présent connectée à un synthétiseur vocal…

— Attendez, les interrompit Peng en détournant son regard d'un sac à dos éventré gisant dans la boue. Le drone possède un système de reconnaissance vocale ? Et une voix ?

Stone sourit au groupe.

— Notre petit oiseau est désormais notre interprète.

— Excellente idée, docteur Stone, ajouta Odhiambo en hochant la tête et en souriant. Le garçon va parler à l'oiseau. Dans la plupart des mythologies indigènes, les oiseaux servent de messagers. C'est vraiment une excellente idée.

— J'ai besoin de le voir pour le croire, marmonna Vedala.

— Commencez par lui demander comment il a fait pour survivre alors que le reste de son groupe était infecté, dit Peng, sourcils froncés. Ce garçon pourrait être notre salut.

À trente mètres de là, le jeune Machado tendait le bras en direction du drone, qui faisait du sur-place. Le canari s'écarta adroitement : il était programmé pour éviter automatiquement les obstacles. Son vol gracieux sembla enchanter l'enfant. Au bout de trente secondes, tenter d'attraper l'« oiseau » était devenu un jeu.

Le groupe de scientifiques observait le jeune Indien attentivement. Son savoir pouvait leur être précieux.

Les doigts de Stone se remirent à pianoter à toute vitesse sur les touches étanches de son clavier pendant que ses yeux bleu foncé étaient rivés à l'écran. Nidhi Vedala le regardait travailler. Elle commençait à se demander si, après tout, l'adaptabilité technologique de Stone ne faisait pas de lui un atout pour cette mission.

— Voilà, c'est parti ! annonça Stone.

Le canari perdit de l'altitude jusqu'à se trouver de nouveau à hauteur du regard de l'enfant. Ses voyants commencèrent à clignoter, signe qu'il effectuait un diagnostic. Fasciné, l'enfant cessa d'agiter la main devant l'engin et l'observa avec attente. Le canari pépia, testant son enceinte. Le garçon arqua un sourcil et s'assit sur une bûche.

Stone prit une profonde inspiration et, moniteur en mains, parla calmement dans le micro.

— Bonjour, comment t'appelles-tu ?

Sur l'écran, une mémoire universelle de traduction convertit sa question en langue panoane approximative et transmit la phrase ainsi obtenue au synthétiseur vocal intégré au drone. Une demi-seconde plus tard, le canari émit une série de vocalisations rappelant le langage des guides matis. Stone avait choisi une voix de synthèse jeune et masculine en espérant que le garçon s'en sentirait plus proche. Mais les syllabes, générées par un ordinateur, paraissaient peu naturelles.

Néanmoins, le visage du garçon s'éclaira.

Décontenancé, il s'éloigna d'un bond et scruta l'appareil en suspension avec des yeux inquiets. Puis il regarda directement les scientifiques. Il porta lentement une main à son torse nu.

Il se la frappa doucement deux fois d'affilée.

— Tupa, dit-il.

Premier contact

— Avant que l'on commence, je dois vous avertir, dit Odhiambo d'une voix grave. C'est un premier contact, et Tupa n'est qu'un enfant. Nous ne sommes pas ses sauveurs. Nous sommes, selon toute vraisemblance, ses pires ennemis, quelles que soient nos intentions.

James Stone hocha la tête avec solennité. Tandis que le garçon s'exprimait dans son idiome, la base de données avait automatiquement tissé une toile de probabilités entre les segments linguistiques et leurs potentiels corollaires dans une demi-douzaine de dialectes apparentés, tous inclus dans la mémoire universelle de traduction.

Après dix minutes de conversation, un stock de mots courants avait été constitué : certains étaient quasi identiques à des termes appartenant à des dialectes existants ; d'autres, au contraire, étaient idiosyncrasiques.

De son côté, le garçon semblait déchiffrer de mieux en mieux l'accent si singulier du drone, y compris lorsque la syntaxe était erronée, le vocabulaire inadapté et la prononciation incorrecte. Cette prodigieuse aptitude à résoudre des problèmes conduisit Odhiambo à formuler l'hypothèse que, malgré son isolement, le Machado avait dû entrer en contact avec le monde extérieur au moins de temps en temps.

Les bras croisés, Vedala prenait son mal en patience pendant que Stone et Odhiambo parlaient au-dessus du moniteur. Établir un premier contact était à l'évidence une opération délicate, et le garçon détenait sûrement de précieuses informations, mais il était urgent de se mettre en marche maintenant qu'il faisait jour. Les sacs à dos étaient prêts et la brume du matin s'était évaporée.

Les membres de l'équipe au sol devaient absolument parvenir à l'anomalie et rétablir le contact avec l'USNORTHCOM. Pas une seule fois au cours de leur périple ils n'avaient trouvé une brèche assez large dans la canopée pour établir un contact radio. La clairière à proximité de l'anomalie constituait leur meilleur espoir.

Vedala supposait qu'un rendez-vous raté serait interprété comme un échec de leur mission. C'était ridicule, mais elle ne pouvait s'empêcher d'imaginer une frappe nucléaire dirigée sur la zone de quarantaine, son onde de choc dévastatrice déferlant sur la jungle.

Tandis que Vedala écoutait la conversation d'une oreille distraite et s'interrogeait sur les prochaines étapes, Peng Wu achevait de lever le camp. Elle avait emballé ses échantillons et son laboratoire portable, et préparait une collation pour elle-même et ses collègues. Ce faisant, elle observait ceux-ci pour tenter de déterminer lesquels étaient dignes de confiance.

— Il ne va pas falloir tarder, dit-elle discrètement à Vedala. Et nous devons décider ce que nous allons faire de cet enfant.

Vedala l'approuva d'un signe de tête.

Tupa s'était assis sur la racine noueuse d'un arbre avec sa sarbacane sur ses genoux. Il parlait doucement au drone, accordant peu d'attention aux gens à quelques mètres de lui qui possédaient des couleurs de peau variées mais dont aucun n'était de sa tribu.

Le garçon ne s'était pas encore remis de la violence de ce matin-là, mais il était disposé à répondre aux questions de cet oiseau magique, qu'il se plaisait désormais à appeler

Saci[1]. Peu importe qu'il fût un être vivant ou un produit technologique.

— Boum ! s'exclama le garçon en faisant de grands gestes avec les deux mains.

Le canari observait et écoutait par caméra et micro interposés et répondait de temps à autre au garçon.

— Ça a commencé par un gros bruit.

La transcription ci-dessous a été effectuée par l'équipe de Translingua Expressar do Brasil, assistée (notamment pour la reconstruction des données audio et vidéo) par les étudiants de l'académie militaire de West Point sous la direction du Dr Pamela Sanders.

Elle se fonde sur une traduction de la langue et des gestes utilisés par le jeune garçon, générée respectivement par la Mémoire universelle de traduction (MUT) et par le Programme de reconnaissance gestuelle (PRG), deux projets expérimentaux subventionnés par la CIA. Les mots ont été choisis en fonction de leur contexte et de leur fréquence d'occurrence, cependant la perfection n'est pas garantie. La traduction ainsi obtenue a été paraphrasée par Translingua (certains binômes terminologiques, dans le doute, ont été conservés).

Comment es-tu arrivé ici, Tupa ?

Il y a trois [jours | soleils], tout allait bien. Nous marchions parmi les *malocas* [familiales | communales] le long du fleuve. Mes [oncles | aînés] déterraient des œufs de [tortue] sur les rives du fleuve. Une journée de marche. Je les aidais.

1. La figure du canari fait partie du folklore de nombreuses tribus brésiliennes. Chez les Tupis et les Guaranis, Saci Pererê est un esprit incarné sous la forme d'un petit garçon espiègle fumeur de pipe avec un bonnet rouge. Il se métamorphose souvent en *matitaperê*, un oiseau insaisissable. Tupa semble avoir associé la lueur du voyant rouge de la LED de la batterie du drone à celle de la pipe rougeoyante de la créature mythologique.

Puis un gros bruit a secoué la jungle. Comme le tonnerre, mais sans l'odeur de la pluie.

Qu'avez-vous fait ?
Nous avons attendu. Mon oncle a dit que c'était le cri d'un dieu en colère. Les autres hommes pensaient que c'était un grand jaguar qui chassait. J'ai ressenti [de la peur | de l'inquiétude]. Le bruit provenait de notre [foyer | camp].
La jungle s'est calmée.
Les hommes étaient silencieux, eux aussi. Nous avons entendu des cris [étouffés | distants] [...]. Des cris terribles. J'ai commencé à prier. Il y a eu d'autres cris, plus proches. J'ai mis ma tête entre mes genoux. Les bruits sauvages venaient de partout.
La lumière dans la [haute canopée] a diminué. Les branches des arbres ont tremblé. Les feuilles [tombaient | sont tombées] et nous avons couvert nos têtes. Puis une horde de singes est passée dans les arbres au-dessus de nos têtes.
Ils [piaillaient | hurlaient]. Ils fuyaient quelque chose.
J'étais [heureux | soulagé] que ce ne soient que des singes.
Les hommes étaient en colère car nous n'avions qu'une seule [sarbacane]. Il y avait [de la bonne viande] dans les arbres.
Mais quelque chose n'allait pas.
Les singes [en quête de nourriture] se déplacent lentement. Prennent leur temps. Ceux-là étaient fous. Certains [tombaient | sont tombés] et [heurtaient | ont heurté] le sol comme de [gros fruits tropicaux]. Certains qui avaient survécu à la chute [continuaient | ont continué] à tenter de fuir malgré leur corps brisé. C'était la panique. Et pas seulement chez les singes.
Toute la jungle fuyait.

Toute la jungle ? C'est-à-dire ?
Les singes. Les paresseux. Les oiseaux et les [cochons | pécaris]. Même les serpents. Tous fuyaient.

Où êtes-vous allés ?
On a remonté la rivière, en direction du tonnerre. Mais le fleuve lui aussi avait fui. Les rives étaient boueuses. Des [poissons-chats] frétillaient anormalement. Nous avons suivi le [cadavre de la rivière] jusqu'à ce que nous trouvions une chose [ignoble | maléfique] dans la jungle.

C'était une montagne noire avec une bouche
qui soufflait de la fumée et du feu.

[conversation en aparté]

WU

Ça évoque [...] une explosion. On a eu connaissance d'une explosion près de l'anomalie ?

VEDALA

Oui. Un nuage de cendres a été projeté au-dessus du site. C'est ce que Vigilance Éternelle a détecté. La correspondance avec Andromède a déclenché le Projet Wildfire.

WU

Dans ce cas, des particules contagieuses subsistent peut-être dans l'atmosphère. La zone pourrait être tout aussi dangereuse que le site de Piedmont.

ODHIAMBO

Le garçon commence à paniquer. Reprenons la discussion.

[fin de la conversation en aparté]

Qu'est-ce que les hommes ont décidé de faire, Tupa ?
Mon oncle m'a dit de rester en retrait et de me cacher parmi les arbres. Près de la montagne noire, il pleuvait de la cendre. C'était comme [de fines gouttelettes] ou le [duvet | coton] des [cotonniers du Brésil]. De la fumée sortait de la bouche vide. [...] La [fumée | cendre] a atteint leurs yeux. Les hommes ont toussé. Je les ai entendus se plaindre que leurs poumons les brûlaient. Ce n'était pas une fumée sacrée.
Il y avait des morceaux de roche noire sur le sol. Certains [étaient déchiquetés | présentaient des aspérités]. Les hommes les ont ramassés. La roche était encore plus tranchante et légère que cette chose qu'on appelle « acier ».
Les morceaux de roche étaient bons. Mon oncle les a immédiatement utilisés pour remplacer les pierres de deux haches. Il a dit que les pierres étaient un cadeau des dieux. Les autres ont dit que l'endroit était maudit. Ils refusaient de

toucher la pierre de la montagne noire. Au bout d'un moment, ils ont décidé de suivre les singes et de récupérer leur viande. J'étais heureux de quitter cet endroit mauvais.

Tous les hommes ont-ils été malades ? Ou seulement ceux qui avaient touché les pierres ?
Je ne sais pas. On m'a renvoyé [à la maison] avec les œufs de [tortue]. Mon oncle m'a ordonné d'avertir notre famille. J'ai couru [jusque chez moi] [...] mais la ***maloca*** était inoccupée. Les autres étaient partis. Peut-être qu'ils avaient pris peur à cause du bruit de tonnerre. Et ils [...] ils avaient laissé [...].

As-tu quelque chose à ajouter ?
Il y avait d'autres pierres. Devant notre *maloca*. Je ne les ai pas touchées. Quelqu'un d'autre [avait aussi] visité la bouche noire. Je suis resté là-bas deux [nuits | lunes]. Personne n'est revenu.

[pleurs]

Tout va bien, Tupa. Prends ton temps.
J'ai décidé de partir trouver les hommes.
Mais quand je les ai vus [...] ils n'étaient plus les mêmes. Leur visage était [différent | anormal]. Et ils étaient en colère, ils se peignaient la figure pour [la bataille]. J'étais effrayé. Je les ai observés depuis les arbres. Ils hurlaient à propos [d'intrus] dans la jungle. Ils avaient [trouvé | pisté] des ennemis. Je me suis peint le visage, moi aussi. Mais j'avais trop peur pour les rejoindre.
Puis [...] ils ont [attaqué | combattu].
Mon oncle est mort. Tous sont morts. C'étaient des hommes [gentils | pacifiques]. La montagne noire les avait rendus fous. Elle les a tués.

Nous sommes désolés, Tupa. Sais-tu d'où provient la montagne noire ? Depuis combien de temps est-elle là ?
Non. Je pense qu'elle vient [de l'enfer | de sous la terre]. Elle soufflait du feu et une fumée noire empoisonnée. Elle a fait mal à ma famille. Et maintenant elle dévore la jungle.

Ces hommes et femmes veulent arrêter la montagne noire. Pour être sûr qu'elle ne fera plus mal à personne. Te rappelles-tu où elle est ?
Oui.

Et te rappelles-tu comment y aller ?
[...] Oui.

[conversation en aparté]

STONE

S'il y avait des morceaux de roche dans son camp, ils étaient probablement tous infectés. Il est possible qu'il soit l'unique survivant.

VEDALA

D'un point de vue éthique, nous ne pouvons pas l'exposer davantage à Andromède. Et il n'est pas autorisé Wildfire. On ne peut pas le prendre avec nous.

STONE

[rire] Cette anomalie s'est installée dans l'équivalent de sa salle à manger. On n'a pas le choix. Ce n'est qu'un petit garçon. On a le devoir de le protéger.

VEDALA

C'est lui qui doit choisir. On va le laisser décider s'il veut nous accompagner ou rester ici tout seul et chercher les siens.

STONE

D'accord, Nidhi.

VEDALA

N'oubliez pas, James, que cette jungle, c'est chez lui. Sa place est ici. Penser qu'on peut le sauver de là où il vit, c'est faire preuve d'une grande arrogance.

STONE

Non. C'était chez lui [...] jusqu'à ce qu'Andromède arrive. Elle lui a pris sa famille. À présent, ce petit garçon est seul, sans domicile.

[fin de la conversation en aparté]

Tupa, tu n'es pas en sécurité ici. Ces hommes et femmes sont tes amis. Ils ont besoin de ton aide. Mais c'est à toi de choisir

si tu veux les accompagner ou non. Veux-tu rester ici, loin du danger ? Ou préfères-tu les conduire à la montagne qui crache de la fumée ? Veux-tu les aider à combattre cette menace ?

[...]

[fin de la transcription]

Tandis qu'il réfléchissait aux dernières questions du drone canari, Tupa s'assit et contempla la jungle un long moment. Il promena ses doigts sur sa sarbacane, pensif. Au-dessus de lui, des insectes dansaient dans les rares puits de lumière qui entraient à flots par la canopée bruyante et foisonnante.

Tupa finit par regarder James Stone et se toucha le torse. Sans ciller une seule fois, il parla au drone.

Une demi-seconde plus tard, l'ordinateur portable produisit une traduction :

— Comment t'appelles-tu ?

Une expression de soulagement se répandit sur le visage de Stone. Il se dressa sur ses jambes ankylosées et, maladroitement, fit un pas en avant. Il toucha sa propre poitrine et, la voix brisée par l'émotion, adressa ses premiers mots au garçon :

— James, lui dit-il. Je m'appelle James. Content de faire ta connaissance, Tupa.

Vedala regarda le garçon et l'homme se rapprocher l'un de l'autre, et fronça les sourcils. Elle avait décelé une sincérité dans la voix de Stone. Le roboticien semblait ému par le sort du jeune survivant. Une réaction inattendue de la part d'un célibataire sans enfant. L'émotion brute qu'elle lut sur le visage de Stone à cet instant la hanterait jusqu'à la fin de la mission.

Plan B

Le général Rand Stern actionna un interrupteur et regarda s'allumer des rangées entières de diodes fluorescentes, qui illuminèrent toute la superficie du laboratoire d'Ambrose High Bay, un bâtiment de la taille d'un stade enterré sous huit cents mètres de granite solide, la base de Cheyenne Mountain.

Cheyenne Mountain avait abrité la NORAD – le Centre de commandement de la défense aérospatiale de l'Amérique du Nord – avant que ses opérations fussent transférées à la base de l'US Air Force de Peterson. Il y a dix ans, il avait été placé en *warm standby*, et il n'était plus pourvu en personnel qu'en cas de nécessité. La totalité des vingt mille mètres carrés du complexe souterrain était à présent gérée par une équipe réduite au strict minimum.

Mais cet après-midi-là, ce n'étaient pas ses occupants humains qui intéressaient Stern.

Stern opérerait seul, à l'ombre d'imposantes baies métalliques qui s'élevaient à sa gauche vers le plafond. Tout en marchant, il luttait pour ne pas frissonner sous la brise forte et constante de la climatisation. Ses chaussures produisaient un bruit de métal au contact de la grille encastrée dans le béton. Sous le caillebotis, il aperçut un réseau de gros câbles qui couraient tels des serpents en direction des capsules de laboratoire autonomes qui tapissaient le flanc droit du couloir. Chaque capsule abritait une espèce de robot.

Les lumières fluorescentes s'étaient illuminées tout spécialement pour Stern.

Peu de ces machines avaient besoin de lumière pour mener leurs expérimentations. Le général éprouvait une légère sensation de nausée en pensant à ces robots installés dans cette obscurité caverneuse, ces outils complexes qui s'activaient sans surveillance humaine.

Stern franchit la ligne de sécurité jaune peinte sur le béton et s'arrêta devant une cage de métal et de verre. Il avait toujours pensé qu'elle aurait eu sa place dans un zoo – pourvu que le lieu ait été conçu pour abriter de dangereux prédateurs. En effet, cette enceinte modifiée bénéficiait d'un niveau 4 de biosécurité afin d'accueillir des organismes extrêmement dangereux, bien que d'une taille microscopique.

Derrière le triple vitrage, un jumeau du Robonaut R3A4 de la Station spatiale internationale réalisait une expérience avec des mouvements lents et saccadés. Il n'avait cure de la présence du général. Stern posa le doigt sur le moniteur tactile devant la cage, et l'écran s'illumina. Il lui indiqua que le système était actuellement sous le contrôle d'une étudiante : des données étaient en cours de téléchargement depuis le Royal Melbourne Institute of Technology.

Stern fit glisser une carte magnétique puis saisit un code et présenta un œil à une caméra pour permettre la confirmation biométrique de son identité. Le flux de données provenant d'Australie fut aussitôt interrompu. Le robonaute désœuvré retrouva sa posture par défaut. Il se tourna, faisant face à Stern, redressa les épaules et regarda dans le vide.

Après avoir entré un numéro de contact, Stern s'étira le bas du dos et attendit, se hissant sur ses talons puis reposant ses pointes de pied. Une liaison satellite était en train de s'établir avec la Station spatiale internationale. Cette mission commençait à l'angoisser, d'autant que Kline ne s'était pas révélée très utile pour le moment. Il espérait saisir cette occasion pour découvrir ce qu'elle avait à dire en privé.

Le robot demeurait aussi immobile qu'une statue.

Stern avait toujours été fasciné par le moment où un être humain prenait à distance le contrôle d'un robonaute. C'était comme une âme qui aurait pris possession d'un corps. Toutefois, il commença à se sentir mal à l'aise. La connexion était établie, mais rien ne se passait. Il devait y avoir un problème.

C'est alors que Stern s'avisa que le robot *l'observait.* Quelque chose dans les yeux inexpressifs de la caméra, un soupçon de matérialité, généra chez Stern une poussée d'adrénaline animale.

Le Dr Kline était tellement entraînée à habiter ces machines qu'elle n'avait pas jugé bon de lui signaler qu'elle occupait le corps du robonaute.

— Kline, dit-il d'un ton bourru en ignorant le sinistre regard du robot souterrain.

— Général Stern, lui répondit la voix grave et rauque de Sophie Kline à travers un haut-parleur à l'extérieur de la capsule.

Stern dut se rappeler qu'il ne parlait pas à un véritable robot mais à une femme qui résidait actuellement dans un module spatial à cinq cents kilomètres au-dessus de sa tête.

À l'intérieur de la station, Kline, équipée de son visiocasque et de ses gants, était capable de contrôler ce robonaute aussi bien que n'importe quel autre.

— Pourquoi me contactez-vous par ce moyen ? demanda Kline.

— Question de sécurité, répondit Stern. Contrairement à toutes les autres données là-haut, votre activité de téléprésence est convertie en code machine. Les autres lignes de transmission sont chiffrées, mais bon… vous connaissez les Russes.

Le robot acquiesça. Stern fut déconcerté par ce mouvement de tête propre à l'espèce humaine.

— Poursuivez, dit Kline.

— L'équipe Wildfire a manqué son rendez-vous de midi. Depuis que vous lui avez parlé, nous n'avons plus eu le moindre contact.

— Elle a seulement quelques heures de retard.

— Toujours est-il que nous allons prendre des dispositions alternatives.

— Nous ?

Stern ne prêta pas attention à sa question.

— Confinement, Kline. Une espèce d'obélisque de huit cents mètres de haut est sortie de nulle part, et la structure principale a doublé de volume. Nous allons prendre des mesures afin de supprimer l'anomalie avant qu'elle ne grossisse davantage. Nous pouvons choisir de procéder de différentes manières. Certaines pistes sont plus… extrêmes que d'autres.

— Souvenez-vous du premier incident Andromède. Si vous optez pour le nucléaire, la souche se nourrira de l'énergie dégagée. Vous transformerez une situation critique en un véritable enfer.

— Nous sommes l'armée. Nous nous souvenons de tout. Par exemple, nous nous rappelons comment les Russes ont vaincu Napoléon et sa Grande Armée après sa marche sur Moscou en 1812.

Le robot se tut. Il scruta Stern sans trahir la moindre expression. Stern cilla le premier.

— Ils ont tout brûlé, docteur Kline, continua-t-il en baissant la voix. Ils ont détruit leurs propres habitations pour affamer l'ennemi. Sans abri, les troupes françaises ont gelé sur place. Sans nourriture, elles sont mortes de faim.

— Les paysans russes aussi, répliqua Kline. Général, dois-je comprendre que vous proposez la politique de la terre brûlée ? Vous comptez tout ravager autour de l'anomalie, saupoudrer la terre d'inhibiteur puis resserrer la zone de frappe et recommencer.

— Vous percutez vite, répliqua Stern. Croyez-le ou non, l'US Air Force continue à fabriquer du napalm. Il est toujours aussi efficace.

— Il y a des gens qui vivent là-bas, des tribus. Chacune est une civilisation à part entière, rétorqua Kline. Sans compter que notre propre équipe au sol est probablement toujours vivante. Et vous voulez détruire toute la zone ?

— Je ne *veux* rien. Je *dois*. Faute de solution alternative.

— Est-ce une décision internationale ? Toutes les nations ont donné leur accord ?

— C'est une décision unilatérale qui a été prise il y a cinquante ans, quand les protocoles de sécurité ont été rédigés suite au premier incident Andromède. Elle transcende les nations. La méthode est drastique, prévue pour être utilisée en temps de crise afin de garantir l'avenir de l'humanité à n'importe quel prix.

— Quelle partie de l'humanité ? Un nombre indéterminé de cultures indigènes avec lesquelles nous ne sommes délibérément jamais entrés en contact vont périr. Combien valent ces vies, selon vous ?

— J'aimerais bien être là pour causer éthique, docteur Kline, mais ce n'est pas mon rôle. Je suis là pour solliciter votre expertise. C'est notre dernière chance. Voyez-vous un autre moyen de contenir la souche Andromède ?

Le R3A4 se dressa de toute sa hauteur et braqua les deux objectifs de ses caméras sur Stern. Le général trouva le regard de la machine déstabilisant mais il le soutint.

— Le meilleur moyen de la contenir, dit Kline, c'est de la laisser tranquille. Accordez à l'équipe Wildfire vingt-quatre heures de plus. Ne désespérez pas de la retrouver vivante.

Le général Stern expira lentement.

— Je vais prendre votre avis en considération, lui répondit-il.

Anomalie

Le paysage s'était assombri et l'atmosphère sous l'interminable plafond végétal était devenue oppressante. L'équipe au sol Wildfire peinait à suivre le véloce Tupa à cause du poids des bagages dont les porteurs matis n'étaient plus là pour s'occuper. Le garçon traçait un sentier le long du lit boueux du fleuve sinueux, qui s'asséchait rapidement – le « cadavre de la rivière », selon l'interprétation du canari.

L'itinéraire de Tupa ne figurait sur aucune carte, bien qu'il les guidât avec l'assurance de quelqu'un qui déambule dans son propre élément. Les scientifiques cheminaient tant bien que mal, tentant de garder l'équilibre sur les rives spongieuses du fleuve pendant que le soleil se reflétait sur leurs machettes. Autour d'eux, les arbres s'élevaient en colonnes monolithiques, occultant le ciel. La boue rouge avait recouvert leurs chaussures et leur treillis d'éclaboussures qui n'avaient pas tardé à ressembler à du sang séché.

Odhiambo observait avec inquiétude l'eau jaunâtre du fleuve et les racines déshydratées des arbres qui bordaient ses berges. Il n'arrivait pas à comprendre ce qui se passait. La rivière semblait ni plus ni moins avoir disparu.

Encore un mystère qui s'ajoutait à tant d'autres.

Tout semblait calme et immobile dans la lumière déclinante du jour lorsque, soudain, ils arrivèrent sans s'y attendre aux limites de la jungle.

Peng Wu fut la première à voir.

Contournant les racines d'un figuier étrangleur couvert de plantes grimpantes de la taille d'un immeuble de quinze étages, Peng s'enfonça dans ce qui lui sembla être une soudaine éclipse de lumière. Sa machette, qu'elle n'avait cessé d'agiter jusqu'alors, tremblait dans l'air sans rien à trancher. Elle regarda autour d'elle et vit un salmigondis de feuillages, de plantes et d'arbres écrasés au pied d'une ombre monstrueuse.

L'équipe avait trouvé l'anomalie.

Bouche bée, Peng cligna des yeux devant ce vide. Pendant un instant, elle eut l'impression d'être de nouveau en orbite à l'intérieur du *Tiangong-1* et de contempler l'espace interstellaire. Elle se retourna et vit Tupa l'observer avec un mélange de peur et de curiosité. Peng ferma la bouche et fit disparaître l'émerveillement de son visage.

Quelques secondes plus tard, les trois autres scientifiques s'arrêtèrent brusquement à ses côtés. Ils contemplèrent en silence l'enveloppe extérieure de l'anomalie, dépourvue de relief.

La structure était sombre et menaçante. Sa couleur évoquait le noir, le vert et le mauve des panneaux solaires. D'aspect presque visqueux, elle reflétait la lumière sporadique du soleil, créant des sortes d'arcs-en-ciel huileux. Sa base semblait avoir creusé un cratère dans le sol ; l'impact avait fripé la terre, qui exhalait une odeur brute relativement agréable.

Et, plus loin, à peine visible à travers le feuillage, la silhouette austère d'une mince colonne hexagonale s'élevait à perte de vue, telle une veinure dans le ciel. Odhiambo songea plus tard qu'elle était semblable à ces excroissances cristallines que l'on trouve dans les cavités souterraines.

James Stone posa les mains sur ses genoux, tentant de s'apaiser. Il sentait son pouls palpiter dans ses tempes, et sa vue se troublait à chaque battement de son cœur. Ce spectacle étrangement familier avait déclenché en lui une peur instinctive qui lui faisait l'effet d'une montée d'adrénaline. Stone ne pouvait s'empêcher de penser à son rêve récurrent.

Parmi la végétation malade qui entourait la structure, il crut apercevoir un éclat rougeoyant – du sang congelé. La terre poudreuse à ses pieds ressemblait à du plasma séché. Un vent chaud et fétide s'échappait de l'anomalie, projetant dans l'air des grains de poussière – on aurait dit qu'une traînée de sang poudreux s'évaporait dans le sable du désert.

Stone chassa ces pensées et s'empressa d'analyser leur environnement.

— Je ne détecte pas de toxines.

Vedala s'agitait à son côté, préparant le téléphone satellite.

— Quoi ? lui demanda Stone, ravalant sa salive avec difficulté.

— Notre clairière a disparu, constata Vedala. L'anomalie a dû grandir depuis qu'on a commencé la mission. Nous n'avons aucune ligne de mire avec les satellites de communication.

Vedala tendit le cou et n'aperçut qu'une étroite fente de ciel bleu entre la crête imposante de l'anomalie et le chaos tropical qui ondulait vers celle-ci. Elle tenait la radio dans ses deux mains comme s'il s'était agi d'un bébé. Les barrettes du téléphone indiquant la force du signal étaient courtes et grises.

— On a une autre solution ? Ça ne marchera jamais, dit Stone.

— C'est un téléphone Iridium. La connexion est permise par plus de soixante satellites en orbite polaire à trois cents kilomètres au-dessus de nos têtes. Ils se déplacent en permanence. Nous avons donc encore une chance d'établir une connexion.

— Et si on n'y arrive pas ? demanda Stone.

Vedala marqua une pause puis se tourna vers le groupe.

— Si nous ne nous manifestons pas, ils nous déclareront morts. Et s'ils nous croient morts… ils mettront en place un plan d'urgence.

— Et c'est une mauvaise chose ?

— Ça ne sent pas bon, dit Peng Wu. La solution qui s'imposera spontanément aux militaires consistera à nettoyer la zone entière. À la purger complètement, et nous avec.

Cinq heures s'étaient écoulées depuis le rendez-vous manqué.

Peng Wu jeta son sac sur le sol à côté de l'anomalie. Elle s'empressa d'en sortir plusieurs cartes topographiques des régions environnantes. Tête penchée, elle balaya les informations du regard puis reprit la parole :

— Nidhi a raison. Tout a changé. Cette chose est beaucoup plus volumineuse qu'elle ne l'était à notre arrivée dans la jungle.

— *Haiya* ! s'exclama Odhiambo dans sa langue natale. Comment est-ce possible ? Cette chose serait… *vivante* ?

— On peut envoyer un canari sonder la structure, commença Stone, mais Odhiambo le fit taire d'un geste de la main.

— Attendez, dit-il. Écoutez ça.

Les branches enchevêtrées et les feuilles mortes autour d'eux avaient commencé à s'agiter. Une masse d'air chaud remontait la surface de l'anomalie comme une cascade inversée, jusqu'à la limite des arbres.

— Étrange. Il y a rarement de vent sous la canopée, dit Odhiambo.

— Cette anomalie est immense. Elle doit créer un appel d'air, hasarda Vedala.

— C'est peu probable, dit Odhiambo. Cet air est en train de monter.

Tupa gémit et recula, ses cheveux noirs ébouriffés par la bourrasque ascendante. Un grondement émanait des entrailles de la terre, sous leurs pieds. Les scientifiques tentèrent de retrouver leur équilibre dans la jungle tremblante tout en se jetant des regards terrifiés.

Stone regarda la vidéo fournie par l'un de ses drones sur le moniteur pendu à son cou et activa le mode infrarouge. La gueule de l'anomalie cracha une vive lumière blanche.

— Écartez-vous ! hurla Stone en reculant. La température augmente rapidement !

— Qu'est-ce qui lui arrive ? cria Peng, le poing fermé autour de sa machette, ses longs cheveux noirs malmenés par la tornade.

Le grondement caverneux augmenta en intensité. Des monceaux de terre, de roche et de racines étaient en train de bouger brusquement quelque part sous terre. Pendant ce temps, la surface de l'anomalie vibrait furieusement.

— Je pense que nous sommes sur le point de le savoir, dit Harold en attrapant Peng par l'épaule.

Elle se dégagea de son étreinte, s'avança et enfonça le bout de la lame de sa machette dans la surface tremblante.

— Peng ! héla Odhiambo en s'éloignant de la source de chaleur. Arrêtez !

D'abord, rien ne se produisit.

Puis la lame en acier de la machette changea progressivement de couleur depuis la pointe jusqu'à la garde, passant d'un rouge terne à un orange intense. La pointe finit par prendre une teinte incandescente tirant sur le jaune. Peng poussa un cri de douleur et lâcha sa machette. L'instrument brûlant demeura sur le sol de la jungle ; des morceaux de carbone de l'acier surchauffé scintillaient comme des étoiles sur fond de ciel d'apocalypse.

— Oxydation, affirma-t-elle en reculant tout en se protégeant le visage avec son avant-bras. Plus de mille degrés Celsius, à en juger par la couleur de cet acier.

La canopée se distordait, des feuilles frissonnaient et des branches craquaient. Des fruits se détachaient de leurs arbres trente mètres plus haut et s'écrasaient sur le sol, avec des amas de feuilles craquantes, de lichen et d'écorce.

Ce dont le groupe fut témoin par la suite n'a pas pu être reconstruit à partir des séquences vidéo récupérées, malgré de nombreuses tentatives visant à employer des techniques de super-résolution.

La surface de l'anomalie se couvrit de formes hexagonales qui se mirent à tourner sur elles-mêmes, ce qui produisit un chaos hypnotique de motifs superposés. Nidhi Vedala postula plus tard qu'il s'agissait peut-être d'excroissances macroscopiques de la structure cellulaire d'Andromède, composée de milliards de microparticules. L'équipe crut voir ces formes en rotation répétée se figer, de la même manière que l'œil, par une illusion d'optique, semble voir s'arrêter de tourner les pales d'un ventilateur devant un fond blanc.

Aux dires de tous, ce fut un spectacle hypnotisant.

L'imagerie satellite révèle que l'anomalie fut secouée d'une ultime trépidation suivie d'une sorte de spasme continu, ou plus exactement d'un tremblement frissonnant, qui sembla ébranler l'ensemble de la structure. L'activité sismique désorienta l'équipe, à tel point que Peng Wu tomba et perdit connaissance.

— Je sais ce que c'est, je sais *exactement* ce que c'est ! s'écria Vedala, mais elle était la seule à pouvoir entendre le son de sa voix.

L'anomalie finit par clignoter d'une lumière pourpre avant de *s'accroître* d'une trentaine de centimètres, éructant de la matière tel un volcan entrant en éruption, mais à la verticale *et* à l'horizontale. Les éphémères hexagones se dessinaient plus nettement, après quoi ils décrivaient une nouvelle révolution et s'évanouissaient pour laisser place à une matière figée ; le phénomène s'apparentait à la fermeture du diaphragme d'un appareil photo.

La jungle redevint silencieuse.

— C'est impossible. C'est impossible, murmura Odhiambo, la voix éraillée par la peur.

— Elle a grossi, annonça Stone.

Stone aida Peng à se relever. Aucun des autres scientifiques n'avait remarqué qu'elle s'était évanouie. Malgré la boue qui la recouvrait et la bosse apparue à l'arrière de sa tête, Peng ne laissa rien paraître de son désarroi.

Vedala posa les yeux sur l'équipe au sol comme si elle la découvrait pour la première fois. Son visage était écarlate. Les scientifiques avaient tous pris de légers coups de soleil. Le groupe venait certes d'être le témoin d'un phénomène inexplicable mais, parce qu'elle était spécialiste des matériaux, Vedala avait compris au moins une chose : l'anomalie représentait une avancée technologique considérable.

Vedala s'adressa au groupe d'une voix ferme et calme.

— Ce à quoi nous venons d'assister dépasse toute connaissance scientifique humaine. Je vous confirmerai ça dès que j'aurai pu observer un échantillon au microscope, mais je parie que cette anomalie est faite d'un nanomatériau créé à partir d'Andromède. La structure a simplement accompli une sorte de… mitose. Une autoduplication, je ne vois pas comment décrire ça autrement. Chaque microparticule s'est divisée et s'est dupliquée.

— Ça me rappelle quelque chose, dit Stone. Mon père a rendu compte de ce phénomène pendant le premier incident Andromède. À ceci près que le Dr Leavitt et lui l'ont seulement observé à l'échelle microscopique. La souche avait viré au pourpre puis opéré une division cellulaire.

— De quelle façon ? demanda Peng. Quelle source d'énergie utilise-t-elle ?

— De l'azote. Du dioxyde de carbone. Du phosphore. La jungle regorge d'éléments en tous genres, expliqua Odhiambo.

— Vous voulez dire qu'elle la puise directement… dans la boue ? Dans l'air ? interrogea Stone.

— Oui, répondit Vedala. Notre ami Tupa avait raison depuis le début. L'anomalie est en train de dévorer la jungle pour s'autoreproduire.

In extremis

C'était bientôt la fin d'une très longue journée. Nidhi Vedala ordonna de dresser le camp au cœur de la forêt, mais à portée de regard de l'anomalie. Parmi les membres de l'équipe, seule Peng Wu avait suivi une véritable formation à la survie dans la jungle. Elle avait terminé son entraînement dans la forêt tropicale de Xishuangbanna, dans la province du Yunna, au sud de la Chine. Ses compétences faisaient d'elle un précieux atout pour établir un camp en toute sécurité.

Peng Wu avait récupéré sa machette brûlée. Elle entreprit de débroussailler derrière les arbres ratatinés, à une douzaine de mètres de l'endroit où la rivière boueuse s'échappait de sous l'anomalie. À proximité de l'eau, l'équipe avait découvert la bouche du tunnel hexagonal décrite par Tupa. Elle ne soufflait plus de fumée noire, mais ce sombre passage n'en demeurait pas moins sinistre.

Les coups de machette de Peng résonnaient sourdement. En ce début de soirée, la lumière qui s'engouffrait entre les feuilles brûlées semblait glauque et épaisse.

La silhouette de l'étrange anomalie – l'énorme structure principale et la colonne qui se dressait derrière – était menaçante dans le crépuscule. Sa surface pareille à du métal absorbait les dernières lueurs du jour et luisait comme la peau pleine d'écailles du Léviathan émergeant des profondeurs aquatiques.

Selon Vedala, depuis que l'équipe avait été dépêchée trois jours plus tôt, l'anomalie avait presque doublé de volume.

Le groupe se sentait davantage en sécurité parmi les arbres, loin du ruban de terre rouge qui séparait la jungle de la structure.

Tandis que Peng travaillait seule, les autres reprirent leurs habitudes d'hommes et femme de science. Abandonnée par leurs guides et incapables de contacter l'USNORTHCOM, ils s'employèrent aux tâches pour lesquelles on les avait engagés. Malgré les événements traumatisants qu'ils venaient de vivre, un certain émerveillement et une certaine curiosité les avaient rattrapés.

En effet, le plus grand mystère existant sur terre était à portée de leurs mains.

Vedala s'évertuait à tenter d'établir une liaison satellite avec le centre de commandement et de contrôle en faisant le tour du périmètre à la recherche d'une ouverture dans la canopée. Elle était déterminée à percer les secrets de ce mastodonte en expansion, mais il avait créé un désordre végétal quasi inextricable. Quelle que fût sa position géographique, les barres de signal de son téléphone satellite refusaient obstinément de s'éclairer.

Pendant ce temps, James Stone et Tupa étaient devenus inséparables. À la limite des arbres, Stone secouait une bombe aérosol inhibitrice. Il dirigea l'embout vers son avant-bras sous le regard curieux de Tupa. Lorsqu'une fine brume protectrice s'en échappa dans un sifflement, Tupa eut un mouvement de recul. Avec ses doigts, il fit un signe qui ressemblait clairement à des crochets de serpent.

— *Jahmays !* s'écria-t-il.

Stone secoua la tête en riant.

— Non, pas un serpent, le rassura-t-il. Une armure. Solide.

Un canari à proximité offrit sa traduction. Tupa tendit les bras avec hésitation et laissa Stone lui enduire la peau d'inhibiteur. Tupa fermait les yeux et retenait sa respiration. Il ressemblait à n'importe quel enfant badigeonné de crème solaire à la plage. Quand ce fut terminé, Tupa rouvrit les yeux. Il écarta les lèvres, révélant ses dents de devant, et répéta les mots de Stone :

— Armure. Solide.

Odhiambo, quant à lui, était assis sur une souche d'arbre, accaparé par ses sismomètres, qu'il inspectait un à un. Il les glissa dans une des poches en filet de son sac à dos. Il semblait apprécier ce travail fastidieux.

Il était le seul du groupe à trouver l'imposante structure étrangement réconfortante. Ce scientifique respecté avait passé la dernière décennie à étudier la géologie extraterrestre et ne considérait pas cette anomalie comme une monstruosité mais comme un chef-d'œuvre architectural venu d'un autre monde.

Enfant, Odhiambo se passionnait pour les gigantesques termitières qui parsemaient les plaines sauvages de son Kenya natal. Protégé des éléments, des prédateurs et des brasiers qui dévastaient parfois la savane, chacun de ces monticules autonomes était construit avec des matériaux naturels et abritait plusieurs millions de petites créatures organisées en société.

Le jeune Odhiambo s'imaginait souvent en train d'explorer les minuscules et tortueuses galeries de ces mégalopoles. Jeune adulte, il avait observé, au cours de ses voyages effectués en complément de ses études, que partout où il allait l'homme piétinait la nature, détruisant et reconstruisant tout ce qu'il touchait. Aucun habitat naturel n'était épargné par cette vague exterminatrice.

Plus Odhiambo observait les performances scientifiques de l'homme, plus il appréciait ces termites et leurs immenses nids souterrains. Bâtis avec la boue des plaines, ces monticules d'apparence extraterrestre prospéraient en harmonie avec l'écosystème. Une prouesse qu'aucune civilisation humaine n'avait encore accomplie, excepté peut-être celles qui vivaient dans la forêt amazonienne.

Odhiambo, visiblement satisfait, quitta sa souche d'arbre et s'éloigna en direction de l'anomalie, sac sur le dos. Il inspecta le sol, s'arrêta et s'agenouilla. Ses articulations étaient encore étonnamment souples pour un homme de son âge. Il sortit d'une poche de son sac à dos un sismomètre de la taille d'un poing. Sans hésiter, il planta l'engin dans le sol et activa l'appareil. Une LED bleue commença à luire.

Odhiambo se releva, courbé sous le poids de son sac à dos, pendant que les appendices de l'appareil torsadaient la terre. Quand l'appareil eut fini de s'enfoncer dans le sol, Odhiambo était déjà parti. Il planta ainsi seize sismomètres, affectant plusieurs capteurs à la « bouche » qui menait aux ténèbres, près du fleuve jaunâtre.

Stone expliquait à Tupa le fonctionnement de ses canaris. Vedala passa à côté d'eux sans lever les yeux de son téléphone satellite. Stone s'interrompit et inclina la tête, tendant l'oreille.

— C'est le bruit d'une interférence, dit-il.

— Quoi ? demanda Vedala.

— Les Iridium sont des téléphones numériques. Ils ne grésillent pas comme des talkies-walkies. Ce que vous entendez est une interférence électromagnétique, comme celle produite par un four à micro-ondes.

— Je vous donnerais bien raison, sauf que je ne vois pas quelle source électrique pourrait produire une telle interférence…

Vedala avait déjà trouvé la réponse à sa propre question avant de l'avoir terminée. Elle tendit le cou et leva les yeux vers la structure noire aux reflets verdâtres. Elle marcha lentement dans sa direction en tenant le téléphone satellite comme un bâton de sourcier, Stone sur ses talons. Le bruit parasite s'intensifia.

— Pourquoi cette anomalie transmettrait-elle de l'électricité ? demanda Vedala.

Un grand sac s'échoua dans la boue à proximité de là où ils se trouvaient.

— Ça n'a rien d'étonnant, dit une voix.

Stone et Vedala se retournèrent et découvrirent un Odhiambo trempé de sueur. L'aîné du groupe ferma les yeux un moment. Au profond de la jungle, des oiseaux piaillaient dans la partie inférieure de la canopée. Odhiambo respira profondément par le nez.

— De l'électricité, dit-il. Oui.

— Vous avez une théorie, Harold ? lui demanda Stone.

Odhiambo ouvrit les yeux et eut un rictus.

— Je ne sais pas comment cette chose s'est retrouvée ici. Ni pour quelle raison. Mais je crois que je peux vous dire ce que c'est.

Peng Wu les rejoignit. Elle écouta leur conversation avec curiosité.

— Mes sismomètres sont en train de collecter des données sur cette zone, expliqua Odhiambo. J'en ai placé plusieurs près de l'embouchure de la rivière. Ils ont capté une vibration mécanique sous le flux d'eau. En combinant les résultats à votre observation, je crois pouvoir avancer une hypothèse. Cette structure est faite dans un matériau inconnu de l'homme. Ses techniques de construction sont un mystère. Mais sa raison d'être est claire comme le jour, dit-il. Notre anomalie est un simple barrage. Et un barrage existe pour une seule et bonne raison. Pour générer de l'énergie hydroélectrique.

— À quelle fin ? demanda Vedala.

— Pour le savoir, chers amis, dit Odhiambo en désignant la bouche du tunnel, nous devons entrer là-dedans.

Alors que tous commençaient à mesurer la gravité de son propos, le téléphone satellite émit un bruit rocailleux. Gardant son bras parfaitement immobile, Vedala scruta l'appareil avec un sourire d'étonnement et de soulagement. Son expression ne tarda pas à céder la place à la déception puis à la confusion.

— Quelque chose ne va pas, dit-elle. Il n'est pas connecté à un satellite. Il est connecté à autre chose…

Vedala fut interrompue par un crépitement électrique.

— Équipe Wildfire, siffla l'appareil. Ici Kline. Me recevez-vous ?

Vedala leva le nez vers l'unique tranche de ciel bleu visible depuis la jungle et, émerveillée, écarquilla les yeux. À des centaines de kilomètres au-dessus d'eux, la Station spatiale internationale faisait le tour du globe. Le sourire de la scientifique s'évanouit quand elle commença à calculer mentalement la durée probable de cette transmission. Dans cinq minutes tout au plus, la station serait de nouveau injoignable.

— Ici Wildfire. Nous vous recevons. Je répète, nous sommes vivants.

— Bien reçu, répondit Sophie Kline. Comment les choses se présentent-elles, au sol ?

— Pas bien, mais la mission reste réalisable. Nous n'avons pas pu établir le contact avec l'USNORTHCOM et nous avons manqué notre rendez-vous. Pouvez-vous nous mettre en communication ?

— Nous n'avons que quelques minutes. Je relaierai votre message dès que possible. Avez-vous de nouvelles informations ?

— Attendez, je lance un transfert de données.

Stone bousculait déjà tout le monde pour brancher au téléphone satellite un câble relié au port de données de son ordinateur portable.

À bord de la station spatiale, le tronc boursouflé d'un hévéa, avec son écorce purulente aux formes hexagonales, s'afficha sur un moniteur. Sur un autre écran apparurent de funestes images de Machados décédés, le visage troué de balles et éclaboussé de sang, la peau tavelée de morceaux de métal.

— On dirait que Brink a pris la situation en main, dit Kline.

— C'est une manière de voir les choses, lui répondit Vedala.

— Ces hommes étaient infectés. Vous savez ce qui leur est arrivé ?

— Nous pensons qu'ils ont été en contact avec l'anomalie.

Kline vit une image d'un enfant indigène, manifestement vivant, alerte et prudent, couvert d'une couche luisante de peinture rouge. Elle exhala. Les rouages de son cerveau s'étaient enclenchés. Et elle eut un déclic.

La cendre noire. Le jeune Indien n'en avait pas sur lui.

— Ce garçon a survécu, mais pas les autres, dit-elle. Est-ce qu'il s'est confié à vous ? A-t-il évoqué une explosion ?

— Il a décrit un grondement dans la jungle, l'informa Vedala. Qui aurait duré deux minutes.

— Bien sûr, s'avisa Kline.

Elle avait dit cela à voix haute, mais loin de son micro.

— Pardon ?

— La substance SA-3 est inoffensive à moins d'être absorbée par le sang. Ces hommes ont de la cendre autour des narines. Ce garçon n'en a pas.

Peng Wu était déjà en train de déchiffrer le sens de sa remarque.

— Il n'a pas eu le droit de s'approcher de l'anomalie. Il a expliqué que les autres Indiens toussaient. Si une explosion a vaporisé la substance Andromède, des particules toxiques ont dû rester en suspension dans l'air sous forme de poussière ou de fumée.

— Donc, si SA-3 est pulvérisée dans l'atmosphère, on peut la respirer sous forme de fumée. Autrement dit, elle ne se transmet que par le sang, comme la première souche Andromède, fit observer Stone en se souvenant que Brink avait été blessé à l'épaule.

— Et les motifs semblables à des écailles hexagonales ? demanda Vedala.

— Autoreproduction, répondit Kline.

Vedala avait les yeux rivés sur le téléphone satellite. La confusion régnait dans son esprit. Il ne lui restait plus qu'une minute de communication avec la Station spatiale internationale.

— Comment le savez-vous ? demanda-t-elle. Vous avez déjà observé ce phénomène ? De nouvelles données nous sont parvenues ?

— Repliez-vous immédiatement dans la zone de quarantaine, répliqua Kline d'un ton tranchant.

— Négatif, rétorqua Vedala, opiniâtre. Pour quelle raison ?

— Je vous préviens, continua Kline, peinant à articuler dans sa précipitation. Votre équipement de sécurité est inadéquat. Repliez-vous.

— Quels sont les protocoles de l'USNORTHCOM en cas de rendez-vous manqué ? demanda Vedala. Est-ce que nous courons un danger ?

— Je ne sais pas. Vous avez...

— Pourquoi ne nous mettez-vous pas en contact avec le commandement ? la pressa Vedala.

— Je ne dispose pas du matériel nécessaire.

— Foutaises ! Qu'est-ce qui se passe ? Pourquoi voulez-vous que nous quittions cet endroit ?

Un long silence de cinq secondes s'écoula.

— Passez-moi le caporal-chef Brink, exigea Kline sur un ton sans réplique.

Vedala hésita. Elle commençait à trouver suspect le comportement de Sophie Kline. Elle posa un doigt sur ses lèvres pour faire signe aux autres de se taire. Elle hocha la tête de gauche à droite et articula une phrase en silence : *Quelque chose déconne.*

Puis elle parla dans le téléphone et, avec une conviction forcée, mentit à Kline :

— Brink est parti chasser avec les Matis. Il ne devrait pas tarder. Il nous reste quinze secondes.

De la friture encombra la ligne au cours des dernières secondes de la transmission, puis Kline parla rapidement :

— Dites-lui… Dites à Brink de prendre grand soin de la montre Omega que je lui ai prêtée. Dites-lui que c'est très important. C'est une *Omega.*

Vedala se tourna vers ses camarades dans l'espoir d'une clarification. Son regard inquiet se posa rapidement sur Peng Wu. L'ancienne soldate avait les joues rouges, tremblotait et se mordillait la lèvre inférieure.

— Sophie ? Nous ne voyons pas comment…

Avant de pouvoir ajouter quoi que ce fût, Peng se pencha en avant et éteignit la radio satellite. Les autres la dévisagèrent.

Peng prit une respiration profonde.

— Peng ? Ça ne va pas ? demanda Vedala.

Sans parler, Peng fouilla dans le sac qu'elle portait autour de la taille. Les doigts tremblants, elle exhuma un petit étui noir. Elle l'ouvrit prudemment et en sortit une fiole contenant un liquide visqueux orangé. À la lumière du jour déclinant, chacun fut capable de lire le texte imprimé sur un côté : OMÉGA.

— Je l'ai trouvé dans les effets personnels de Brink, expliqua Peng. Je suis désolée. Je n'ai rien dit car je ne savais pas à qui je pouvais faire confiance.

Nidhi Vedala saisit doucement la fiole et l'étui. Elle leva le flacon et hocha la tête de dépit en inspectant son contenu. Précautionneusement, elle rangea la fiole dans son étui, qu'elle glissa dans sa poche.

Stone, qui n'avait aucune expérience militaire, était interloqué. Tupa s'assit à côté de lui, protecteur, observant avec méfiance la bosse dans la poche de Vedala.

— Vous diriez que c'est… un poison ? hasarda Stone.

Odhiambo l'interrompit.

— Ce serait plutôt un agent neurotoxique. Tout à fait le genre à être produit dans le cadre d'un programme subventionné par l'État réunissant les chimistes les plus compétents. Je parie que si on l'ingère, cette substance tue instantanément.

Une vague de colère submergea Vedala. Elle jeta le téléphone satellite dans la boue. Peng Wu posa une main réconfortante sur son épaule.

— J'ignore ses motivations, dit Peng. Mais je pense que c'est clair : Sophie Kline vient d'essayer de nous faire assassiner.

JOUR 4

LA BRÈCHE

« Les présidents, les généraux et toutes les personnes habilitées à prendre des décisions cruciales sont, le plus souvent, celles qui sont le moins préparées à les prendre. »

Michael Crichton

Opération terre brûlée

À plus d'un titre, c'était l'aube d'un nouveau jour à bord de la Station spatiale internationale. Fidèle à sa routine quotidienne, le Dr Sophie Kline flottait dans la coupole d'observation et contemplait le monde. *Son* monde. Réglée sur une orbite prograde synchrone avec la rotation de la Terre, la station surplombait l'équateur. Seules quelques lumières s'étirant vers l'horizon scintillaient çà et là sur la face noire de la planète.

La veille au soir, Kline avait enfin prononcé le nom de code tant redouté.

C'était une tentative désespérée, un *Je vous salue Marie*, elle le savait. La participation de Brink à la mission devait autant à la préparation qu'à la chance. À présent, il n'y avait plus rien à faire pour l'équipe au sol. Kline saurait bientôt si sa manœuvre avait payé, pourvu qu'elle reçoive un message de Brink. Sinon, tant pis.

Elle se rendit compte qu'elle s'en moquait pas mal.

Elle porta son attention sur le matériel de surveillance qui emplissait la Cupola. Depuis ce poste d'observation, elle regarda les dernières courbes bleu-vert de l'océan Pacifique disparaître progressivement à l'ouest. Les données du système radar WideScat illuminaient un moniteur de nuances rouges et bleues. L'écran affichait une carte avec quelques points clignotants : des avions commerciaux se déplaçaient lentement à une altitude d'environ douze mille mètres. Mais, surtout, quatre points étaient apparus, qui bougeaient rapidement.

Kline sourit.

Quatre avions de chasse dernière génération survolaient la jungle à basse altitude. Ils filaient droit vers l'anomalie, laquelle se trouvait directement sous les yeux de Kline.

La frappe aérienne ordonnée par Stern était en cours, et Kline s'en réjouissait. Ses coéquipiers au sol étaient allés trop loin, avaient approché de trop près des mystères qu'ils auraient mieux fait d'ignorer. Kline les avait mis en garde, mais ils n'avaient pas voulu en démordre, en grande partie à cause de l'entêtement du Dr Nidhi Vedala. Et il était impossible de faire entièrement confiance au mercenaire recruté, même si Brink avait démontré son sérieux à maintes reprises.

Dès le début, Sophie Kline avait été favorable à un plan d'urgence de frappes aériennes. Bientôt, l'équipe au sol du Projet Wildfire serait arrosée d'une pluie de napalm et de gaz inhibiteurs.

Kline activa un autre appareil afin de faire apparaître une image satellite thermique. À l'écran, quatre traînées de condensation zébrèrent le ciel nocturne. Au rythme où ils étaient lancés, les chasseurs largueraient leur cargaison mortelle à l'aube – juste au moment où elle prendrait son service, songea Kline.

Kline savoura l'ironie de la situation tandis qu'elle regardait le monde tourner lentement au-dessous d'elle : dans quelques heures, le Dr Vedala serait la victime de la substance inhibitrice qu'elle avait inventée pour sauver des vies.

Frappe à l'aube

Dans l'air chaud et humide, trois cents kilomètres au-dessus de la région d'Ucayali, dans l'ouest de la jungle amazonienne, les premiers rayons du soleil éclaboussèrent d'une lumière rose la cuirasse fuselée de quatre avions de chasse *F/A-18E Super Hornet* survolant à la vitesse du son un époustouflant panorama rouge orangé qui embrassait une jungle foisonnante. La rosée du matin, qui s'évaporait, faisait perler les bolides gris métallisé.

Aucune civilisation humaine n'avait jamais réussi à s'établir dans les profondeurs labyrinthiques de la jungle malgré des tentatives répétées. D'innombrables explorateurs avaient passé des siècles entiers à y chercher en vain de mystérieux artéfacts.

Il en était finalement apparu un.

Aucune brume ne s'élevait à proximité de l'anomalie, seulement un sinistre voile de fumée provenant de branches encore incandescentes. À en croire les images satellites, après une série de divisions mitotiques, la structure s'était stabilisée. Elle formait désormais un long mur légèrement incurvé dont la partie centrale était haute de près de quatre-vingt-dix mètres. Sur son flanc nord, un lac marron d'eau stagnante s'était formé à l'endroit où la rivière était obstruée. Une mince colonne sortait de l'eau, se dressant sur plus de mille deux cents mètres. C'était une vision surréaliste. Sur le flanc sud, un cours d'eau s'échappait de sous l'obstacle et traçait son sillon miroitant parallèlement à son ancienne trajectoire.

À dix mille kilomètres de là, le général Stern s'apprêtait à assister en coulisse à une opération de lancement depuis la base de l'US Air Force de Peterson. Le centre de contrôle avait été conçu pour accueillir de temps à autre des démonstrations publiques, avec un espace d'observation où les dignitaires et autres personnalités politiques pouvaient prendre des poses triomphantes tandis qu'on les photographiait après un lancement réussi. Tout au fond, deux portes discrètes permettaient auxdites célébrités de s'éclipser sans séance photo lorsque les choses tournaient mal, comme c'était souvent le cas.

Il était 3 heures du matin, et pourtant le centre était encore peuplé de toutes sortes d'experts, convoqués pour maximiser les chances de réussite de cette opération dont il fallait bien reconnaître qu'il s'agissait d'une tentative désespérée.

Stern avait obtenu une autorisation spéciale de la CIA pour utiliser la très coûteuse flottille de satellites de reconnaissance *NIX-3*. Jusqu'alors, leurs capteurs avaient détecté une croissance alarmante chez l'anomalie, et ils n'avaient pas trouvé la moindre trace de l'équipe Wildfire. Les scientifiques semblaient s'être évanouis dans la nature après leur dernier contact avec la Station spatiale internationale. Dix-huit heures s'étant écoulées depuis le rendez-vous manqué, ils étaient désormais présumés morts.

Il était prévu de déverser le napalm dans la périphérie immédiate de l'anomalie, qui serait visible en direct sur les écrans. La zone infectée serait incendiée, isolée de la jungle. S'ensuivrait le largage d'une substance inhibitrice, dont la composition chimique était tenue secrète, dans l'espoir d'un rétrécissement de la structure, ou tout au moins d'une interruption de sa croissance.

L'opération était désespérée pour plusieurs raisons.

D'abord, elle risquerait d'exposer avions et pilotes à une variété Andromède hautement infectieuse. Ensuite, une frappe aérienne en territoire étranger était la définition même d'un acte de guerre. Le Brésil exercerait fatalement des représailles et ce serait le début d'un conflit international.

L'incident Andromède originel avait certes failli déclencher une catastrophe nucléaire sur le sol domestique et entraîner des répercussions mondiales mais le général savait que la situation actuelle était bien pire. Son anxiété était palpable. Il avait avalé le contenu de plusieurs sachets de Gaviscon et, surtout, il ne parlait pas. Il se contentait d'écouter.

Le bourdonnement énergique des conversations résonnait à travers la salle. Il ne cessait qu'occasionnellement pour céder la place à un silence radio, lorsque le gigantesque haut-parleur relayait les rapports du commandant de l'escadron de *Super Hornet* (code « Felix »). Ce fut justement le cas :

— *Felix-1*, nous nous apprêtons à doucher la cible. Formation à l'enculette, indiqua le commandant dans son jargon militaire. Nous allons procéder, tenez-vous prêts.

À l'avant de la pièce, un stagiaire nommé Maxim Lonchev regarda le général Stern déchiqueter avec les dents un autre sachet bleu turquoise. Assis à une table empruntée à la cafétéria, Lonchev se pencha au-dessus de sa tablette tactile. Il venait d'obtenir une image en ultrahaute résolution. Quatre minutes plus tôt, un sous-programme lui avait signalé une exception dans les données recueillies par le satellite *NIX-3*.

— Paré pour la mise à feu, indiqua le pilote.

Les yeux du stagiaire faisaient des allers-retours au-dessus de l'image. Il tâcha d'ignorer ses deux collègues assis en face de lui, en pleine conversation technique.

Lonchev était le concepteur de Pillion, un algorithme d'intelligence artificielle qui analysait les données visuelles collectées par le groupe de satellites *NIX-3*. Bien que rudimentaire, cette application était unique en son genre car il s'agissait d'une IA forte sans mode opératoire particulier. La plupart des algorithmes étaient programmés pour identifier des *patterns* bien précis renseignant, par exemple, sur le déploiement de véhicules ou l'installation de radars. Agissant contre l'avis de son directeur d'études au laboratoire de Stanford, Lonchev avait créé un algorithme qui, au contraire, recherchait des données aberrantes, c'est-à-dire tout élément ou événement s'écartant des schémas récurrents.

Par conséquent, Pillion était un outil expérimental conçu par un étudiant, et dont on n'espérait pas grand-chose. D'ailleurs, Lonchev n'était pas sans savoir que sa présence au sein du centre de contrôle de lancement n'était guère justifiée.

— Cible en vue, indiqua le commandant. Nous initions la manœuvre.

Pillion avait découvert une série de branches disposées de façon peu naturelle dans une étroite clairière près de l'anomalie. Il avait étiqueté cette bizarrerie « faible probabilité ». Le problème, c'était que l'image floue ainsi récupérée avait subi un moyennage de pixels visant à en améliorer la qualité. Ce traitement numérique avait été réalisé à partir de multiples clichés vidéo pris à différents moments de la journée sous différents angles. En conséquence, Lonchev s'abîmait les yeux à tenter de se figurer pourquoi Pillion lui montrait une banale image de branches éparses.

— Café ? lui demanda l'analyste assis à côté de lui.

— Non, jappa Lonchev. Non merci, je veux dire. Pardon.

Sa voix résonna à travers la pièce caverneuse redevenue silencieuse – le pilote venait de transmettre un nouveau message par radio interposée :

— Prêts à balancer la sauce. Altitude : soixante mètres.

Toutes les images reconstituées qui leur parvenaient étaient floues et brouillées. Impossibles à interpréter.

— Vivants ? dit son voisin de table.

Lonchev leva les yeux. Il s'était tellement arraché les cheveux qu'il était tout décoiffé.

— Oui, je suis vivant, lui répondit Lonchev. Mais je suis occupé.

— Non, je veux dire : il y a écrit « VIVANTS », précisa son collègue en retournant la tablette tactile. Ces branches forment un message. Tu le vois ? Ici. « Vivants ».

Lonchev ouvrit la bouche et poussa un « oh ! » étonné.

— *Felix-1* est en chaleur, indiqua la voix du commandant.

Maxim Lonchev se leva précipitamment et se cogna violemment les genoux contre la table. Toutes les têtes ou presque se tournèrent vers lui. Il s'immobilisa, haletant, le visage empourpré par la gêne. Debout sur des jambes tremblantes, il balaya la pièce du regard. Ces hauts fonctionnaires pouvaient propulser sa carrière aussi vite qu'ils étaient capables de la défaire avant même qu'elle ait commencé. Lonchev hésita encore une seconde.

Puis l'étudiant se mit à crier.

Entrée

Recroquevillée dans un hamac éclairé par un rai de lumière grise matinale, Nidhi Vedala entendit le hurlement des chasseurs-bombardiers s'affaiblir. Le cocktail de napalm qu'elle redoutait n'avait pas embrasé la canopée. Et la structure non identifiée n'avait pas été traversée par l'onde cuisante d'une explosion atomique. Un sourire décrispa son visage. Apparemment, le message qu'Odhiambo avait improvisé avec des branches cassées avait été reçu.

La nuit s'était déroulée sans incident. Rien de vivant ne semblait avoir subsisté dans cette partie de la jungle. Même les arbres paraissaient fuir l'anomalie. Leurs squelettiques ramifications pendaient telles de longues griffes émoussées sous le léger brouillard de fumée qui s'échappait des feuilles calcinées. Le silence quasi absolu, combiné à la chaleur surnaturelle et à la sécheresse, donnait l'impression que la forêt tropicale, naguère verdoyante, se métamorphosait en… autre chose.

Le suivi physiologique de Stone indique que, cette nuit-là, il avait été tourmenté par des cauchemars encore plus terribles que d'habitude. Le sommeil de toute l'équipe avait été perturbé par intermittence. Seul le jeune Tupa avait dormi paisiblement : l'épuisement avait eu raison de ses doutes et de ses peurs.

Vedala roula sur le côté et quitta son hamac. Elle motiva ses coéquipiers et leur ordonna de se rassembler devant la bouche de l'anomalie sitôt le petit-déjeuner pris. Tandis que

Peng s'apprêtait à rallumer le feu de camp, Vedala laça ses chaussures et s'aspergea d'inhibiteur. Grignotant une barre de céréales, elle marcha seule parmi les arbres morts en direction des berges glissantes du fleuve, et de l'anomalie.

Celle-ci n'avait pas subi d'autres transformations au cours des heures précédentes, mais Vedala sentit que la structure vibrait de l'intérieur. Comme si elle renfermait une sorte d'énergie potentielle et se préparait à une nouvelle poussée de croissance.

Vedala s'assit au sec sur un morceau de tronc d'une trentaine de mètres embourbé devant le lit de la rivière. Les jambes ballantes, elle étudia l'entrée squamiforme du tunnel. De la taille d'un homme, la brèche était située à gauche d'une cascade qui déversait une eau jaunâtre tirant sur le brun. Le cours d'eau, qui suivait les contours de la rivière fangeuse, était couvert d'écume.

Vedala remarqua que des morceaux du matériau qui constituait l'anomalie étaient éparpillés près de l'entrée du tunnel. La terre y était zébrée de longs cratères où gisaient la plupart de ces pierres dentelées. Elle comportait aussi des trous, là où des pierres avaient été ramassées par les Machados. Les sillons étaient disposés en rayons à partir de la bouche de l'anomalie : les éclats semblaient avoir jailli de l'entrée.

Vedala repensa à Tupa, qui avait évoqué « le cri d'un dieu en colère », et à Kline, qui les avait exhortés à fuir.

Un souffle d'air lui caressa la nuque, et elle entendit le vrombissement d'un canari. Elle sentit également une odeur de café. James Stone sortit de la forêt, une timbale en fer-blanc dans chaque main. Il était en train de formuler des hypothèses à voix haute :

— La brèche est recouverte d'une croûte cendreuse, comme celle découverte après la bataille. Il manque quelques morceaux autour de la bouche du tunnel. Les canaris recherchent en permanence des toxines, mais l'air en semble totalement exempt. De toute façon, s'il y en avait dans l'atmosphère, on le saurait déjà.

Stone s'assit sur le tronc d'arbre à côté de Vedala et lui tendit une timbale.

— On serait déjà morts, ajouta-t-il.

— J'y ai déjà réfléchi, enchaîna Vedala. La cendre et les pierres sont des matières solides. Mais une explosion a dû pulvériser beaucoup d'autres substances dans l'atmosphère. Les Machados ont inhalé le nuage de poussière – une infime quantité – et, petit à petit, ils sont devenus fous. Ça ressemble à Piedmont.

Vedala avala une petite gorgée de café.

— Mais pourquoi une telle explosion a-t-elle eu lieu ? reprit-elle. Elle n'a pas pu survenir naturellement. Odhiambo affirme qu'il n'y a aucune activité volcanique dans un rayon de huit cents kilomètres.

— Je suis bien d'accord, dit Stone. J'ai une théorie qui m'est chère, mais je ne suis pas encore prêt à la révéler. Il me faut davantage de preuves. Je pense cependant que ce qui s'est produit est arrivé par erreur. Et que cette erreur était humaine.

Vedala jeta un regard inquiet à Stone. Les yeux perdus dans le vague, elle ajouta en baissant la voix :

— J'ai hâte d'entendre votre théorie. Certaines personnes parmi nous gardent des secrets. Je dois pouvoir vous faire confiance, James.

— Écoutez, je sais que ma participation à cette mission n'était pas votre idée, Nidhi, mais je ne suis pas un espion ou quoi que ce soit de ce genre…

— Exactement. Vous êtes digne de confiance parce que vous n'étiez pas censé être là. Vous êtes un électron libre, Stone, et peut-être un sacré coup de chance.

À 11 heures, 34 minutes et 24 secondes (UTC), les membres de l'équipe au sol Wildfire se réunirent devant la bouche de l'anomalie. Tupa, sur ses gardes, les observait de loin. Ils étaient équipés de masques de protection respiratoire et de lampes frontales. Ils avaient appliqué ce qu'il leur restait de produit inhibiteur sur leurs vêtements et leur peau.

Ils étaient aussi préparés que possible.

— Bon, commença Vedala. On va entrer à la queue leu leu. On progressera lentement. Si vous voyez quelque chose, avertissez le groupe. Les canaris de Stone nous précéderont ; ils établiront un relevé topographique du lieu. On y va doucement, sans geste brusque. Pas de surprises.

L'équipe entendait le murmure tranquille de la rivière en arrière-fond.

— N'oubliez pas, il y a quelqu'un qui ne veut pas de nous ici. C'est précisément pour cela que nous devons enquêter.

— Je lance les canaris, les prévint Stone.

Les drones s'engouffrèrent les uns après les autres dans le tunnel. Stone se retourna vers la forêt et ajouta :

— Accordez-moi un instant.

Il pencha la tête vers Tupa, qui était assis avec sa sarbacane sur les genoux près d'une malle pleine de vivres et de matériel laissés à son intention. Le garçon n'avait pas quitté Stone depuis leur premier contact, et il ne cachait pas sa tristesse de ne pas pouvoir les accompagner. En effet, il avait été décidé que Tupa les attendrait à l'extérieur, car c'était plus sûr.

Vedala regarda Stone s'approcher du jeune garçon, lui sourire et le rassurer. Mis à l'écart, Tupa détournait le regard. Des larmes faisaient briller ses yeux.

Vedala ne put réprimer un sourire triste.

Harold Odhiambo passa la tête à l'intérieur du tunnel, une lueur de curiosité dans les yeux. Le rêve d'enfance du xénogéologiste devenait réalité. Les canaris voltigeaient un peu partout. Telles des lucioles, leurs diodes éclairaient la gorge ténébreuse.

À côté d'Odhiambo, Peng Wu, sentant poindre une crise de panique, était en train de se livrer à des exercices respiratoires. Elle avait appris cette technique de relaxation au cours de son entraînement de taïkonaute.

Odhiambo s'adressa à elle avec calme, et sans la juger :

— Je ne sais pas ce qui se trouve ici, major Wu, mais nous n'avons aucune raison de croire que nous allons rencontrer une créature hostile. Théoriquement, cette structure n'est peut-être que le prolongement d'une microparticule qui ignore notre existence. C'est une merveille de la nature. Quelque chose de très ancien, qui provient peut-être d'un autre système stellaire… mais qui se trouve ici par accident.

— Nous n'en savons rien, lui répondit Peng.

— C'est vrai, sans doute. Mais on n'a jamais trouvé de trace d'Andromède hors des couches supérieures de notre atmosphère. Cet objet est unique sur notre planète. À moins que vous sachiez quelque chose que j'ignore ? lui demanda Odhiambo.

Leurs regards se croisèrent, et Peng faillit parler, mais se ravisa.

— La confiance est l'une des conditions *sine qua non* du partage d'informations, docteur Odhiambo. Et je crains qu'il n'y en ait pas beaucoup dans les parages.

Odhiambo nota que Peng regardait froidement Nidhi Vedala, qui se tenait à proximité et écoutait leur conversation.

— Si vous savez qu'un danger menace mon équipe, glapit Vedala, visiblement tendue, c'est le moment ou jamais de m'en aviser.

— Je…, commença Peng avant de refermer aussitôt la bouche. Je ne sais rien.

Odhiambo fronça les sourcils. Ses coéquipières venaient, semble-t-il, de rater une occasion de s'entraider.

Hélas, celle-ci ne se représenta jamais.

Peng reprit la parole :

— Je vois tout de même une bonne raison d'écouter le Dr Kline. Elle connaît parfaitement la microparticule. Si elle nous a défendu d'agir, c'est forcément pour une bonne raison.

— Elle ne nous en a fourni aucune, répliqua Vedala. Qu'est-ce qui vous effraie tant ?

La réponse de Peng Wu fut pour le moins étrange.

— J'ai… une intuition.

La mention du mot « intuition » suffit à faire pâlir Vedala. Celle-ci se comportait comme la plupart des scientifiques, écartant d'emblée toute hypothèse fondée sur un état émotionnel qui ne fût pas étayée par des preuves solides.

Elle pesa ses mots. Chacun savait que les canaris enregistraient cet échange.

— Notre équipe a une tâche à accomplir, major Wu. Nos ordres n'ont pas changé. Nous devons pénétrer à l'intérieur de cette anomalie et l'explorer. Si vous souhaitez désobéir, vous le pouvez, mais vous n'ignorez pas les conséquences.

Peng tenait toujours sa machette, dont elle serrait fortement le manche entre ses doigts. Chaque battement de son cœur faisait trembler son bras. Elle semblait prête à fuir, ou à se battre.

— Plus spécifiquement, reprit Vedala, vous serez probablement réformée. Des poursuites seront engagées contre vous. Ce sera la fin de votre carrière. Il est possible que vous soyez incarcérée, bien que j'ignore comment fonctionne la justice militaire chinoise. Je suppose qu'elle ne célèbre pas la lâcheté.

Peng acquiesça ; ses épaules retombèrent lourdement. Elle regarda la machette et se força à la laisser tomber sur le sol de la jungle. Satisfaite, Vedala fit volte-face et alla chercher Stone, qui était toujours en train de dire au revoir à Tupa.

Harold Odhiambo posa une main réconfortante sur l'épaule de Peng. Une lueur d'excitation pétillait dans ses yeux.

— Rappelez-vous, lui dit-il en pénétrant dans le tunnel. Nous sommes des aventuriers de la science !

Peng ne parut guère enthousiaste mais suivit Odhiambo.

Vedala les rejoignit quelques secondes plus tard.

Stone fut le dernier à s'engouffrer dans l'anfractuosité. La lumière des lampes frontales dansait sur les parois parfaitement lisses. Plus loin devant, les drones scintillaient comme des étoiles.

Dans le silence et la chaleur épaisse de la clairière, Tupa attendit que la dernière lueur disparaisse.

Il laissa passer une trentaine de secondes puis s'empressa de descendre de la malle de provisions, sur laquelle il s'était assis, et l'ouvrit. Il en sortit un T-shirt imbibé d'inhibiteur abandonné par Stone. Il enfila « l'armure », s'équipa d'un masque et enroula autour de ses doigts le bandeau d'une lampe frontale. Il diminua l'intensité de la lumière.

Devant l'entrée, il s'arrêta pour ramasser la machette abandonnée par Peng. Il inspira profondément et partit à la poursuite de ses amis.

La lame en acier jeta un dernier éclat de lumière tandis que le garçon s'enfonçait dans les ténèbres.

Descente souterraine

Un par un, les membres de l'équipe au sol pénétrèrent dans l'obscurité suffocante. Tous portaient un pantalon, des manches longues, des gants d'examen mauves, une lampe frontale et un masque de protection avec soupapes inspiratoires et expiratoires qui leur couvrait le nez et la bouche. Tout ce harnachement était aspergé d'inhibiteur. Leurs quatre paires de chaussures piétinaient le sol dur et sans relief, et le bruit de leurs pas se répercutait dans la galerie, qui leur paraissait sans fin.

Au-dessus d'eux planait et bourdonnait un bataillon de drones-canaris. Leurs LED ultrabrillantes ressemblaient à des perles de rosée accrochées à des toiles d'araignées souterraines. Quand les drones passaient près des scientifiques, leurs rotors propulsaient des jets d'air chaud qui sentait le métal.

L'équipe marchait en silence, tendue, les sens en alerte.

— Pas de toxines en suspension. L'environnement est toujours sain, murmurait Stone toutes les deux minutes.

— J'aperçois une grande quantité de résidu, dit Vedala en voyant les empreintes laissées par les chaussures de Peng qui charriaient une fine couche de boue cendreuse.

— Oui, mais aucune particule dans l'air, dit Stone.

— On garde tout de même nos respirateurs, commanda Vedala.

Tous les cinquante mètres, Odhiambo exhumait de sa sacoche un petit tube jaune moutarde. Il faisait sauter une capsule de verre entre ses doigts noueux, et le tube se transformait aussitôt en un bâton fluorescent produisant une lumière immatérielle vert émeraude. Il semait derrière lui ces marqueurs visuels pour baliser leur itinéraire – et indiquer à la fois l'élévation du terrain et la sortie.

Le tunnel traversait la structure en s'enfonçant presque imperceptiblement dans la terre. Ses parois étaient décidément dénuées de tout caractère. Elles étaient faites d'une matière uniforme dont la surface semblait scintiller comme le verre vert transparent des anciennes bouteilles de Coca-Cola.

Stone assurait l'arrière-garde. Son visage piqué d'une barbe de trois jours était éclairé par la lumière de l'écran pendu à son cou. L'appareil élaborait peu à peu une carte en temps réel grâce aux données des mini-drones. Jusqu'à présent, celle-ci n'était qu'une ligne droite qui coupait l'anomalie en son centre.

Après une vingtaine de minutes, Vedala ordonna un point de la situation.

— Le couloir descend à angle constant, chuchota Stone. La matière constituant les surfaces semble parfaitement homogène. Le résidu cendreux s'est solidifié et toutes les parois en sont recouvertes, comme l'avaloir fuligineux d'une cheminée. Je ne vois pas d'autres passages, et la température augmente à mesure que nous progressons.

— Cette élévation de température est simplement le gradient géothermique, dit Odhiambo. On s'enfonce dans un trou. Dans une sorte de grotte, mais tapissée d'une matière singulière qui présente des propriétés non géologiques parfaitement contre nature.

Le ton d'Odhiambo trahissait son émerveillement.

— Je n'avais jamais pensé que je verrai ça un jour, songea-t-il à voix haute. Un xénogéologiste travaille à partir de photos, de données collectées aux confins de l'univers. Et me voilà à l'intérieur d'une œuvre architecturale extraterrestre.

— C'est effrayant, hein ? dit Peng.

— C'est la plus belle chose que j'aie jamais vue, s'extasia Odhiambo.

— Et comment êtes-vous si sûr que cette structure est l'œuvre d'une civilisation venue d'ailleurs ? lui demanda Stone.

— L'intérieur de cette cavité présente une configuration hexagonale qui est l'exacte réplique de la structure profonde de la microparticule. Et je n'ai pas dit que l'anomalie provenait d'une civilisation venue d'ailleurs, docteur Stone. J'ai dit « extraterrestre », au sens littéral. Vous vous rappelez sans doute que la première mutation a été découverte à la limite de l'exosphère par le satellite *Scoop VII*.

— Et elle a tué quarante-six innocents dès le premier contact, puis deux soldats, un pilote, un officier de la patrouille routière et encore cinq personnes dans une ville voisine, ajouta Stone, d'une voix grave. Des hommes, des femmes et des enfants.

— Avant de muter et de prendre une forme bénigne, précisa Odhiambo.

— Je ne qualifierais pas la souche plastiphage SA-2 de « bénigne ». Pas si j'étais un ami du pilote qui a trouvé la mort au-dessus de Piedmont quand elle a attaqué les polymères de son avion et les a désagrégés en l'espace de deux minutes.

— Certes, docteur Stone. Vous avez raison, confirma Odhiambo. J'ai tendance à oublier que votre père a participé à la première mission Wildfire. Tout cela doit vous toucher de très près.

Vedala scrutait le visage de Stone.

— Moi, en tout cas, je crois que la structure est l'œuvre d'une civilisation venue d'ailleurs, dit Peng.

— Et pourquoi donc ? lui demanda Vedala. Une *intuition* ?

— C'est une microparticule trouvée aux confins de l'univers. Elle ne contient pas d'acides aminés ni de déchets et possède une structure cellulaire unique. Elle s'apparente davantage à une machine qu'à un organisme vivant. Elle est conçue pour survivre dans un environnement pauvre en oxygène et riche en ultraviolets. Tout porte à croire qu'elle a été conçue dans un but précis.

— Ou alors, c'est une particule terrestre jamais recensée qui a été projetée dans l'atmosphère lors d'une éruption volcanique ou d'un impact d'astéroïde, répondit Vedala. Peut-être qu'elle ne provient pas de l'espace mais qu'elle a évolué sous la croûte terrestre.

Peng n'ajouta rien et dévisagea Vedala sans la moindre expression. Un fossé les séparait désormais, dû à un simple problème de communication.

On fera ici observer qu'en mandarin, le concept le plus proche de celui d'intuition – *zhijue* – ne recouvre pas la même réalité que ce que les Occidentaux entendent par « intuition ». La notion de *zhijue* est absente des textes confucianistes tout autant que de l'histoire chinoise telle qu'elle s'est écrite. Ce n'est qu'au XIXe siècle qu'elle fut propagée par les philosophes occidentaux.

La principale différence entre le *zhijue* pour un Chinois et l'intuition pour un Occidental se situe quelque part entre l'instinct et l'intellect. En Occident, le concept d'intuition est ontologiquement identique à celui d'instinct. En revanche, en Orient – et c'est ainsi que l'entendait Peng Wu –, cette notion est directement liée au *lixing*, c'est-à-dire à l'intellect. Ainsi donc, l'intuition de la soldate reposait en réalité sur des fondements tangibles et rationnels.

Les deux scientifiques se dévisageaient sans parler. Ce fut la voix rauque du Dr Stone qui vint les sortir de leur impasse.

— Ça alors !

Le visage horrifié de Stone se dessinait à la lueur de son ordinateur. Il disparut lorsque le roboticien retourna l'écran lumineux pour présenter sa découverte à ses collègues : une image vidéo fournie par un canari qui se trouvait environ deux cents mètres plus loin. Le drone gravitait au-dessus d'un objet qui gisait sur le sol.

C'était un corps. Aucun doute possible.

Le cadavre était couché sur le ventre, face contre terre. Ses membres étaient curieusement allongés. Il ne semblait pas porter de vêtements. Sa peau, livide, était plus foncée à certains endroits. Plus troublant encore, le corps semblait s'être partiellement enfoncé dans le sol.

— Apparemment, il essayait de ramper, marmonna Stone.

Vedala le fit taire d'un revers de main.

— Gardons-nous de toute conclusion hâtive, dit-elle. Rapprochez le drone.

Tandis que le canari s'avançait vers le cadavre, l'horrible image devint plus nette.

— Qu'est-ce que c'est ? demanda Stone, retardant l'évidence.

— Je ne sais pas, dit Odhiambo, mais je n'ai pas l'impression que ce soit humain.

Évolutions

Sur les hublots de la Cupola de la Station spatiale internationale, le reflet clignotant d'une lumière rouge apparut. Kline l'observa, hésitante. C'était un appel entrant de l'USNORTHCOM, passé depuis la base de l'US Air Force de Peterson.

Les échanges entre Kline et le général Stern s'étaient raréfiés. Elle n'était pas sûre que communiquer avec lui serve ses objectifs. Elle décida de prendre tout de même son appel.

[initialisation de la liaison satellite – liaison établie – connexion]

SSI-KLINE

Ici Kline.

PET-STERN

Avez-vous des nouvelles de l'équipe ?

SSI-KLINE

Négatif.

PET-STERN

Une source nous indique qu'ils seraient vivants. Le saviez-vous ?

SSI-KLINE

Négatif.

PET-STERN

Vous surveillez l'espèce de jet qui est sorti du lac ? Il a dépassé les deux kilomètres de hauteur. Je ne sais plus quoi faire,

Sophie. Et, pardonnez-moi, mais pour l'instant vous nous avez été d'une utilité limitée. J'espérais plus. Des idées ?

SSI-KLINE

Négatif, mon général.

PET-STERN

[pause – dix secondes] Très bien. Votre participation n'est plus requise, docteur Kline. Merci pour votre contribution. Mais votre mission est un échec.

SSI-KLINE

Je désapprouve, général.

PET-STERN

Je vous demande pardon ?

SSI-KLINE

Ma mission commence à peine. Je voulais vous en informer personnellement.

PET-STERN

Qu'est-ce que vous...

[fin de la transmission]

Kline coupa la connexion et garda les yeux rivés sur les images vidéo filmées en direct de la station spatiale. Ses deux coéquipiers vaquaient à leurs tâches quotidiennes. Le monitorage physiologique de Kline à cet instant indique une modification de ses fréquences cardiaque et respiratoire, signe de son excitation grandissante.

C'était inhabituel chez Kline : ses indicateurs s'éloignaient rarement de la fréquence normale au repos. Grâce à des techniques de respiration profonde et de gestion du stress, elle parvenait généralement à dissimuler son état émotionnel aux capteurs physiologiques et au personnel inquisiteur du centre de contrôle aérien de Houston.

Ce jour-là, ce fut différent.

Kline ne pratiqua aucun exercice de relaxation. À la place, elle arracha de son poignet son moniteur Bluetooth sans fil, qui n'était pas plus grand qu'une montre. Elle le désactiva et laissa l'appareil dériver en état d'apesanteur. Son signal avait été coupé[1].

Pour Sophie Kline, c'en était terminé des faux-semblants. Elle avait fini de mentir, de jouer la comédie et de contrôler ses émotions. Cela faisait deux ans qu'elle dissimulait ses véritables intentions.

Désormais, ces dernières étaient sur le point d'être révélées.

Cœur battant, Kline déploya l'interface de sa station de travail robotisée. Elle s'équipa de son visiocasque, enfila ses gants haptiques de téléprésence et crispa les doigts. À une centaine de mètres, dans le module isolé qui tenait lieu de laboratoire, le Robonaut R3A4 fit de même.

Puis le robot commença à bouger les bras.

Il frappa plusieurs touches sur un clavier, activant une série d'ordinateurs. Les ordres qu'il donnait depuis ce poste de commande étaient ultraprioritaires en toutes circonstances. La NASA avait jugé indispensable qu'en cas de catastrophe d'autres sous-systèmes de la station spatiale restent accessibles depuis le laboratoire Wildfire, qui serait alors relativement hors de danger.

Mais une attaque de l'intérieur n'avait jamais été envisagée.

Absorbée par son travail, Kline ne remarqua pas le spectacle inquiétant qui se déroulait à l'extérieur de la coupole, juste derrière son épaule. Une tache était apparue sur la surface vitrée du laboratoire *Mark IV*, toujours déguisé en vaisseau-cargo spatial Cygnus sans équipage, bien qu'il fût

1. L'interface neuronale directe implantée dans le cortex moteur de Kline, en revanche, continua d'enregistrer et de transmettre des données au centre de contrôle de mission. Il n'était pas aussi facile pour elle de s'en débarrasser !

en activité depuis cinq ans. Elle brillait d'une lueur violette. Il y eut comme un éclair, d'une intense couleur pourpre. La tache avait grossi.

Équipée de son visiocasque, Kline voyait le monde avec les yeux d'une machine. Seule la partie inférieure de son visage était visible. Ses lèvres bougeaient : elle se parlait à elle-même. Après des années de dur labeur, elle venait de déclencher un processus unilatéral. Elle seule connaissait le plan, mais il n'allait pas tarder à bouleverser sa vie, et celle de chaque être humain sur Terre.

Sophie Kline avait l'intention de libérer l'espèce humaine.

Examen post-mortem

Sous la jungle amazonienne, un corps méconnaissable gisait sur le ventre à la lueur mobile des LED d'une demi-douzaine de drones-canaris en suspension. La créature inhumaine semblait sortir de terre comme un nageur faisant surface. La mort l'avait prise au piège, à demi consumée et statufiée.

Rien ne permettait d'expliquer de quoi il s'agissait.

— On continue ! ordonna Nidhi Vedala à ses coéquipiers en se remettant en route. Tout le monde vérifie son respirateur et ouvre grand les yeux. Peng, préparez votre matériel d'échantillonnage.

Vedala avança à petits pas mesurés jusqu'à atteindre le maelström de lumières dansantes et de drones bourdonnants. Elle inclina la tête, et le faisceau de sa lampe frontale révéla des amoncellements de lambeaux de chair. Elle regarda derrière le cadavre et remarqua que la paroi ne reflétait rien – il n'y en avait pas.

— Il y a une ouverture, dit-elle. Des décombres sur le sol. Des traces sur les parois. Probablement causés par un dégagement d'énergie cinétique.

Juste derrière elle, Odhiambo craqua un nouveau bâton chimioluminescent, dont la lumière baigna les parois et son visage d'ombres vert électrique.

— Oh, oui, répondit-il, il y a dû y avoir une explosion. Et regardez l'aspect des surfaces. Vous voyez ces stries ? Ces fines rainures ? Elles sont propres à notre anomalie. Presque cristallines, comme le quartz. Ou comme de la glace fondue qu'on aurait congelée.

— Une explosion due à quoi ? demanda Vedala.

— Sûrement à une onde de choc qui a irradié la structure.

Vedala exhuma de sa sacoche un mince appareil photo numérique. Contournant le corps avec prudence, elle prit une série de clichés, après quoi elle poussa la masse de chair avec la pointe de sa chaussure. Le corps remua telle de la gélatine, comme secoué d'un frisson, mais ne se retourna pas.

— Doucement, Nidhi, dit Stone. On ne sait pas ce que c'est.

Vedala fourra l'appareil photo dans sa poche et s'agenouilla. Elle posa délicatement ses doigts gantés contre la mâchoire du cadavre et, précautionneusement, fit basculer sa tête pour révéler son visage.

— C'est un homme, dit Vedala. Il est infecté. Regardez ses narines.

Une croûte grise cendreuse avec des reflets verdâtres s'était formée sur son nez et sa bouche. Une plaque couverte d'hexagones métalliques lui tapissait les joues. Sa poitrine et son cou avaient fusionné avec le sol, étirant monstrueusement la peau de son visage.

— Prélevez un échantillon, Peng, ordonna Vedala tandis qu'elle ôtait son pied et laissait la tête du cadavre se mouler de nouveau dans le sol. Comparons-le avec ce nous avons déjà vu.

— Ce n'est pas un indigène, fit remarquer Odhiambo en aidant Vedala à se relever. Cette personne est un homme blanc, enfin *était*. On voit qu'il porte un vêtement… peut-être une blouse de laborantin ou un uniforme. Le tissu s'est mélangé à sa peau.

— Il y a un badge dessus, ou plutôt un morceau de badge, ajouta Stone en l'éclairant avec sa lampe frontale. Pas de nom, juste un numéro.

Vedala ressortit son appareil numérique et prit l'insigne en photo. Elle dirigea sa lampe vers l'espace sombre derrière le cadavre.

— Il a dû arriver ici par cette pièce en rampant, dit-elle en enjambant le corps.

— Pas si vite, Nidhi, l'avertit Stone. Je lance les drones. Nous n'avons pas la moindre idée de ce qui nous attend là-bas.

Stone emboîta le pas à Vedala, suivi de près par Odhiambo. Peng resta en retrait près de la chair pâle du cadavre, un flacon à prélèvement dans une main. Après avoir contemplé une ultime fois le corps inanimé, Peng Wu se leva et se joignit au reste de l'équipe.

Aucun d'eux n'avait remarqué le garçon accroupi qui les observait dans l'ombre.

— Ouah ! s'exclama Vedala. C'est ahurissant.

Sa voix résonna. L'essaim de canaris se dispersa pour explorer les alentours. Les scientifiques se serrèrent autour de Stone et de son moniteur, restant en retrait. Sans dire un mot, ils regardèrent se succéder sur l'écran une série d'images atroces. De temps en temps, Stone consultait ses télémètres laser afin de visualiser la topographie de la salle. Et aussi pour laisser les autres se remettre de ces visions d'horreur.

Cet endroit était le site d'un massacre.

L'étroit passage avait débouché sur un vaste espace avec un plafond d'une hauteur impressionnante. Le sol était jonché de débris : éclats de métaux, morceaux de roche, et d'autres corps d'hommes et femmes. Ils cachaient presque entièrement une rangée de trois machines cylindriques truffées de boutons et dont la base était illuminée par un éclairage rouge. Elles émettaient un léger bourdonnement. Un quatrième cylindre calciné et défiguré penchait, menaçant de s'effondrer.

— Qu'est-ce que c'est que ça? demanda Stone. On dirait des cuves de fermentation.

— Pas des cuves. Des turbines, le corrigea Odhiambo. Je m'en doutais: ce sont des générateurs hydroélectriques. L'eau coule sous le barrage et les fait tourner, ce qui produit de l'électricité. Le plus proche semble être le responsable de l'explosion.

Quelques canaris qui voltigeaient au-dessus des turbines s'approchèrent de deux grands placards installés contre le mur. Leur surface métallique était bardée de cadrans et de boutons.

— Le panneau de commande, dit Odhiambo. Il est assez rudimentaire. Nous sommes devant une micro-centrale hydroélectrique, le genre d'usine que j'ai vue à l'œuvre dans certaines régions du globe que d'aucuns nomment le Tiers-Monde. En Afghanistan, en Éthiopie... Pour 2000 dollars, un village de cent foyers peut s'éclairer, réfrigérer ses aliments, purifier son eau. Et regarder la télévision, bien sûr.

Odhiambo donna ce dernier exemple avec un sourire contrit.

— Allons voir de plus près, dit Vedala. En redoublant de prudence.

L'équipe s'approcha d'un large bureau en métal posé à côté des panneaux. Un cadavre était affalé dessus. Un débris lui avait lacéré le corps, si bien que le meuble était recouvert d'un nuage de sang séché semblable à de la rouille.

— Intéressant, dit Vedala. Ce corps n'est pas corrompu. La mort est probablement due à une simple blessure perforante ayant occasionné une hémorragie.

— Regardez ses pieds, dit Peng.

Manifestement, les chaussures avaient fusionné, et l'homme s'était enfoncé jusqu'aux chevilles dans la structure de l'anomalie.

— On dirait que la salle s'est transformée en sables mouvants, dit Peng, qui pivotait dans un sens puis dans l'autre pour regarder alentour.

Vedala posa une main sur son bras. Puis elle dit à l'équipe :

— Nous devons compter les corps. Voyons si nous pouvons les identifier et déterminer d'où ils viennent.

Pendant les quelques minutes qui suivirent, ils inventorièrent la demi-douzaine de corps épars. La plupart s'étaient amalgamés avec les surfaces. Leurs vêtements et leur équipement s'étaient fondus dans leur peau. Deux corps étaient agglomérés. Des morceaux de tissu et des mèches de cheveux étaient incrustés à de banals meubles de bureau. Le pire, c'étaient les objets usuels qui composaient ce relief accidenté de corps humains difformes, dont ces stylos qui se dressaient comme des cornes sur le front d'une femme.

Une croûte de cendre noire bordait un élément en métal balafré qui avait été soufflé par l'explosion. La détonation avait creusé un profond cratère dans le sol, d'où rayonnaient des stries de débris surchauffés.

En plus du ronronnement des machines, les scientifiques distinguaient le grondement lointain de l'eau qui coulait sous leurs pieds.

Odhiambo émit une série d'hypothèses à voix haute, comme à son habitude. Il se mit à parler en marchant et en inspectant les lieux, un bâton chimioluminescent à la main. Tandis qu'il gesticulait, une lumière verdâtre semblait danser autour de lui comme un feu follet.

— La turbine hydraulique a explosé. La déflagration a dû être fatale. Mais l'onde de choc a également fourni un sursaut d'énergie à la substance SA-3 dont est faite cette anomalie. Ainsi stimulée, elle a commencé à s'auto-reproduire en utilisant le carburant à sa disposition : des matières inorganiques et d'autres… organiques.

Peng se tenait figée au milieu de la salle, le regard perdu au milieu des drones. Seule la manière dont ses incisives mordaient sa lèvre inférieure trahissait son trouble. Éparpillés dans la pièce, les autres scientifiques ne faisaient guère attention à elle, chacun s'affairant dans son coin sans s'occuper des autres.

Vedala abonda dans le sens d'Odhiambo. Sa voix résonna à travers l'espace vide :

— Alors SA-3 est capable de convertir l'énergie. Pas étonnant : les deux souches connues peuvent s'autorépliquer en présence d'énergie. Si le système nucléaire d'autodestruction du premier laboratoire Wildfire n'avait pas été désactivé à temps, l'explosion aurait donné naissance à une quantité d'Andromède suffisante pour provoquer la fin du monde. Nous assistons ici au même phénomène, mais à une échelle moindre.

— Au moins, ça n'a pas duré, ajouta Odhiambo. Si la réaction avait continué, ces corps auraient été entièrement absorbés. Au lieu de cela, ils ne sont qu'à moitié… dévorés. Selon toute vraisemblance, le malheureux qu'on a trouvé en train de ramper a eu une ou deux minutes pour tenter de s'échapper.

Odhiambo regarda en direction de l'entrée de la pièce, derrière lui, et reprit la parole :

— Ce tunnel qui conduit à l'extérieur a fait office de cheminée naturelle. Il a concentré toute la fumée et l'a recrachée dans la jungle. Elle a infecté les Machados et tous les animaux des environs. Leur mort à eux a été plus lente.

— Je pense que nous sommes en train de passer à côté de l'essentiel, observa Stone. S'il y a des gens à l'intérieur de l'anomalie, c'est qu'elle n'est pas le fruit du hasard. C'est une *construction*. Une construction humaine, entreprise dans un but précis.

Un silence s'installa dans la pièce.

— Stone a raison. Est-ce que nous comprenons tous ce que cela implique ? demanda Vedala.

Professeure aguerrie, elle avait l'habitude de poser des questions rhétoriques. Elle poursuivit sans même attendre la réponse du groupe :

— Quelqu'un a dupliqué la microparticule par rétro-ingénierie afin de créer cette structure. Je ne sais pas à quoi sert cette pièce, mais je crois qu'elle accueillait plusieurs ouvriers hautement qualifiés.

— Oui, dit Odhiambo. La majeure partie de cette structure a dû se former lors de l'épisode mitotique auquel nous avons assisté. Mais certains de ses éléments étaient trop complexes. Cette turbine, par exemple, conclut-il en passant son bâton lumineux devant la carcasse en métal endommagée.

— Incroyable, songea Vedala à voix haute. Au départ, cette structure gigantesque était certainement un simple corpuscule de matière obtenu par rétroconception à partir d'Andromède, renfermant l'information « génétique » nécessaire à son développement et possédant la capacité de transformer tout ce qui se trouve à sa portée en source d'énergie afin de s'autorépliquer. Ces turbines et ce matériel sont suffisamment petits pour avoir été parachutés dans la jungle. Le tout a dû être installé par une équipe réduite, laquelle aura été déposée ici par un seul et même hélicoptère.

Stone se pencha pour examiner ce qui restait de la turbine : une masse cylindrique calcinée de la taille d'un réfrigérateur. Il entendit l'eau qui déferlait au-dessous. Il se redressa et inspecta les parois à la recherche de câbles et de fils.

— Problème, dit Stone. L'électricité générée par ces turbines est inutile si elle ne peut être transportée. Et ce matériel de transmission est minimal. Logique, dans l'hypothèse où tout a été parachuté. Mais sans transformateurs plus grands, l'électricité hydraulique se dissipe avant d'être acheminée où que ce soit.

— À moins qu'elle n'ait pas à aller très loin, ajouta Odhiambo en approchant son bâton chimioluminescent d'un coin du cratère où se trouvait un faisceau de câbles endommagés et brûlés provenant des entrailles de la turbine éventrée.

L'épaisse tresse disparaissait directement dans la roche noire qui constituait le sol.

À l'autre bout de la pièce, Peng tenait dans une main un long bout de papier brûlé. Son visage était sans expression.

— Qu'avez-vous trouvé, Peng ? lui demanda Vedala.

Peng brandit la bandelette toute molle.

GLÜCKWUNSCH ZU EINER GUT...

— C'est de l'allemand, expliqua-t-elle d'une voix assourdie par la peur. « Félicitations pour votre travail... » Ces gens étaient des ouvriers du bâtiment. Et ils fêtaient la fin des travaux[1].

Odhiambo se tourna vers Stone, l'air préoccupé.

— C'est la preuve que cette station était opérationnelle. Où va le courant ?

— Je ne sais pas, dit Stone. Le territoire cartographié par les canaris ne s'étend pas au-delà de cette pièce. Cette structure est d'une simplicité déconcertante. Ce n'est rien qu'une énorme masse, un tunnel qui mène directement à cette salle des turbines. Il n'y a même pas de portes.

— Construire des portes dans une structure en expansion ne servirait à rien, raisonna Odhiambo. La quasi-totalité des éléments ici présents font partie intégrante de sa composition organique. Mais cette anomalie n'est pas là

1. L'identification médico-légale réalisée à partir des restes des ouvriers a permis de déterminer qu'ils travaillaient pour une société hydroélectrique indépendante implantée à Mexico et gérée par des Allemands, connue pour exercer des activités à l'étranger sur des sites non couverts par les réseaux électriques nationaux. Aucun de ces travailleurs n'avait encore été porté disparu.

sans raison. Le courant électrique va quelque part. Cher ami, prêtez-moi votre boussole.

Stone obtempéra.

Le vieil homme longiligne s'approcha d'une des turbines. Il se mit à effectuer des mouvements de va-et-vient avec l'instrument en le tenant près du sol. Ses yeux étaient rivés à l'aiguille.

Lorsqu'elle s'agita, il s'immobilisa.

Odhiambo se déplaça précautionneusement. Il profita de l'interaction qui existe entre électricité et magnétisme pour trouver une ligne électrique cachée. En observant les oscillations de l'aiguille de la boussole, il détermina le sens de circulation du courant et suivit la trajectoire de la ligne.

— L'électricité circule dans cette direction, annonça-t-il. Le relevé topographique des canaris nous situe à près d'un kilomètre sous terre. Bien au-dessous de la surface des eaux. On a dit que le transformateur ne pouvait acheminer le courant que sur une courte distance. Eh bien, si on continue dans cette direction, on se retrouve…

— Directement sous le lac, finit Stone. Ça n'a aucun sens.

Imperturbable, Odhiambo remonta méthodiquement la ligne. Elle se termina sur une paroi sans caractère. Il s'arrêta, sourcils froncés.

— Je ne comprends pas, dit Odhiambo, debout sous la lumière vive des drones-canaris. Il devrait au moins y avoir une sorte de salle de maintenance avec des conduits électriques.

Stone consulta à nouveau sa tablette tactile. D'un mouvement du pouce, il éteignit les caméras des canaris et réactiva les télémètres laser. La salle fut balayée par un faisceau invisible de rayons infrarouges projeté depuis les miroirs rotatifs au cœur des drones.

Le moniteur commença à afficher une reproduction extrêmement détaillée des parois et du sol. Parmi les motifs et les formes, Stone vit une silhouette humaine, celle d'Harold Odhiambo, sous laquelle il reconnut les contours familiers d'un hexagone.

— Harold, regardez à vos pieds.

La silhouette sur l'écran baissa la tête.

— Je ne vois rien… Attendez, si. Un motif. Mais il y en a partout.

Stone laissa tomber le moniteur contre sa poitrine, et l'appareil se mit en veille. Le roboticien marchait déjà vers Odhiambo. Il avait identifié deux rainures, qui seraient restées invisibles sans le niveau de précision submillimétrique de ses outils technologiques.

Des charnières.

Fuir ou se battre

— Je vous l'avais dit, se félicita Odhiambo en souriant. Les conduits électriques doivent mener quelque part. Autrement, le barrage ne servirait à rien.

À l'aide de sa truelle, Odhiambo parvint à venir à bout des charnières et à ouvrir la trappe, révélant une cavité obscure. Odhiambo regarda à l'intérieur et devina les barreaux d'une échelle, qui lançaient quelques reflets métalliques. Le gouffre hexagonal s'enfonçait directement dans la croûte terrestre et disparaissait dans les profondeurs.

— Je pensais que vous seriez déçu, lui dit Stone en se penchant au-dessus de la galerie verticale, un canari posé sur l'une de ses deux paumes. Qu'il ne s'agisse finalement pas d'une structure extraterrestre.

— Oh, dit Odhiambo. Nous n'en savons rien. À vrai dire, je suis plus convaincu que jamais que cette structure est d'origine extraterrestre. Qu'elle ait été construite par l'homme ou non.

Stone regarda Odhiambo pour voir s'il plaisantait. Apparemment, il était sérieux. James haussa les épaules et retira sa main de sous le drone lumineux, qui fit du surplace pendant un instant avant d'amorcer sa descente à l'intérieur du trou béant. Les autres canaris continuaient d'examiner la salle des turbines.

— On ne va sans doute pas tarder à le savoir, dit Stone.

Un haut-parleur se mit alors à brailler, faisant sursauter tout le monde – mais Peng Wu davantage. Elle laissa échapper un cri perçant puis, gênée, plaqua une main sur son masque. Elle était de plus en plus tendue, au point qu'un tic facial agitait désormais son œil gauche. Elle qui maîtrisait ses émotions depuis des années semblait tout à coup flancher sous la pression de cette mission et de ses secrets.

Un petit haut-parleur carré, incrusté dans un panneau de commande beige taché de sang, relayait une alerte à plein volume.

— Attention, annonça une voix nasillarde. Je ne sais pas si vous m'entendez. Selon mes estimations, vous avez dû atteindre la salle de commande à l'heure qu'il est. Si tel est le cas, bon travail, Nidhi.

Les membres de l'équipe échangèrent des regards incrédules.

— C'est Sophie Kline, non ? demanda Stone.

Vedala acquiesça.

— Ce qui est arrivé ici est un accident. Personne ne devait être blessé.

Malgré les grésillements persistants de l'appareil, les propos de l'astronaute résonnaient à travers la pièce. Stone et Odhiambo laissèrent leur sac à dos et leur matériel devant la gueule ouverte de la galerie verticale. Ils rejoignirent Vedala près du bureau.

Peng Wu commença à faire les cent pas.

— Non, marmonna-t-elle. Non, non, non. Ça ne va pas. Elle travaille avec *eux*.

Vedala, distraite par ses propos, tourna la tête vers elle. *Eux* ?

Kline continua son monologue à travers le haut-parleur.

— Je ne peux pas vous expliquer ce que j'ai accompli. Et vous ne comprendriez pas mes motivations. Mais je veux que vous sachiez… que j'ai fait ça pour le bien de l'humanité tout entière.

Peng regardait autour d'elle, désemparée.

— Il faut partir d'ici, dit-elle. Elle n'est pas dans notre camp. Elle est dangereuse.

En se retournant pour quitter les lieux, Peng heurta une petite silhouette cachée derrière une turbine noire ronflante. Tupa fut projeté à terre. Il portait un T-shirt taille adulte trop ample qui lui donnait l'air d'un fantôme. Peng, qui s'était mise instinctivement sur la défensive, commença à lever une jambe pour écraser méchamment son adversaire, mais le garçon crapahuta et esquiva le coup. La machette qu'il avait empruntée tomba par terre dans un bruit métallique. Il se remit debout et apparut, pantelant, à la lumière de plusieurs canaris.

— Tupa ! cria Stone en reconnaissant la silhouette dégingandée du garçon.

Il se précipita vers lui et le prit dans les bras.

— Est-ce que ça va ? Qu'est-ce que tu fais ici ?

— Salut James, dit le jeune Machado en souriant.

— Il faut partir, je vous dis, insista Peng en haussant le ton. Tout de suite. Tout le monde.

L'ancienne soldate semblait mesurer les désastreuses conséquences du discours de Kline. Sa détermination croissait tandis que les paroles de l'astronaute, légèrement mal articulées, continuaient à dégringoler de tous côtés telles des gouttes de pluie, chaque nouvelle syllabe chassant la précédente.

— Je vous avais conseillé de vous éloigner. Je vous avais tous prévenus. Ne l'oubliez jamais.

Peng tournait en rond et regardait l'équipe. Ses yeux au-dessus de son masque étaient grands écarquillés.

— Elle a déjà essayé de nous tuer une fois. Elle va recommencer. J'exige une évacuation immédiate.

Vedala leva les deux paumes et tâcha de calmer Peng :

— C'est impossible. Elle est en orbite. Vous devez garder votre…

À cet instant, la turbine endommagée tenta de redémarrer.

L'appareil, en piteux état, s'était automatiquement arrêté après la première explosion accidentelle. À présent, son dispositif d'arrêt d'urgence semblait avoir été désactivé à distance. Une trépidation alarmante secoua le sol.

— Au revoir à tous, dit doucement la voix.

Mais elle était déjà couverte par le crépitement de l'éclair d'électricité statique qui frappait le support de la turbine, pulvérisant du même coup ce qui restait de ses rotors.

Un panache de fumée noire s'éleva de l'appareil.

— Gardez vos masques bien serrés ! cria Vedala en s'éloignant vers la pile de sacs à dos qui encerclaient la trappe ouverte.

Odhiambo, Stone et Tupa la rejoignirent. Peng, terrassée par le tremblement, était à genoux et agitait la tête désespérément.

— Venez, Peng ! l'exhorta Vedala.

Les jambes tremblantes, Peng retrouva la station verticale. Son instinct de soldate l'incita à se concentrer sur la sortie la plus évidente. Elle était certaine de s'en sortir en retraversant cette pièce, en bravant la fumée épaisse que crachaient les vestiges hurlants de la turbine, et en remontant le tunnel caverneux. Elle s'en tirerait de justesse, mais à temps. Si quelqu'un devait s'échapper pour organiser une opération de sauvetage – ou de récupération des corps –, ce serait elle.

La fuite était le seul coup gagnant.

— Non ! ordonna Vedala pendant qu'elle donnait un coup de pied dans son sac à dos pour le faire tomber dans le gouffre.

— Par la trappe ! hurla Odhiambo, mais sa voix fut étouffée par son masque.

Le panache s'était mué en une menaçante colonne de fumée qui avait englouti plusieurs drones. Peng commença à contourner le nuage couleur d'obsidienne. Après l'onde de choc, le sol s'était amolli et était devenu spongieux.

Stone et Tupa se précipitèrent sur l'échelle métallique et descendirent dans l'inconnu. Bien que plus âgé et plus lent, Odhiambo les imita avec une dextérité surprenante. Vedala les suivit de près, mais elle s'arrêta pour tenter de repérer Peng.

Elle s'était éloignée.

Un nuage de poussière toxique commença à submerger la pièce.

— Peng, arrêtez ! hurla Vedala.

Mains tendues et doigts serrés, Peng Wu se prépara à piquer un sprint et à fendre la fumée, qui lui arrivait aux genoux. Après quelques précaires enjambées, son masque glissa et se mit à rebondir contre son cou. Elle accéléra, fonçant droit vers la sortie du tunnel, pinçant les lèvres et retenant sa respiration.

— Bon sang ! marmonna Vedala, toujours sur l'échelle.

Elle descendit quelques barreaux. Désormais, seuls ses yeux se trouvaient plus haut que le sol. Elle avait les doigts serrés autour du métal froid de l'échelle. Une déferlante de fumée était en train de rouler dans sa direction. Les bâtons lumineux jetés par Odhiambo brillaient d'une lueur verte phosphorescente parmi les nuages noirs.

Peng trébucha et tomba.

Elle se releva à grand-peine et progressa à l'aveuglette. Puis elle s'écroula de nouveau et disparut dans l'obscurité enfumée.

Vedala saisit la trappe au-dessus de sa tête et resta immobile un dernier instant. Elle ne pouvait quitter des yeux l'endroit où Peng était tombée. Elle avait cru apercevoir un mouvement à la lueur vacillante des LED des canaris désorientés.

Puis ce fut une vision d'horreur.

Le corps de Peng refit surface, se redressa puis chuta de nouveau, et se mit à ramper. Elle avait été contaminée, et l'infection s'était propagée rapidement : à l'évidence, elle avait pénétré ses muqueuses et gagné ses poumons. Peng prit une inspiration étouffée et réussit à pousser un long gémissement de douleur.

Vedala vit la cascade de poussière s'épaissir et s'enrouler sur elle-même. Alors elle rabattit la trappe.

Bien que toujours fonctionnelle, la centrale électrique s'était transformée en un brouillard de cendres toxiques. Chaque centimètre carré de la pièce était empli d'une fumée noire. La station souterraine était devenue un abysse infernal où résonnaient les piaulements de la ferraille et les tremblements des machines. La lueur fatiguée des drones déboussolés zébrait l'air – leurs caméras étaient toujours actives.

Au-dessus d'eux, Peng Wu était vivante.

On peut raisonnablement supposer qu'à ce moment-là, elle sentait l'infection lui obstruer les voies respiratoires, comme du papier de verre qui lui aurait limé la trachée. Cependant, elle rampait toujours. Ses genoux et ses avant-bras laissaient de légères marques dentelées sur le sol mollissant, et ses cheveux s'étaient dissous dans sa peau, apparemment sans douleur. Peng avait l'air épuisé et semblait ne plus vouloir qu'une chose : poser son visage contre le sol et se laisser gagner par le sommeil.

Mais une lueur blanche au-dessus d'elle attira son attention. Et, juste avant de s'effondrer une dernière fois, Peng réussit à se retourner sur le dos. Elle contempla l'ouragan de cendres, pendant que les mèches de sa chevelure noire fusionnaient avec la surface de l'anomalie.

La lueur se rapprocha et devint plus vive. Peng perçut un vrombissement sourd, et un souffle chaud lui caressa la figure, pendant que l'ange de lumière descendait. Elle finit par voir que c'était un drone qui perdait l'équilibre sous le poids des protubérances métalliques dont il était couvert. L'engin vrilla avant de chuter et de s'écraser juste à côté de son visage.

Et, dans ses derniers instants, Peng se souvint de sa mission.

Elle tourna la tête, passa sa langue sur ses lèvres mouchetées de métal et, d'une voix d'outre-tombe, hurla en direction du canari alors même que l'infection lui comprimait la gorge et lui bouchait les veines… Alors même que son corps s'enlisait dans les plis moelleux de l'anomalie.

— La souche Andromède… Elle est partout. Sur chaque corps planétaire. Sur Mars. Sur les roches lunaires. Sur les astéroïdes.

En sécurité dans le tunnel, sous la trappe scellée, ses coéquipiers, blottis les uns contre les autres, écoutèrent le moniteur de Stone relayer l'ultime message de Peng. Dans les ténèbres, personne ne vit les larmes qui tombèrent des yeux de Vedala et tracèrent deux sillons humides autour de son respirateur. Stone avait passé un bras autour des épaules osseuses de Tupa et maintenait son étreinte. Odhiambo avait les yeux fermés et la tête baissée, comme pour prier.

— Nous avons étouffé l'affaire. Tout le monde. La NASA, la JAXA, la CING, dit Peng entre ses dents. Kline avait raison. Andromède n'est pas apparue par hasard. Elle a été *envoyée.* Elle attend des formes de vie. Et elle les cherche depuis *très, très longtemps…*

État d'urgence

Depuis sa conception en 1998, la Station spatiale internationale était un symbole de paix et de coopération scientifique entre les nations les plus puissantes de la planète. Malgré les conflits d'intérêts qui opposaient parfois ces prétendues superpuissances, l'esprit de camaraderie prédominait chez les nombreux occupants de la station. Les astronautes formaient une famille de citoyens de l'humanité qui travaillaient ensemble et partageaient le même univers, des hommes et des femmes choisis parmi la crème des scientifiques et des pilotes de tous pays.

Cette entente tacite – un idéal de courtoisie qui perdurait depuis plus de vingt ans à bord d'une station spatiale en perpétuelle expansion – était sur le point de voler en éclats.

Le Dr Sophie Kline avait déclaré la guerre.

Le processus de décision qui poussa Kline à l'action a fait l'objet de nombreux débats. Bon nombre de spécialistes ont observé que la station était née à une époque caractérisée par une certaine naïveté, et que sa création résultait d'accords informels sans véritables garanties. Selon eux, cet âge d'or de la coopération ne reviendra jamais, compte tenu du climat social, politique et intellectuel qui domine aujourd'hui.

Une chose est sûre, ce qui arriva fut l'œuvre d'une scientifique dévoyée au profil atypique. La réussite professionnelle de Kline était pour le moins improbable, vu son handicap. Mais des années de souffrance lui avaient permis d'acquérir une volonté presque surhumaine – et de devenir quelqu'un que rien ni personne ne pouvait détruire ou arrêter.

Cette ténacité à toute épreuve était motivée par une immense colère.

Kline ne supportait pas les obstacles qui entravaient son quotidien : les limites de son propre corps, celles du progrès scientifique, mais aussi les restrictions d'ordre éthique imposées par la communauté scientifique sous prétexte de sauvegarder l'espèce humaine.

Bien qu'exceptionnelles, les prouesses qu'elle accomplissait depuis l'enfance n'étaient pas l'expression d'une envie de repousser les frontières du savoir, mais plutôt celle d'un désir de revanche. Très tôt, Kline avait manifesté un appétit féroce pour les sciences, qu'elle avait maîtrisées dans le seul but d'en tirer profit, comme on dresse un cheval pour pouvoir le monter.

Tout porte à croire que, trois ans plus tôt, Kline avait acquis la conviction que la souche Andromède était une attaque menée contre l'humanité. Malheureusement, les agissements secrets de Kline depuis cette époque étaient passés inaperçus ou, en tout cas, on lui avait laissé le champ libre en raison de son statut prestigieux d'astronaute américaine.

Tout l'art de l'espionnage repose sur la compartimentation. De même, le gouvernement ne choisit de communiquer au public qu'une partie des informations en sa possession. Et c'est précisément en raison d'un manque de transparence informationnelle que Sophie Kline et Peng Wu étaient les seuls membres actifs du Projet Wildfire à connaître la vérité sur la souche Andromède.

La variété originelle SA-1 avait été collectée par le satellite *Scoop* dans la haute atmosphère terrestre. Par la suite, la souche avait été détectée sur toutes les planètes telluriques et autres astéroïdes du système solaire interne. Ainsi, 10 % des échantillons de régolithe obtenus dans le cadre des missions lunaires du programme Apollo contenaient des traces d'Andromède[1]. De même, les analyses des échantillons prélevés par la sonde *Stardust* sur la comète Wild 2 avaient révélé la présence de la microparticule.

Plus récemment, la sonde japonaise *Hayabusa* s'était posée sur l'astéroïde BR_3, en forme de cigare. L'un de ses capteurs, baptisé Andro, avait recueilli des informations en apparence anodines, qui avaient été portées à la fin du rapport d'analyse. Les données fournies par ce capteur méconnu n'avaient été significatives que pour une petite poignée de chercheurs et d'officiers des forces armées.

Andromède avait proliféré aux quatre coins de notre système solaire. Les scientifiques impliqués dans le premier Projet Wildfire avaient eu raison d'évoquer la Théorie du Messager, proposée par un scientifique au printemps 1962. Pour résumer, ce dernier postulait que le meilleur moyen de trouver des formes de vie dans une galaxie en majeure partie vide consistait à envoyer dans l'espace une sonde capable de s'auto-dupliquer puis de dispatcher ses copies vers d'autres astres, permettant ainsi d'explorer l'univers de manière exponentielle.

Kline avait étudié la microparticule sous toutes les coutures. Elle savait qu'elle prospérait dans l'ultravide, où elle subsistait pendant des millénaires en s'autorépliquant sans produire de déchets. Elle ne contenait pas d'acides aminés, c'est-à-dire pas de protéines, pas d'enzymes, aucune des pierres de construction de la vie. Et elle possédait une structure cellulaire cristalline non biologique.

La jeune femme avait fini par en tirer une conclusion.

---

1. C'est parce que le gouvernement américain et la NASA connaissaient l'existence d'Andromède qu'on décida de concevoir et de fabriquer des « caravanes de quarantaine » : il fallait éviter à tout prix que les astronautes du programme Apollo, de retour de mission sur la Lune, ne transmettent de nouvelles infections.

La souche Andromède n'était pas un micro-organisme. Elle n'était pas vivante – pas exactement. La microparticule extraterrestre était en fait une *machine* hautement complexe.

Selon Kline, la souche SA-1 avait été une sonde conçue pour voyager vers d'autres systèmes stellaires et créer des copies d'elle-même, puis attendre. Et c'est ce qu'elle faisait depuis plusieurs centaines de milliers d'années lorsque, le 8 février 1967, dans une petite maison des environs de Piedmont, Arizona, un médecin téméraire du nom d'Alan Benedict avait décidé d'ouvrir la capsule du satellite *Scoop VII* récupéré à Piedmont.

C'était la forme de vie que la souche Andromède avait attendue.

SA-1 avait infecté les organismes vivants, ce qui avait provoqué sa mutation : la variété plastiphage SA-2 s'était échappée des profondeurs du laboratoire Wildfire et s'était propagée dans l'atmosphère, dissolvant des plastiques complexes sans lesquels il est impossible d'atteindre l'orbite terrestre basse.

Ainsi, pour Kline, la souche Andromède était une injustice de plus qui s'ajoutait à la multitude d'obstacles qui lui gâchaient déjà la vie. Elle était convaincue que ses concepteurs étaient mal intentionnés. SA-1 avait détecté une forme de vie puis évolué pour s'interposer insidieusement entre l'homme et l'espace. C'était un rempart construit pour empêcher notre espèce d'accomplir son destin céleste.

Vraisemblablement, Kline la considérait comme un affront.

Kline se demandait combien d'espèces extraterrestres avaient été piégées comme l'espèce humaine. En son for intérieur, elle estimait qu'Andromède était la solution du paradoxe de Fermi, qui pose la question : « Puisqu'il existe dans l'univers des milliards de planètes semblables à la Terre, où se trouvent toutes les formes de vie ? »

Emprisonnées sur leur planète : voilà où elles se trouvaient, pensait Kline.

Le premier contact de l'humanité avec une intelligence extraterrestre avait été tout sauf amical. Ç'avait été un acte de guerre.

Et Sophie Kline préparait une contre-attaque. Elle avait étudié son adversaire. Depuis le laboratoire *Mark IV* du Projet Wildfire, elle s'était appliquée à découvrir comment manipuler la microparticule pour en créer de nouveaux avatars. Elle comptait retourner Andromède contre elle-même pour qu'elle cesse de faire obstacle à la conquête spatiale.

Kline avait repositionné sa station de manipulation à distance à l'intérieur du module *Leonardo* et fermé l'écoutille. Équipée de ses gants haptiques, son visiocasque bien calé devant les yeux, elle prit mentalement le contrôle du robot humanoïde R3A4. Son interface neuronale directe lui permettait de le commander à la vitesse de la pensée.

Les mesures de protection en place dans un laboratoire bénéficiant d'un niveau 5 de biosécurité confèrent à ses occupants un accès total à l'ensemble des infrastructures en cas d'urgence. À 17 heures, 24 minutes et 11 secondes (UTC), une alerte confinement fut déclarée depuis le module-laboratoire. Comme des dominos tombant l'un après l'autre, chaque sous-système de la station – communication, propulsion et support de vie compris – s'abandonna un par un au contrôle de Sophie Kline. Il ne lui en fallut pas plus pour prendre possession de l'intégralité de la Station spatiale internationale.

Les deux coéquipiers de Kline suivirent la procédure d'urgence standard et gagnèrent le module de service *Zvezda*. Pilier historique de la station, celui-ci était entièrement équipé et approvisionné ; il hébergeait en outre des systèmes informatiques russes et américains.

Kline avait déjà bloqué toute transmission radio sortante, coupé le contact avec le centre de contrôle au sol et désactivé le Wi-Fi à bord. Elle verrouilla le système d'amarrage par lequel les modules *Zarya* et *Zvezda* étaient accouplés l'un à l'autre, empêchant ainsi le retour sur Terre des deux autres astronautes via le vaisseau *Soyouz*, arrimé au port arrière de *Zvezda*. Enfin, elle bascula tout le système de support de vie sur l'alimentation de secours et éteignit l'éclairage intérieur afin d'économiser l'énergie.

Les propulseurs électrostatiques s'activèrent, convertissant l'énergie électrique captée par les panneaux solaires en force de poussée verticale. Toute l'infrastructure frissonna, poussa un gémissement suraigu et les astronautes commencèrent à perdre de l'altitude tandis que la station s'élevait rapidement.

Kline releva brusquement son visiocasque, se positionna face à l'une des nombreuses caméras de vidéosurveillance installées dans la station, et adressa un message à ses deux collègues réfugiés dans le module *Zvezda* :

— Ici Sophie Kline. Je déclare l'état d'urgence et réquisitionne les ressources de la station. À compter de cet instant, et jusqu'à la fin de l'intervention, vous resterez enfermés dans le module où vous vous trouvez actuellement. Ne tentez pas d'établir le contact avec l'extérieur. Ne tentez pas de quitter votre module. De plus amples informations vous parviendront en temps utile. Pour le moment, la Station spatiale internationale est placée en alerte confinement.

Les visages surpris de Youri Komarov et Jin Hamanaka se tournèrent vers la caméra. Kline coupa la transmission, abandonnant ses collègues à un écran noir et à un profond silence.

Bien sûr, les coéquipiers de Kline entreprirent immédiatement de braver ses ordres, mais tout accès au port d'amarrage était bloqué. Les deux astronautes furent donc forcés de rester confinés dans leur module. Ils étaient en sécurité et disposaient de grandes quantités d'air, de nourriture et d'eau, ainsi que du nécessaire pour se soulager.

Ils étaient cependant privés de communication avec l'extérieur. Jin Hamanaka réfléchit à toute vitesse puis exhuma un pointeur laser qui lui avait servi à une expérimentation optique et qui était entreposé dans le module. Bien que non répertoriée comme dangereuse, la diode de classe 3B émettait une puissante lumière vert émeraude. Hamanaka parvint ainsi à pointer un faisceau laser vers la Terre au-dessous de lui à travers l'un des petits hublots circulaires du module *Zvezda*.

À chaque instant, des centaines d'amateurs observent la Station spatiale internationale depuis la Terre. Chacun d'eux peut la regarder passer pendant une durée de deux à six minutes. Comme elle venait de changer d'inclinaison orbitale, elle attira l'attention d'une grande partie de cette communauté internationale d'astronomes en herbe.

Ainsi, la station, qui orbitait à une vitesse de 28 000 km/h, provoqua des réactions de surprise à la chaîne. En Amérique centrale comme en Europe et au Moyen-Orient, une poignée d'astronomes attentifs constatèrent avec perplexité que la station était privée de ses lumières extérieures.

Tous virent un point vert clignoter sur la fenêtre ventrale du module *Zvezda*. Plus de la moitié connaissaient l'alphabet Morse et reconnurent le plus célèbre des signaux :

S O S

· · · — — — · · ·

Le tunnel

La major Peng Wu expira à 18 heures, 58 minutes et 06 secondes (UTC) dans le ventre de l'anomalie, à environ huit cents mètres sous terre, des suites d'une infection due à la microparticule SA-3 en suspension dans l'air. Nidhi Vedala versait des larmes en silence au pied de l'échelle. Mais la colère couvait sous sa poitrine.

Vedala repensait aux derniers instants de Peng Wu, à son doux visage couvert d'un treillis métallique hexagonal d'une remarquable finesse. En entendant le hurlement déchirant de Peng, Vedala avait éprouvé à la fois un frisson de dégoût et un grand chagrin. À présent, elle tentait de ralentir le rythme de sa respiration.

Sa lampe frontale brillait à l'intérieur de la galerie, où l'atmosphère était oppressante. Quel ne fut pas son désarroi en s'apercevant que son faisceau lumineux était presque intégralement absorbé par l'obscurité. Elle distingua les visages inquiets de Stone, Odhiambo et Tupa rassemblés autour d'elle.

Leur peur assumée lui fit l'effet d'un coup de fouet : elle était toujours la cheffe de cette expédition, et leur mission était loin d'être terminée. D'une certaine façon, elle ne faisait même que commencer. Bien que fatiguée, sa voix retrouva son assurance et son autorité :

— Bien. Ressaisissons-nous.

— Et Peng ? demanda Stone. A-t-elle une chance de…

Il s'interrompit en voyant le visage de Vedala. Sans ajouter un mot, il s'avança vers elle et lui pressa l'épaule.

— Je suis désolé, lui dit-il.

Les quatre aventuriers étaient serrés les uns contre les autres dans la gueule d'un tunnel non éclairé. Comme le précédent, il semblait traverser l'obscurité en ligne droite. La seule différence, c'était que ce nouveau couloir était deux fois plus étroit, et haut de deux mètres environ. Les parois lisses et uniformes semblaient vouloir les happer. Ce tunnel était sans caractéristique particulière à l'exception du conduit en métal qui parcourait le sol, acheminant de l'électricité vers quelque endroit situé plus en profondeur.

Le seul canari rescapé n'avait détecté aucune toxine dans l'air. Tous les coéquipiers avaient ôté leur masque, qui pendait à leur cou, et chuchotaient dans la maigre lumière du drone. Odhiambo leur distribua des rations alimentaires de combat, qu'ils mâchèrent mécaniquement pendant qu'ils discutaient. Tupa avala une barre de céréales et écouta attentivement les traductions fournies par le drone. Vedala nota que le garçon tenait instinctivement la main de Stone. Ce contact semblait être une source de réconfort pour l'homme comme pour l'enfant.

— Peng a dit qu'on avait trouvé des traces d'Andromède un peu partout dans le système solaire, mais que cette découverte avait été cachée, les informa Vedala. Est-ce seulement possible ?

Odhiambo porta une main à son menton.

— Je crois que oui. Seul un très petit nombre de missions devant rapporter des échantillons ont abouti : la Lune, une comète baptisée Wild 2 et l'astéroïde Itokawa. Tous les autres échantillons extraterrestres récoltés provenaient de météorites ayant atterri naturellement.

— N'oubliez pas les missions dans la haute atmosphère par lesquelles tout a commencé, il y a cinquante ans, ajouta Stone.

— Et les missions du Projet Scoop, bien sûr, renchérit Odhiambo. Mais l'accès à ces rares échantillons est étroitement contrôlé. Il doit être facile de dissimuler l'existence d'Andromède détectée dans des régolithes lunaires, par exemple, ou par les sondes.

— Autrement dit, vous croyez Peng, dit Vedala.

— Bien sûr, confirma Odhiambo. Ce sont les derniers mots qu'elle a prononcés, et ce au prix d'une grande souffrance.

— Alors la souche Andromède donne raison à la Théorie du Messager, conclut Stone. Elle s'est disséminée un peu partout et a attendu le moment venu pour faire son apparition. Ce qui signifie qu'une forme de vie douée d'intelligence en est à l'origine.

— Une forme de vie vraisemblablement malintentionnée, si on se rappelle l'incident de Piedmont, précisa Vedala.

— Pas étonnant que Peng ait paniqué, observa Odhiambo. Connaissant les faits, elle savait que nous allions au-devant d'un grave danger. D'une structure extraterrestre hostile.

— Mais elle a gardé le secret jusqu'à ce qu'il soit trop tard, dit Stone.

— Elle a essayé de nous avertir. J'aurais dû l'écouter, regretta Vedala. On aurait pu faire plus attention.

— Il y a des problèmes plus pressants, leur rappela Stone. Kline est en train d'essayer de nous tuer, et nous sommes à un kilomètre sous terre, dans les entrailles de la souche Andromède.

— Kline est tout là-haut, et nous, nous sommes tout en bas, ajouta Vedala, mâchoire serrée. Kline veut notre mort, et nous allons découvrir pourquoi. Pour l'instant, un seul chemin s'offre à nous.

Le regard d'Odhiambo, qui se taisait depuis un long moment, revint se poser sur le conduit en métal qui courait sur le sol.

— Je ne crois pas que l'emplacement de ce conduit soit un hasard. Il suit parfaitement l'équateur, comme la trajectoire des débris de *Tiangong-1*. Et l'anomalie se trouve à l'embouchure d'un fleuve qui peut fournir de l'énergie hydroélectrique.

— Donc vous pensez que la désintégration de *Tiangong-1*…

— C'était une mystification, une fausse piste. L'œuvre de Sophie Kline, qui voulait dissimuler ses véritables objectifs. Pour une raison qui m'échappe, elle avait besoin de modifier l'orbite de la station de façon à se retrouver au-dessus de cette région, et avec l'Heavenly Palace, elle a trouvé une opportunité.

— Vous croyez vraiment que Kline a pu imaginer et construire cette anomalie ? demanda Vedala.

— Comme vous nous l'avez fait remarquer, au départ cette structure n'était probablement qu'un corpuscule de matière capable d'auto-reproduction, répondit Odhiambo. Une fois ses paramètres de croissance programmés, le tour était joué. Kline n'avait plus qu'à planter la graine dans la terre, si je puis dire. Elle aura orchestré le reste de l'opération en puisant dans ses propres ressources financières et en faisant jouer ses relations. C'est quelqu'un que je me garderais bien de sous-estimer.

— Mais nous n'avons aucune idée de ce qui était prémédité et de ce qui résulte d'une effroyable erreur, dit Vedala.

— On sait qu'elle veut qu'on dégage d'ici, dit Stone. Elle savait que la FUNAI remarquerait l'anomalie mais que les Serenistas n'auraient ni les ressources ni les connaissances nécessaires pour en déterminer la nature et l'origine. Le protocole Wildfire n'a été déclenché qu'après que Vigilance Éternelle a détecté des particules dispersées dans l'atmosphère correspondant à celles de l'incident de Piedmont. Et cette dispersion n'aurait pas eu lieu sans l'explosion accidentelle d'une turbine. Je pense qu'en réalité Kline projetait de laisser l'anomalie croître au cœur de la jungle pendant un moment.

— Alors elle n'avait pas prévu que des êtres vivants seraient infectés, raisonna Vedala. Elle ne contrôle plus la tournure des événements. Si cette structure continue son expansion – ou si un pays décide de l'atomiser –, la particule SA-3 pourrait finir par phagocyter la Terre entière.

— C'est le scénario F, songea Stone. Extinction planétaire totale.

Le xénogéologiste kényan posa une main à plat contre l'une des parois gris verdâtre, puis la retira. Sa paume était couverte de buée.

— Ce tunnel nous a conduits sous le lac, dit-il. J'ignore ce qui utilise cette électricité… mais c'est caché sous l'eau.

À ces mots, l'équipe parut prendre conscience des centaines de tonnes d'eau qui risquaient de déferler sur eux.

Tupa se dressa sur la pointe des pieds et murmura quelque chose au canari qui planait à proximité. L'engin pivota face à lui, et le garçon eut un geste vif. En guise de réponse, le drone s'éleva à la hauteur de sa tête puis s'orienta vers James Stone.

De sa voix robotique, le canari interpréta :

— Allons-nous-en.

Vedala leva les yeux vers la trappe et constata avec soulagement que les joints tenaient. Pas une once de fumée n'était passée au travers. Elle ne percevait que l'humidité de l'air et l'odeur de métal que dégageait l'anomalie.

— Allons-nous-en, dit Tupa avec un accent.

Le garçon gesticula face au drone et lui chuchota quelque chose avec affolement.

— Il y a un grondement, interpréta le canari.

— Un grondement ? s'étonna Vedala, mais Odhiambo la fit taire puis ferma les yeux, le visage tourné vers le plafond.

Et l'oreille tendue.

— De l'eau, dit-il. L'eau arrive.

Gratification différée

Le Dr Sophie Kline n'était pas troublée outre mesure par ce qui se passait dans les profondeurs terrestres. Bien que parfaitement consciente des conséquences de ses récents actes, son activité cérébrale (mesurée en permanence par l'interface neuronale) correspondait à un rythme alpha compris entre 8 et 12 hertz, c'est-à-dire à un état d'apaisement et de réceptivité.

La survie de ses coéquipiers lui importait peu, désormais.

Dans quelques minutes à peine, Kline réaliserait l'objectif qu'elle rêvait d'atteindre depuis des années. Elle avait sacrifié sa famille et ses relations personnelles, consacrant le plus clair de son temps à l'avènement de ce moment. Et elle avait passé la journée à mener une ultime expérience.

D'heure en heure, la Station spatiale internationale avait continué son accélération. Au grand dam du centre de contrôle de mission, elle s'était éloignée de plus de quinze mille kilomètres de son orbite normale. Et il était beaucoup trop tard pour l'arrêter.

Même en s'appuyant sur une batterie de données tangibles collectées par une interface neuronale directe, il est impossible de reconstituer précisément l'état d'esprit d'un individu. Pour autant, nous avons la chance inouïe de posséder des renseignements détaillés sur l'état neurologique de Kline avant qu'elle coupe tout contact. Ces données méritent d'être considérées à l'aune des actes que Kline s'apprêtait à perpétrer.

Dans le cadre de ses travaux de recherche à l'université de Washington, le Dr Rachel Pittman, spécialiste en psychologie légale, a identifié un comportement récurrent chez les scientifiques dévoués à leur tâche, que reflètent les données neuronales de Kline. Pittman a démontré que les scientifiques avaient tendance à très bien s'accommoder d'une gratification différée. Ce résultat n'est guère surprenant puisque les chercheurs doivent souvent attendre des années avant de recueillir les fruits de leurs efforts. Kline anticipait depuis longtemps sa récompense future, si bien que l'amoralité des événements récents et à venir lui semblait insignifiante au regard des avancées scientifiques qu'elle s'apprêtait à réaliser.

Ainsi, c'est sa capacité à attendre patiemment sa récompense – preuve du crédit qu'elle accordait à une hypothèse qui avait mis des années à se confirmer – qui permit à Kline de mettre son plan à exécution et qui la rendit insensible à l'atrocité de ses actes.

Cela n'excusait rien mais expliquait tout.

Après avoir pris le contrôle de la Station spatiale internationale, Kline avait passé quarante-cinq minutes à récupérer et à enfiler le Cardioflow – des leggings pressurisés conçues pour drainer le sang du bas du corps vers la tête. En état de microgravité, les astronautes éprouvent souvent une sensation d'étourdissement comme s'ils venaient de faire le poirier. Cette combinaison avait été pensée pour améliorer la circulation sanguine, les capacités de réflexion et le confort. Portée trop longtemps, cependant, elle pouvait occasionner des pertes de conscience ou de mémoire, et même provoquer la mort.

Pour le moment, Kline, qui terminait ses dernières expériences, se sentait parfaitement reposée et lucide, pour la première fois depuis qu'elle était montée à bord de la station. Sur les vidéos retrouvées, elle a bonne mine et le regard vif. On la voit sourire, ajuster ses gants haptiques imbibés de sueur et plier les doigts au moment de prendre le contrôle du Robonaut R3A4.

À l'intérieur de la capsule sans fenêtres du laboratoire Wildfire, les bras couverts de tissu du R3A4 ne cessaient de bouger. Les événements qui suivirent sont classés « secret-défense », mais un enregistrement vidéo partiel de l'expérience nous est parvenu.

Le robonaute travaillait devant un poste de sécurité microbiologique (PSM) conçu sur mesure – une enceinte visant à limiter l'exposition de son utilisateur aux menaces biologiques pendant qu'il manipulait des agents pathogènes. Le robot stérilisé n'avait pas besoin de gants, encore moins des encombrantes combinaisons pressurisées portées par les chercheurs humains. L'air à l'intérieur du laboratoire avait été remplacé par une atmosphère inerte, mélange non réactif d'argon et d'azote.

Le poste de sécurité était encastré dans le mur et doté d'une vitre frontale avec, au-dessous, un espace éclairé permettant aux bras du robot de réaliser ses manipulations. Le flux d'air laminaire vertical à l'intérieur du poste de travail permettait l'évacuation continue des particules à travers un filtre HEPA afin d'éviter qu'elles ne contaminent d'autres expériences réalisées en état de microgravité.

Les caméras installées sous la hotte étaient censées filmer chaque manipulation sans en perdre une miette. Après visionnage des enregistrements de cette expérience et des précédentes, les experts consultés se sont aperçus que des séquences entières avaient disparu, preuve que Kline, depuis plusieurs années, réalisait des expériences illicites à l'insu de tous. Au total, ils ont recensé plus d'une centaine d'heures manquantes, les coupes correspondant, pour la plupart, à des séquences d'une quinzaine de minutes chacune.

Le R3A4 posa son regard grossissant sur un échantillon de SA-3 coincé entre une lame de verre et un couvre-objet.

Il avait été créé en secret par nulle autre que Kline à partir d'échantillons préexistants, prélevés cinq décennies plus tôt, qu'elle avait modifiés. Sur la plaque de verre, les minuscules microparticules hexagonales étaient alignées. Au moyen de son interface neuronale, Kline, telle une marionnettiste, fit mouvoir les mains du R3A4 sans le moindre tremblement – un spectacle chorégraphique époustouflant.

Des mains humaines n'auraient jamais pu manipuler un objet aussi minuscule avec une telle grâce. De gestes assurés en mouvements élégants, les préhenseurs virtuoses déposèrent un catalyseur sur la rangée de microparticules. Quelques secondes plus tard, ils nappèrent la même zone d'un accélérateur de croissance à base de dioxine de carbone liquide.

La réaction fut aussi fascinante qu'instantanée.

Chaque spécimen de SA-3 commença à subir une mitose semblable à celle observée à plus grande échelle sur l'anomalie : entre les deux plaques de verre, la rangée de microparticules se mit à frétiller et à danser une farandole. Kline regarda la ligne ténue s'épaissir et prendre la forme d'un timbre-poste.

En très peu de temps – bien plus rapidement que l'aurait fait un être humain –, le Robonaut versa un inhibiteur de croissance au sommet et sur les deux côtés de la rangée de particules en expansion, arrêtant leur propagation effrénée. Malgré cela, certaines particules commencèrent à dévorer une petite portion du bac à expérience. Par endroits, la surface en céramique fut transformée en une substance grise poudreuse pareille à de la cendre.

Le R3A4 agissait promptement, évitant tout contact avec les microparticules qui se multipliaient à grande vitesse. Ses mains habillées d'un nouveau tissu ultrasophistiqué, l'Ortho-Fabric, reluisaient : elles avaient été enduites d'une épaisse couche de substance inhibitrice lors de leur fabrication.

Une structure s'était formée, désormais visible sans grossissement optique. Elle possédait la forme d'un ruban, la largeur d'une feuille de papier et à peine l'épaisseur d'un cheveu humain. Elle continua à croître un peu plus à chaque seconde, mais seulement à partir du bord inférieur, comme une écharpe qui se serait tissée toute seule.

Le ruban métallique ne tarda pas à déborder les limites du bac en céramique. Il mesurait désormais plus d'une trentaine de centimètres. Le R3A4 le retira du poste de travail et le porta jusqu'à la couronne du module-laboratoire *Mark IV* – l'endroit où il était amarré au module de connexion *Harmony*. L'emplacement du laboratoire permettait de le faire passer aisément pour un simple module-cargo.

Le robot pressa l'extrémité inactive du ruban contre la surface du module et ajouta quelques gouttes d'accélérateur.

En quelques secondes, la matière fabriquée par SA-3 sembla pénétrer dans la coque en aluminium, qui se para d'un éclat gris verdâtre. Une fugace réaction en chaîne s'ensuivit : de fins mais tentaculaires appendices se déployèrent sur toute la surface. L'autre extrémité du ruban flottait en apesanteur, s'allongeant en ondulant telle une couleuvre.

Une alarme stridente retentit.

Un message d'alerte apparut sur le moniteur de Kline :

TAUX D'ARGON 10 %, TAUX D'AZOTE 22 %,
SURCOMPENSATION VIA GAZ COMBINATOIRES
REMPLIR BOUTEILLES SVP – BOUTEILLES GAZ VIDES ALERTE

La composition atmosphérique à l'intérieur du module se modifiait rapidement. Le bord d'attaque du ruban se nourrissait de l'air avec un insatiable appétit et s'allongeait inlassablement. La microparticule évolutive recherchait toutes les matières à sa portée dont elle pût consommer l'énergie afin de se reproduire.

Kline ne prêta pas attention à l'alarme qui hurlait. Le bruit finit par s'évanouir. L'atmosphère, elle, continuait d'être absorbée.

Le ruban commença à crépiter et à s'entortiller comme un câble électrique arraché. Le bord d'attaque effleura la carapace du R3A4. À son contact, il produisit un nuage de fumée qui fut lui-même consumé. L'inhibiteur semblait avoir empêché la fusion du ruban avec la peau en tissu du robot.

Le robot n'eut aucune réaction. Sophie Kline ne ressentit rien : les capteurs de ses gants ne détectaient pas la douleur.

Les caméras du robot étaient braquées sur une portion de la coque du module. Le R3A4 s'interrompit comme pour prendre une profonde inspiration – en réalité, c'est Sophie Kline qui effectua cette action dans son module – puis fléchit ses jambes multi-articulées et s'élança vers le fond du module cylindrique.

En même temps qu'il prenait son élan, l'humanoïde serra le poing et le ramena vers sa poitrine. Une fois parvenu à l'autre bout du module, il frappa de toutes ses forces. Ses phalanges en aluminium anodisé cabossèrent la coque, pourtant solide, et les servomoteurs de son poing se brisèrent au moment de l'impact. Sous la violence du coup, ses doigts se tordirent, obliquant dans des directions improbables, et plusieurs de ses tendons en Vectron beige clair furent sectionnés, ce qui lui conféra une sinistre ressemblance avec un humain blessé.

Le robonaute recula l'endosquelette de sa main mutilée et asséna un nouveau coup de poing au même endroit.

Et un autre. Et un autre.

Au quatrième coup, il perfora la coque du module-laboratoire. Le peu d'atmosphère qui restait à l'intérieur s'échappa par le trou ouvert dans la paroi latérale. Conçu pour résister à une dépressurisation d'un bar par seconde, le robonaute ne subit pas de dégâts supplémentaires.

Sans prêter attention à sa main abîmée, le R3A4 approcha sa tête avec curiosité. Par le trou, il contempla la face bleue de la Terre qui brillait, des milliers de kilomètres plus bas.

Inondation

D'après les entretiens et les données recueillies par l'unique drone-canari récupéré, l'inondation commença par un borborygme quelque part dans les entrailles de l'anomalie. Il fut vite suivi d'un grondement qui résonna à travers la galerie. Un mince tapis d'eau froide recouvrit le sol et une odeur de roche humide envahit l'atmosphère.

Les scientifiques s'échangèrent des regards inquiets pendant une fraction de seconde. Leurs lampes frontales éclairèrent un nuage de vapeur d'eau qui se formait dans l'air. Puis, sans se parler, ils pressèrent le pas. Vedala prit la tête du cortège ; Stone et Odhiambo la suivirent en file indienne. Tupa courait déjà après la lumière du seul canari survivant. Ses pieds nus claquaient contre le sol du tunnel.

Balayant d'un doigt l'écran de sa tablette tactile, Stone régla au maximum l'intensité de la LED du canari. Le tunnel devant eux fut aussitôt baigné d'une lumière crue.

— Odhiambo ? appela Vedala, hors d'haleine. Ça fait le même bruit qu'un tremblement de terre. Vous croyez que l'anomalie s'est remise à grossir ?

— J'en doute. Je suis certain qu'il s'agit d'un phénomène hydrologique, lui répondit le Kényan. Une grande quantité d'eau est en train de remplir un espace vide. Vous ne sentez pas la pression dans vos oreilles ?

Odhiambo avançait en boitant légèrement. Il prit un bâton chimioluminescent dans sa poche et le craqua, produisant une lumière surnaturelle. Les scientifiques épuisés étaient dans un état de panique croissant. Leurs chaussures fendaient à grand bruit la chape d'eau qui assombrissait encore davantage le sol métallique.

Le grondement inquiétant se rapprochait d'eux.

— Le volume de ce tunnel est minuscule comparé à celui du lac, dit Odhiambo. Je crains fort qu'il soit submergé en très peu de temps.

Loin devant sur les autres, Tupa cavalait sans la moindre difficulté, s'orientant grâce à la lumière du drone. De minute en minute, ses mollets s'enfonçaient un peu plus profondément dans l'eau. Plus loin derrière lui, Stone et Vedala, désormais côte à côte, étaient essoufflés mais couraient à une allure constante. L'eau montante s'infiltrait maintenant dans leurs chaussures, suscitant en eux un émoi qui les poussait à hâter le pas.

Odhiambo, leur aîné d'une vingtaine d'années, réussit à progresser à la même allure pendant quelques minutes puis commença à ralentir en grimaçant et en se tenant les côtes. Il avait beau entendre le bruit assourdissant de l'eau et sentir le liquide froid qui montait, son corps avait atteint ses limites, adrénaline ou non.

Lorsque l'eau lui arriva au-dessus des chevilles, le spéléologue chevronné qu'il était comprit instantanément que sa vie dépendait de sa capacité à atteindre la sortie du tunnel.

Pour peu qu'il y eût une sortie…

Quand Stone se retourna pour s'assurer qu'il allait bien, Odhiambo lui fit signe de continuer à courir.

— Ne vous occupez pas de moi ! lui dit le Kényan, le souffle court. Je vous rattraperai.

Stone ignora son conseil et s'arrêta. Il passa un bras autour des épaules de son aîné et l'aida à avancer. Vedala n'avait pas ralenti ; elle s'efforçait de rattraper Tupa.

Le niveau de l'eau avait atteint près de soixante centimètres, et l'équipe était trempée jusqu'aux cuisses. Elle progressait dans une eau brunâtre et glacée au milieu d'une cacophonie de respirations haletantes, de clapotis et d'échos métalliques.

Un cri leur parvint.

— Tupa! hurla Stone, partagé entre le désir d'accompagner le vieil homme et celui d'aller aider le jeune garçon.

— James! lui répondit un écho au loin.

Malgré les remous dus au courant et son bras passé autour des épaules voûtées d'Odhiambo, Stone réussit à consulter l'écran de son moniteur. L'image fournie par le canari lui permit de comprendre pourquoi Tupa criait. Le garçon avait atteint le bout du tunnel, et une échelle posée contre la paroi devant lui montait vers les ténèbres.

Odhiambo avait correctement évalué la vitesse de l'inondation. Les barreaux inférieurs de l'échelle étaient déjà submergés. Tupa en avait d'abord grimpé quelques-uns pour se mettre au sec. Puis, tout en haut, il avait trouvé une autre trappe, qu'il cogna et griffa, en vain. Elle était fermée.

Soutenant toujours Odhiambo, Stone cria à Vedala, qui les devançait:

— Nidhi! Il y a une trappe un peu plus loin! Tupa ne peut pas l'ouvrir!

Elle hâta le pas et lui répondit par-dessus son épaule:

— Compris!

Stone, qui avait désormais de l'eau glacée jusqu'à la taille, fendit l'onde à grand-peine, assistant Odhiambo. Le vieil homme grelottait et respirait bruyamment. Il avait atteint ses limites physiques. Et pourtant, il s'accrochait à Stone avec une force inouïe.

Le calme était revenu. Le grondement s'était atténué. Les bruits d'eau aussi.

Les deux hommes jetèrent leur sac à dos. Désormais, ils avaient la sensation d'avancer à travers du plomb froid. Leurs pieds étaient engourdis. Leurs vêtements trempés pesaient une tonne. La seule source de chaleur émanait du contact entre leurs bras et leurs épaules, et même celle-ci disparaissait peu à peu.

— Stone, dit Odhiambo entre deux respirations laborieuses. Il est vrai que l'homme doit apprivoiser le feu. Autrement, il ne peut pas survivre. Mais ce feu… ce feu ne nous appartient pas.

Il agrippa l'avant-bras de Stone, plongea son regard dans le sien, et ajouta :

— Ce feu appartient aux *dieux*.

— Allons, Harold, répliqua Stone en dégageant son bras. Nous philosopherons plus tard. Le bout du tunnel est juste devant nous.

— Trop loin, j'en ai bien peur, haleta Odhiambo en désignant l'eau sombre d'un signe de tête – elle lui arrivait désormais au-dessus de la taille. Trop loin pour moi, mais pas pour vous.

Stone continua à avancer.

Vedala avait déjà l'échelle. Tupa se cramponnait aux barreaux. Une trappe hermétiquement fermée les attendait au sommet. Vedala remarqua la présence d'un pavé numérique – un système de verrouillage par code. Elle grimpa deux barreaux, dépassant le jeune garçon, puis elle allongea le bras et enfonça des touches au hasard.

La porte émit un signal sonore négatif après quatre chiffres saisis.

— Bien, murmura Vedala.

Au moins, le système fonctionnait. Et elle savait qu'il leur fallait un code à quatre chiffres, ce qui leur laissait seulement dix mille combinaisons possibles.

Au-dessous d'elle, Tupa avait passé un coude derrière un barreau pour mieux s'accrocher. Ses lèvres à la lumière du canari étaient bleuâtres, et il tremblait. Ses cheveux mouillés étaient plaqués contre son front, et l'eau avait fait disparaître les derniers résidus de sa terrifiante peinture faciale rouge. Son visage était désormais celui d'un petit garçon terrifié et transi de froid.

Vedala se contorsionna pour accéder à sa sacoche et se mit à farfouiller à l'intérieur. L'unique drone rescapé émettait un signal sonore pour avertir qu'il serait bientôt à court de batterie, arrosant les parois d'une lumière déclinante. Il esquivait la surface noire de l'eau montante en projetant des ombres folles.

Vedala finit par trouver son appareil photo numérique et l'alluma.

Elle balaya d'un doigt une mosaïque d'images et s'arrêta sur une photo du premier corps qu'ils avaient découvert à l'intérieur de l'anomalie, puis elle continua à faire défiler. Elle finit par zoomer sur ce qu'elle cherchait : un détail à peine visible sur un corps difforme à moitié amalgamé avec le sol.

C'était un badge professionnel avec un numéro d'identification.

...k B...kstein n° 23402582

En tentant d'approcher l'écran de son visage avec ses doigts tremblants, Vedala eut un geste maladroit et fit tomber l'appareil dans l'eau. Il coula. Sa lumière vacilla puis disparut.

— Merde ! s'écria-t-elle.

Pendant ce temps, Tupa se hissait de barreau en barreau pour fuir la montée de l'eau. Le corps fluet du garçon était collé contre la hanche de la scientifique. De deux choses l'une : soit ils mourraient ici, ensemble, soit ils ouvriraient cette trappe et trouveraient peut-être leur salut.

Vedala ferma les yeux pour se concentrer. Elle tendit la main et entra les quatre derniers chiffres du code qu'elle avait aperçu en espérant que la panique ne lui créerait pas de trou de mémoire. Elle adressa une prière silencieuse à Krishna puis enfonça de l'index la touche « ENTER ».

Un signal mélodieux retentit et un verrou électromagnétique s'ouvrit avec un bruit sourd, puis la trappe se souleva.

— Oui ! s'écria Vedala.

Elle baissa les yeux et s'avisa que l'eau avait presque atteint le plafond du tunnel. Elle ne voyait toujours pas Stone et Odhiambo. Dans la lumière mourante du canari, Tupa se taisait et levait vers elle des yeux apeurés. Le garçon serrait la mâchoire pour ne pas claquer des dents.

Vedala ouvrit toute grande la trappe au-dessus de sa tête et fit passer Tupa avant elle, qui pénétra dans l'inconnu.

Elle descendit quelques barreaux et s'enfonça partiellement dans l'eau. Plissant les yeux, elle examina l'espace étroit entre le plafond du tunnel et la surface de l'eau. Elle n'avait plus pied, mais Stone et Odhiambo étaient plus grands qu'elle. Tout n'était pas perdu pour eux, du moins elle l'espérait.

Il faisait noir. Aucun des bâtons chimioluminescents d'Odhiambo n'éclairait plus et le dernier des canaris avait déjà suivi Tupa.

— Stone ! Odhiambo ! cria Vedala.

Pour seule réponse, elle reçut le souffle de l'air humide que l'eau montante expulsait du tunnel. Scrutant l'obscurité pendant que sa gorge se serrait, Vedala cligna des yeux : il lui semblait avoir aperçu une faible lueur, peut-être celle d'une lampe frontale.

Mais elle n'en était pas sûre.

Dans le tunnel, Stone et Odhiambo, dressés sur la pointe des pieds, avaient de l'eau jusqu'au cou. Ils avaient entendu l'appel de Vedala mais manquaient de souffle pour lui répondre. Les deux hommes suffoquaient, pris au piège juste sous le plafond, avec un liseré d'air pour seul oxygène.

Ils ne pourraient pas atteindre la sortie à temps.

— On doit nager pour y arriver, dit Stone. D'accord ?

— Rendez-vous dans l'au-delà, James, lui répondit Odhiambo. Ce fut un honneur de vous connaître.

La tête penchée en arrière, Stone jeta un dernier regard à Odhiambo. Le vieil homme lui offrit un sourire triste. Stone compris que c'était un adieu. Il pressa l'épaule d'Odhiambo puis prit une dernière goulée d'air, ses lèvres frôlant le plafond. Là-dessus, Stone plongea la tête dans l'eau et commença à battre des jambes. Pendant quelques secondes, il sentit la présence d'Odhiambo à côté de lui.

Puis son attention fut accaparée par la pression dans ses artères, par le froid cinglant, par la noirceur absolue de l'eau autour de lui et par la paroi glissante du tunnel contre son épaule ou sa main. Stone nagea à l'aveuglette jusqu'à agripper une barre en métal. Une échelle.

Il sentit alors une main attraper le col de sa chemise et le hisser. Il aperçut Vedala dans un flou aquatique tandis qu'il émergeait en cherchant à reprendre sa respiration et en toussant, goûtant néanmoins la sensation bénie de l'air retrouvé. Et puis il s'effondra sur le sol.

Pendant ce temps, la cheffe de l'équipe au sol Wildfire continuait d'observer la montée de l'eau tourbillonnante. Elle refusait d'abandonner tout espoir.

— Allez, Harold, murmura-t-elle. Nage, mon vieux.

Quinze secondes s'écoulèrent. Trente.

L'eau monta jusqu'au niveau de la trappe. Vedala attendit encore quelques secondes, et l'eau commença à déborder. Tandis que Stone, allongé sur le dos à proximité, était pris d'une violente quinte de toux, Vedala referma la trappe à contrecœur et la scella.

Réprimant un frisson dans ses poumons, elle sentit quelque chose de chaud sur ses joues – des larmes qui se mêlaient à l'eau de la rivière souterraine.

Le Dr Harold Odhiambo mourut le quatrième jour de l'expédition, à 23 heures, 10 minutes et 07 secondes (UTC), d'une anoxie cérébrale consécutive à sa noyade. Ce fut le troisième membre de l'équipe Wildfire à périr dans des circonstances violentes.

Hélas, ce ne fut pas le dernier.

Activation

Les moments qui suivirent furent capturés par une caméra tremblante actionnée par l'un des deux astronautes prisonniers à bord de la Station spatiale internationale. En captivité depuis plusieurs heures dans le module *Zvezda*, Youri Komarov et Jin Hamanaka furent témoins de la scène.

Les caméras à bord du module-laboratoire *Mark IV* du Projet Wildfire n'enregistraient plus depuis l'alerte confinement déclenchée intentionnellement par Kline, et le R3A4 avait cessé de transmettre. Quant aux données fournies par l'interface neuronale de Sophie Kline analysées après les événements, elles se révélèrent trop complexes pour permettre une reconstitution de l'activité du robonaute.

Jin Hamanaka se tenait devant la plus grande paroi vitrée du module, un hublot d'une quarantaine de centimètres de diamètre situé dans le compartiment de travail principal. L'astronaute svelte à la chevelure noire en queue-de-cheval était connue à la JAXA pour son rire particulièrement sonore. Mais, pour l'heure, elle ne riait plus. Elle continuait à envoyer son signal de détresse à l'aide du vieux pointeur laser qu'elle avait récupéré. La puissance du faisceau avait sensiblement diminué. Et, phénomène encore plus troublant, la station s'était sensiblement éloignée de la Terre. Elle avait encore accéléré et gagné de l'altitude.

Au fond du module, le cosmonaute Youri Komarov, trapu et barbu, tentait depuis plusieurs heures de réparer une radio à l'aide de pièces empruntées à des systèmes auxiliaires, sans grand succès.

Par mesure de précaution, les deux astronautes avaient enfilé leur combinaison de sortie extravéhiculaire. Ils s'étaient mis d'accord pour n'écarter aucune mesure de sécurité. Il existait une probabilité assez forte pour qu'ils doivent se rendre d'urgence dans le vaisseau de retour *Soyouz* à un moment ou à un autre. Même si leur survie n'était nullement garantie.

Voilà pourquoi Komarov avait allumé sa caméra GoPro personnelle. Il avait activité le mode enregistrement et l'avait laissée flotter dans le module sans plus s'en occuper. Il espérait que, si le pire devait advenir, un film des événements subsisterait.

— Tu ne crois pas que ça suffit, maintenant ? dit Komarov, qui grimaçait chaque fois que sa collègue appuyait sur le bouton du pointeur laser. Ils savent bien qu'on est en perdition. Regarde à quelle distance de la Terre nous sommes.

Hamanaka ne semblait pas l'avoir entendu.

Trente secondes passèrent, ponctuées par le déclic répété du pointeur. Komarov leva les yeux, agacé. À peine avait-il ouvert la bouche pour reprendre la parole qu'un impact violent secoua le module. Toute l'infrastructure de la station fut ébranlée. Les panneaux solaires s'agitèrent comme un grand battement d'ailes.

Komarov, alarmé, ferma la bouche. Il empoigna sa minuscule caméra et se dirigea vers Hamanaka.

— Qu'est-ce que c'était ? Qu'est-ce qui se passe ? lui demanda-t-il.

Hamanaka détacha son regard de la fenêtre et se retourna vers lui. Son visage était pâle, ses lèvres tremblaient. Elle porta une main à sa bouche.

— Jin ? insista Komarov.

Ses yeux roulèrent en direction de la fenêtre. Komarov poussa doucement Jin et colla son nez à la vitre.

Sur la vidéo retrouvée, on l'entend dire :

— Qu'est-ce que c'est que ce nuage ? Pourquoi est-ce qu'il… ? Il est en train de s'assombrir. Il… Ah, *gospodi* !

Komarov se tourna vers Hamanaka. L'astronaute japonaise s'était vite ressaisie. Sourcils froncés, elle commença à réfléchir aux implications de ce qu'ils venaient de voir.

— C'est un nuage de débris, lui dit-elle d'une voix calme. Il y a une brèche à l'avant du module *Mark IV*.

Komarov trouva un autre poste d'observation – un hublot de vingt-deux centimètres. Il contempla le trou avec incrédulité.

— Il y a autre chose, ajouta Hamanaka. Sur l'un des flancs du module. Une sorte d'excroissance qui s'étale. Violet foncé.

L'astronaute russe secoua la tête. C'était sa troisième mission à bord de la station. Il n'en était pas à son coup d'essai et, jusqu'au putsch de Kline, c'était lui qui dirigeait cette mission.

— Ça alors, c'est trop fort ! s'exclama-t-il.

Son haleine embruma la fenêtre au quadruple vitrage de trois centimètres d'épaisseur. Komarov avait oublié de diriger sa caméra vers l'extérieur, et elle était braquée sur son visage soucieux. Le récit des faits qui suivent fut reconstitué à partir d'images vidéo fournies par une caméra externe fixée à une poutre de la station.

Un nuage de débris scintillants s'échappait du trou formé dans le module-laboratoire. Sur la vidéo, on entend Komarov répéter « non ! » en boucle pendant qu'il regarde la perforation s'élargir.

Désormais muet de stupéfaction, Komarov contemplait la scène lorsqu'il vit le visage lisse et doré du Robonaut R3A4 émerger du trou bordé de dentelures.

L'humanoïde regarda lentement autour de lui, comme étonné. Il quittait pour la première fois le cocon hermétique du laboratoire Wildfire biosécurisé dans lequel il avait été fabriqué. Son corps volumineux se faufila à travers la brèche et se retrouva dans le vide sidéral.

Le robot se retourna et passa son bras valide par le trou.

Il en extirpa un mince ruban. Sur les images recueillies, malgré la luminosité crue, on voit que le ruban comportait un étrange tatouage hexagonal rappelant la peau luisante et écailleuse d'un dragon. La brèche donnait l'impression d'une bouche entrouverte tirant mollement la langue.

Le ruban s'allongeait toujours avec une grande rapidité. Son extrémité supérieure était incandescente et rougeoyait comme de la braise. Ancré à l'intérieur du module, le ruban traînait dans le sillage de la station spatiale comme une ligne de pêche dérivant dans le courant.

Sa surface étincelait, sans doute parce qu'il absorbait des molécules éparses échappées des débris, ainsi que des particules atmosphériques.

Cet effroyable spectacle qui s'offrait aux yeux des occupants de la station spatiale se déroulait trop loin de la Terre pour être vu des astronomes, professionnels ou amateurs. Seule la NASA, qui avait demandé la permission d'utiliser plusieurs dispositifs de l'armée américaine spécialisés dans la sécurité orbitale pour « jeter un coup d'œil », avait observé un ruban métallique extrêmement étroit qui scintillait dans la lumière du soleil et s'étirait vers la Terre depuis la Station spatiale internationale. Après une journée d'accélération constante, la station était parvenue à environ trente mille kilomètres de la Terre – presque à l'altitude de l'orbite géosynchrone. Pour la NASA, sa destination ne faisait aucun doute.

Le plus inquiétant dans tout cela, c'était ce que personne n'avait observé.

Les images récupérées après les faits révélèrent la présence d'une tache lumineuse violette sur le module *Mark IV* du Projet Wildfire. Cette incrustation ne cessait de croître, mais pas sous forme hexagonale : elle s'étalait en fabriquant une matière serpentine, hélicoïdale, tout en émettant des pulsations lumineuses. La tache, désormais de la taille d'une assiette, rayonnait en lançant des flashs verts puis mauves.

C'était la naissance d'une nouvelle mutation.

JOUR 5

ASCENSION

« Il n'y a pas de frein plus puissant à notre potentiel que la conception que nous avons de nous-même. »

Michael Crichton

Nouveau paradigme

Enveloppés par un voile de ténèbres dans le tréfonds de l'anomalie, les survivants de l'équipe au sol Wildfire étaient épuisés et désespérés. Ils venaient d'assister à la mort de deux de leurs coéquipiers. Ils avaient égaré leurs provisions, ainsi que le sac à dos de Stone. Le dernier canari, à court de batterie, était immobile. Frissonnants et trempés, Stone et Vedala étaient assis dos contre dos. Tupa était recroquevillé sur les genoux de Stone. La chaleur de leurs corps commençait à les sécher.

On peut raisonnablement penser que, dans cette obscurité hostile, le contact humain les rassurait.

Selon les entretiens réalisés post-incident, les membres de l'équipe sentaient que le sol était plat et dur, fait du même matériau que le reste de la structure. Au toucher, ils discernaient les légères traces hexagonales incrustées dans sa surface. Et, bien qu'incapables de distinguer quoi que ce fût, ils entendaient une multitude d'échos. Un sifflement surnaturel émanait de quelque part au-dessus d'eux, sorte de chant mélancolique qui mourait puis renaissait *ad libitum*.

L'équipe était trop fatiguée pour poursuivre son exploration.

L'expédition avait mal tourné. Désormais, la mort était l'issue la plus probable. Restait à savoir quand viendrait la fin. Adossé à Vedala, Stone gardait un bras autour des épaules osseuses de Tupa. Malgré leurs inquiétudes, les trois survivants succombèrent à un profond sommeil sans rêves.

Ce fut la lueur du jour qui les réveilla.

— James, murmura Vedala. Regardez.

Stone ouvrit les yeux dans un clignement et se rendit compte qu'il voyait autour de lui. Un maigre puits de lumière matinale tombait d'une ouverture hexagonale dans le plafond. Étant resté longtemps dans le noir, Stone eut toutes les peines du monde à garder les yeux ouverts. Tupa était descendu de ses genoux ; il bâillait et contemplait la pièce d'un air étonné.

— Un trou dans le plafond ? Comment est-ce possible ? demanda Stone. Nous sommes sous un lac !

— Aucune idée, lui répondit Vedala. Regardez cet endroit, comme il est étrange.

Ses mains en visière au-dessus de ses yeux, Stone baissa le regard. Comme le reste de l'anomalie, chaque surface de cet endroit était constituée de la substance SA-3 gris verdâtre. La pièce possédait six côtés, et un pilier hexagonal s'élevait en flèche en plein milieu, passant par l'ouverture dans le plafond. Une sorte de plateforme faite de matériaux terrestres tels que l'acier et le verre avait été aménagée autour du pilier central.

— On dirait une cathédrale, songea tout haut Stone en se levant et en s'étirant.

Sa voix grave projeta un écho ascendant. Il éprouva alors une vénération quasi religieuse. Ce sentiment se mêlait cependant à une effroyable peur.

— À quoi peut-elle servir ? demanda-t-il.

— C'est pour elle que le barrage est censé générer de l'électricité, dit Vedala. C'est aussi la seule construction humaine que j'aie vue, à l'exception des turbines.

Stone s'approcha de la plateforme en acier. Il sentit une main chaude saisir la sienne, baissa les yeux et vit Tupa. Le garçon avait beaucoup souffert ces deux derniers jours, mais à présent la curiosité avait repris ses droits. James partagea cet élan. Ensemble, ils marchèrent lentement vers le centre de la salle.

La plateforme, de fabrication humaine, était recouverte d'une grille métallique qui encerclait le pilier central. Des soubassements avaient été aménagés, peut-être pour soutenir une clôture. Des caisses en bois étaient éparpillées dans le reste de la pièce. Certaines avaient été ouvertes et vidées de leur contenu, mais les autres étaient toujours enveloppées d'une toile grossière tachée de boue. Elles semblaient avoir été parachutées dans la jungle avec le reste du matériel utilisé dans la centrale.

— En tout cas, dit Stone, cet ouvrage n'est pas terminé.

Vedala était déjà sur la plateforme. Tête penchée en arrière, elle observait le trou dans le plafond avec une crainte teintée d'admiration. Pendant un instant, Stone se surprit à la trouver belle, dans la lumière avare tombée des cieux qui illuminait son visage souriant, partiellement caché sous une chevelure brun-roux en désordre.

— Que voyez-vous ? lui demanda-t-il en se rapprochant d'elle.

— Quelque chose qui n'a jamais existé sur cette planète jusqu'à aujourd'hui, lui répondit-elle.

Stone la rejoignit sur la plateforme et leva les yeux.

Le pilier central semblait s'élever sur un kilomètre, peut-être deux. À son sommet brillait un point de ciel bleu pâle.

— Comment…, demanda Stone sans finir sa phrase.

— Il a dû grandir en même temps que le reste de l'anomalie, dit Vedala.

Un petit nuage passa dans le ciel, et l'atmosphère de la pièce se refroidit légèrement. Les mains des deux scientifiques se trouvèrent. Debout l'un à côté de l'autre, ils contemplèrent en silence cette prodigieuse structure.

— James, appela Tupa.

Le garçon était assis sur un fauteuil de bureau à roulettes devant un tableau de bord. Celui-ci avait été fixé au mur du fond comme un long bureau, avec un conduit extérieur relié à la plateforme centrale. Les scientifiques, un peu gênés, désunirent leurs mains et rejoignirent le garçon.

Vedala fit courir ses doigts sur la surface en métal du panneau de contrôle. Sourcils froncés, elle étudia longuement les quelques boutons et leviers. Après un certain temps, elle tourna une clé et actionna un interrupteur.

Le tableau s'alluma et se mit à bourdonner. Tupa poussa un gloussement de surprise et recula dans son fauteuil, qui roula doucement sur le sol lisse.

— Il est alimenté en énergie, dit Vedala. Peut-être que cette plateforme opère comme une centrifugeuse ? À moins que le pilier central ne soit une sorte d'antenne radio ?

— Non, je ne pense pas, répondit Stone. Pourquoi construire une structure aussi lourde sous un lac ? Pourquoi aurait-elle besoin de tant d'électricité ? Tout ça est parfaitement illogique. Peut-être qu'Odhiambo saurait nous…

Stone brisa net en se rappelant son dernier contact physique avec son coéquipier, le déchirement au moment de l'abandonner à l'eau froide et obscure.

— Ne vous en faites pas, dit Vedala en posant une main sur son épaule. On va trouver une explication. On forme le plus compétent des binômes, non ?

Stone eut un sourire triste.

— Un binôme de scientifiques surdiplômés ? C'est ça. On est les mieux placés pour réussir…

— James, héla Tupa.

Le garçon utilisait une barre métallique pour pagayer à travers la salle sur son fauteuil à roulettes. Il avait l'air parfaitement ridicule, ramant dans leur direction. Pour autant, son visage juvénile était sérieux lorsqu'il se laissa descendre de la chaise et reposa son aviron improvisé.

Tupa désigna le pilier, puis les regarda.

Avec ses deux mains, Tupa décrivit une ligne verticale dans l'air puis serra et desserra plusieurs fois les poings en suivant sa trajectoire imaginaire, comme s'il grimpait à une corde.

Stone le dévisagea, perplexe. Il jeta un regard au dernier des drones-canaris, qui reposait tel un oiseau mort, puis secoua la tête.

— Corde ? hasarda Vedala.

Tupa sourit et réitéra son geste.

— Je ne comprends pas. Pourquoi une corde ? Pour quoi faire ? demanda Stone.

Tupa hocha la tête et parla lentement dans sa langue, mimant un mouvement d'escalade.

— Une corde…, dit Vedala en reproduisant son geste. Pour grimper.

— Grimper, répéta Stone en mimant lui aussi, avant de lever les mains et de hausser les épaules. Pour aller où, Tupa ?

Tout sourire, Tupa se mit sur la pointe des pieds et tendit le bras aussi loin que possible à la verticale en pointant l'index. Il se mit à agiter les doigts au-dessus de sa tête avant de baisser les mains et d'écarquiller les yeux face aux deux scientifiques.

Il semblait fier de lui.

— Les étoiles, dit Vedala, le visage épanoui par un sourire stupéfait. Elle se tourna vers Stone. Une corde pour grimper jusqu'aux étoiles. Ce garçon a raison, dit-elle. Cette colonne est une sorte de corde, censée relier une autre matière qui descendrait des cieux.

— Kline a construit un ascenseur spatial.

Le doigt de Dieu

Les témoignages faisant état d'un feu dans le ciel furent d'abord écartés d'un revers de main par les principales agences de presse. Personne ne s'arrêta sur les quelques messages publiés sur les réseaux sociaux. C'est la vidéo dite du « doigt de Dieu », aujourd'hui tristement célèbre, qui retint l'attention du monde entier.

Les sept minutes d'images tremblantes furent filmées avec un smartphone tenu par la main moite d'une certaine Rosa Maria Veloso. Celle-ci se trouvait à bord du vol TAM 401 reliant Buenos Aires à Tapatinga, qui devait lui permettre de retrouver sa sœur et ses neveux. L'avion survolait la jungle amazonienne à une altitude d'approximativement dix mille mètres. Les premières lueurs du jour que cherchait à immortaliser Rosa Maria Veloso étaient spectaculaires ; elles éclaboussaient de feux et d'ombres l'infinité de la canopée.

Mais ce n'est pas pour cette raison que cette vidéo est devenue virale.

« *Dios mío* », entend-on plusieurs voix répéter dans l'avion.

Juste au-dessus de l'aile tribord, un trait de lumière rouge légèrement incurvé et long de plusieurs kilomètres traversait la haute atmosphère en ondulant légèrement. Brillant comme une gerbe de flammes, l'arc ressemblait à une fissure dans la voûte céleste. Il ruisselait vers la Terre telle une cascade en fusion, traçant son chemin à travers le ciel en s'allongeant un peu plus à chaque minute.

À ce stade, le miracle céleste avait accumulé de nombreuses tonnes de matière. Large comme une bande de papier, ce fil avait dépassé les trente mille kilomètres de longueur. Pour un œil nu, c'était une simple traînée de lumière, un mirage en suspension.

Ce spectacle fut qualifié de « biblique » par de nombreux passagers du vol TAM 401. Et pourtant, ce ruban était l'œuvre d'une mortelle.

Le cordeau céleste scintillait car les particules SA-3 qui le composaient se reproduisaient à un rythme stupéfiant. Les experts du laboratoire national d'Oak Ridge, qui analysèrent la vidéo du « doigt de Dieu », confirmèrent que la souche Andromède s'autoalimentait en consommant les molécules d'azote et d'oxygène présentes dans l'atmosphère.

En outre, les données sismiques collectées par les radars brésiliens installés le long de la frontière avec le Pérou permirent d'établir que le ruban produisait un bang supersonique continu sur une longueur totale de vingt-deux kilomètres – un orage qu'on pouvait entendre en tendant l'oreille un peu partout dans l'hémisphère Sud.

L'extrémité supérieure du ruban était attachée à un point brillant, lequel n'était visible depuis la Terre qu'au télescope : la Station spatiale internationale. Celle-ci était positionnée sur l'orbite géostationnaire terrestre, juste au-dessus de l'équateur. Elle supportait la masse du ruban grâce à la force centrifuge produite par ses cinq cents tonnes. Kline avait depuis longtemps activé les propulseurs du module-cargo *Progress*, ainsi que ceux du dispositif expérimental de propulsion solaire électrique (PSE), fournissant ainsi à la station l'impulsion nécessaire pour traverser une orbite de transfert de Hohmann et se retrouver là où elle était.

À précisément 35 786 kilomètres d'altitude, la période de révolution d'un objet coïncide presque parfaitement avec la durée de rotation de la Terre. La corde, dont le centre d'inertie était à cette altitude, s'allongeait à la fois vers le bas et vers le haut, si bien que la station restait sur une orbite stable juste au-dessus d'un point désormais bien connu planté dans le sol terrestre : l'anomalie.

Le plan de Kline atteignait son apothéose.

Le ruban flottait au-dessus de l'Amazonie, son poids contrant la force des vents. Véritable prouesse de coordination, son extrémité inférieure était désormais positionnée au-dessus d'un obélisque qui se dressait sur un kilomètre et demi, perçant le ciel depuis un lac brunâtre circulaire.

Le moment où le contact eut lieu n'apparaît pas sur la vidéo dite du « doigt de Dieu ». Cependant, le ruban ballottait au-dessus de la canopée en direction du pilier érigé depuis l'anomalie. Faits du même matériau, ces deux arcs étaient attirés l'un vers l'autre comme deux aimants. Lorsque le ruban toucha la colonne, des rayons de lumière jaillirent dans toutes les directions.

Et la fusion s'opéra entre les deux.

Sur la vidéo, on aperçoit des fulgurations semblables à des éclairs de chaleur fendre le ciel. Le long ruban légèrement incurvé se mua en un trait argenté, qui sembla fendre les cieux en deux. Puis il disparut en un clin d'œil et laissa place à l'aube rose pâle. Il s'était en fait mué en une sorte de cordon ombilical noir à peine visible reliant la Station spatiale internationale à son point d'ancrage au sol.

Sur la vidéo de Rosa Maria Veloso, on n'aperçoit plus le cordon, mais on entend en arrière-fond une conversation chuchotée mélangeant le portugais et l'espagnol.

Si on traduit les derniers mots prononcés par Veloso, on s'aperçoit qu'elle n'était pas loin de la vérité :

— Mon Dieu ! Les cieux sont brisés. C'est la fin du monde.

Nouvelle donne

Après cinq jours en état d'urgence ininterrompu, le personnel de la base de l'US Air Force de Peterson était hagard. La salle de commande, d'ordinaire immaculée, était jonchée de gobelets en carton vides et de documents annotés. Les contrôleurs de nuit, au travail depuis 23 heures, avaient des cernes sous les yeux que la promesse d'une rémunération pour heures supplémentaires ne pouvait effacer.

Posté devant la console de commande, le général Stern commençait à se faire à l'idée effroyable que l'un des membres de l'équipe Wildfire les avait lâchés. Sans compter qu'il restait sans nouvelles de son équipe au sol. À cet instant précis, Stern était convaincu que sa carrière était terminée.

Il avait échoué, ni plus ni moins.

Une équipe de réserve, constituée en amont, avait été dépêchée sur le terrain après le rendez-vous manqué. Mais ce groupe supplétif était actuellement positionné sur la ligne de quarantaine et se déplaçait à une allure d'escargot. Pendant ce temps, les gouvernements étrangers avaient fini par s'inquiéter de la situation, et des rumeurs concernant une anomalie en Amazonie avaient filtré. Partout sur la planète, les gouvernements s'empressaient de constituer des groupes d'intervention armés et de réunir des scientifiques. Des meutes de journalistes affluaient dans tous les aéroports d'Amérique centrale. Le maire du territoire britannique des Bermudes avait même envoyé un groupe de linguistes spécialisés dans la communication avec les extraterrestres.

Sentant les regards obliques de ses analystes éreintés, Stern soupira.

Fort heureusement, ils avaient prétexté un exercice d'entraînement pour justifier le comportement inhabituel de la Station spatiale internationale. Les escadrilles de bombardiers américains qui patrouillaient H-24 au-dessus de l'Amazonie avaient dissuadé les visiteurs indésirables – et notamment un détachement de l'armée de l'air brésilienne – de pénétrer dans la zone de quarantaine. Et les malheureux passagers du vol TAM 401 faisaient actuellement l'objet d'une procédure d'isolement : ils patientaient sur le tarmac d'un aéroport bolivien. D'après les estimations de Stern, ces témoins oculaires ne pourraient pas être retenus sur la piste d'atterrissage plus d'une journée.

Hélas, la vidéo du « doigt de Dieu » avait déjà été partagée sur Internet.

Leur unique recours avait consisté à se tourner vers les experts du ministère de la Défense chargés des opérations psychologiques, officiellement dénommées « Forces de soutien à l'information militaire ». Ces vétérans de l'US Air Force ne se contentaient plus de larguer des tracts aériens de propagande comme pendant la Première Guerre mondiale. De multiples unités d'intervention étaient occupées à rédiger des articles mensongers en plusieurs langues, à générer des versions truquées de la vidéo à l'aide d'images de synthèse concoctées par des intelligences artificielle, et à répandre sur tous les réseaux sociaux une série de théories du complot sur le passé et les véritables intentions de la pauvre Mme Veloso.

Stern résista à l'envie de pousser un nouveau soupir.

Le général savait que le déclenchement d'un conflit militaire international n'était qu'une question de temps : la probabilité avait dépassé les 90 %, selon une simulation fondée sur l'enchaînement des événements dont le compte rendu dormait sur son bureau.

Toutes les tentatives de contact avec la Station spatiale internationale avaient échoué, et il était impossible d'y envoyer d'autres astronautes sans la coopération de ses occupants. Les membres de l'équipe au sol étaient également injoignables. Bref, Stern était à court d'idées.

Mais la situation était sur le point d'évoluer.

Stern décrivit plus tard le coup de téléphone de Sophie Kline comme un immense soulagement : « Jusqu'alors, j'étais sur la potence et j'avais la corde au cou. J'étais content que Kline se manifeste. Enfin, le nœud coulant se resserrait. Je pouvais en finir. »

Une communication cryptée en provenance de la Station spatiale internationale lui parvint à 11 heures, 04 minutes et 11 secondes (UTC). Le général Stern s'empressa de prendre l'appel dans le secret de son bureau, loin des moniteurs et des haut-parleurs de la salle de commande. Selon les analystes qui l'observèrent par la fenêtre, Stern n'eut pas la moindre réaction pendant la conversation, si ce n'est une certaine lassitude.

Stern patienta d'abord quinze secondes, le temps que Kline trouve comment formuler son message.

— Allez-y ! l'exhorta-t-il. Accouchez, Kline.

— Général Stern. Vous n'êtes sans doute pas très content de moi en ce moment.

Le général eut un rire nasal. C'était un euphémisme.

— Mais peu importe que vous soyez content ou non, poursuivit-elle. Je veux juste que vous compreniez. Comme tous les autres, vous craignez que la souche Andromède soit exploitée à des fins militaires. Je tiens à vous informer qu'elle n'a pas vocation à servir d'arme. En réalité, la souche Andromède est un *outil*. Un outil extrêmement puissant.

— Kline, écoutez-moi, répondit Stern. Vous êtes brillante, mais arrêtez tout. Je ne sais pas ce que vous trafiquez, mais n'allez pas plus loin. Il ne vous appartient pas de prendre des décisions unilatérales pour la Terre entière.

— Alors qui doit le faire ? Vous ? Un autre homme en uniforme ? Aujourd'hui, c'est moi qui prends les décisions. Et je choisis la liberté.

— Vous avez choisi la traîtrise, souligna-t-il, méfiant.

La conversation avait rapidement dérapé. Les espoirs qu'avait fondés Stern dans une résolution rationnelle de la crise étaient en train de s'évanouir. En entendant les envolées lyriques de Kline, il commençait à penser qu'elle était démente.

Les spécialistes de la sécurité savent que, le plus souvent, ce n'est pas en piratant les systèmes informatiques qu'on parvient à contrôler les ordinateurs, mais en manipulant leurs utilisateurs humains. En d'autres termes, il faut une grande force de conviction, compétence qui requiert une incroyable habileté. Le piratage psychologique suppose une préparation méticuleuse et une parfaite maîtrise du sujet.

— Nous devons protéger notre pays, mon général, lui dit Kline. À un moment de notre histoire, une microparticule hostile a surgi dans notre atmosphère. Cela fait cinquante ans que nous le savons… et que nous sommes incapables d'agir. Une seule question nous anime aujourd'hui : « Quelle nation sera la première à percer les secrets d'Andromède ? » Eh bien, j'ai la réponse. C'est nous. Nous, les États-Unis d'Amérique.

Le général écoutait désormais avec attention.

— Venez-en au fait ! l'exhorta-t-il.

— J'ai démonté et remonté l'horloge, mon général. Je possède désormais la clé du fonctionnement interne de la microparticule. Tout ce qu'il faut savoir sur elle est dans ma tête, et toutes les données nécessaires à sa rétroconception se trouvent à l'intérieur du laboratoire *Mark IV*, à bord de cette station. Une expérience grandeur nature est en cours, dans l'un des endroits les moins peuplés de la Terre. Le bassin amazonien est un sanctuaire écologique. N'importe quelle nation y réfléchira à deux fois avant de recourir à l'arme nucléaire, et c'est le meilleur endroit pour recueillir les fruits de notre découverte.

— Vous n'avez aucun scrupule, docteur, dit Stern en portant une main à son front pour en chasser la sueur. Je sais qu'il est plus facile de demander pardon que d'obtenir la permission d'agir, mais là, vous y allez fort.

— On y est, mon général. On y est enfin ! Est-ce que vous vous rendez compte ? Le mal est fait, et le processus est irréversible. Mais c'est un mal pour un bien, et nous en avons la primeur.

— D'accord, je vous écoute. Qu'avez-vous *rétroconçu* ?

— La souche Andromède a tenté de nous piéger en nous empêchant de quitter la Terre. J'ai détourné ses incroyables propriétés physiques pour construire une échelle vers le firmament. Mon général, nous disposons d'un ascenseur spatial entièrement fonctionnel, et la station fait office de contrepoids. Les États-Unis sont désormais en mesure de placer des tonnes de matériaux en orbite à un coût presque nul. Le peuple américain peut désormais conquérir de nouveaux territoires aux quatre coins de ce système solaire. C'est notre nouvelle destinée manifeste.

— Un ascenseur spatial, répéta Stern en s'asseyant.

— Andromède est une machine, et pas particulièrement complexe. Il n'y avait qu'à gratter la surface pour trouver le mode d'emploi. J'ai fait évoluer la souche : c'est mon cadeau à l'espèce humaine, et en particulier aux États-Unis d'Amérique. Général… je défie quiconque de m'arrêter, de *nous* arrêter, je veux dire. Notre espèce est sur le point d'amorcer son ascension.

Stern resta silencieux pendant un long moment et garda sa main sur son front. La folie qui sous-tendait le discours passionné de Kline ne lui avait pas échappé. Ses déclarations étaient d'une solennité qui frisait l'absurde.

Postérieurement aux faits, le général déclara : « Après avoir surmonté un obstacle personnel, celui du handicap physique, Sophie Kline employait désormais son ingéniosité à détruire la souche Andromède, qu'elle considérait comme un obstacle civilisationnel. »

Et les conséquences étaient épouvantables.

Le général prit conscience que, pour peu que le plan de Kline fonctionnât réellement, alors elle avait créé une machine d'une utilité sans précédent dans l'histoire de l'humanité. Du point de vue des relations internationales, un tel atout promettait de bouleverser l'équilibre des puissances. Pour en conserver la propriété exclusive, il allait falloir multiplier les incitations économiques, montrer les muscles et promettre monts et merveilles aux autres nations.

Mais les États-Unis en étaient bien capables.

L'espace d'un instant, Stern considéra sérieusement la proposition de Sophie Kline.

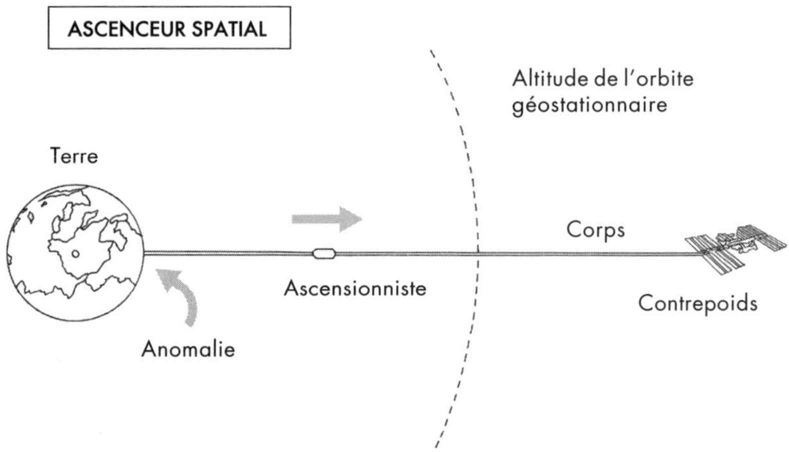

Comme l'avait prédit Kline, le général Stern, père de quatre filles, était prêt à tout pour protéger les siens – et également les habitants de sa planète. Cependant, elle avait négligé le fait que, comme la plupart des parents d'adolescents, le général était également passé maître dans l'art d'écouter sans broncher toutes sortes de desiderata – pour refuser ensuite d'y accéder.

— Kline, vous mettez notre espèce en danger. Votre ascenseur est fabriqué dans une matière que nous ne comprenons pas totalement. Il pourrait anéantir toute forme de vie sur notre planète. Pour l'instant, je veux que vous vous concentriez sur votre retour sur Terre, à vous et vos coéquipiers. J'aimerais beaucoup vous éviter la peine de mort.

— Je suis une morte en sursis depuis que je suis petite, répliqua Kline. Vous pouvez me menacer, la peine de mort ne m'effraie pas. À mon tour de recourir à la menace. J'ai déjà fait part à la Russie et à la Chine des informations que je viens de vous livrer. Leurs gouvernements sont en train de mobiliser des ressources militaires considérables. Ne vous y trompez pas, s'ils peuvent faire main basse sur cette machine, ils ne se gêneront pas. Alors, soit vous acceptez mon offre, soit vous vous préparez à ce qu'ils le fassent à votre place. Et soyez-en sûr, ils accepteront.

— Alors comme ça, votre discours patriotique n'était qu'une posture, dit Stern. Vous n'avez plus aucune loyauté envers quiconque.

— Ma loyauté va à l'humanité, répondit Kline. Je vous suggère d'écrire l'histoire avec moi. Ou de vous ôter de mon chemin.

Un silence pesant régna pendant dix secondes.

— Je comprends, finit par dire Stern. Mais, tout général que je suis, je ne suis pas suffisamment haut placé pour décider de ça tout seul. Je dois en référer à ma hiérarchie. Je reprendrai contact avec vous sous peu.

— Vous avez trente minutes, répondit Kline en coupant la liaison.

Stern posa le téléphone. Il s'approcha de la porte vitrée de son bureau, qui s'ouvrit sur le centre de commandement. Tous les analystes présents dans la salle levèrent les yeux en même temps, et les conversations cessèrent. Stern eut un signe de tête à l'intention de l'analyste le plus proche et s'adressa à lui d'une voix calme et égale.

— Il va me falloir un autre café, lui dit-il en se frottant les yeux.

Parvenu à la console de commande, Stern ajouta une chose, comme s'il venait juste d'y penser :

— Oh, je vais devoir parler au président. Le plus vite possible.

Abscisse Z

Assis dans la pièce centrale, les trois survivants écoutaient le vent siffler au-dessus de leur tête. La vision du puits lumineux qui tombait du plafond et de la colonne qui le traversait était toujours aussi insolite et grisante.

Et si rien ne changeait bientôt, ce spectacle serait le dernier auquel ils assisteraient. Ils avaient de plus en plus l'impression de se trouver dans une tombe.

Une recherche exhaustive avait révélé la présence d'un autre tunnel hexagonal dans la paroi, qui avait dû servir à l'acheminement du matériel. De la taille d'une caisse en bois, le passage était trop étroit pour que l'équipe puisse imaginer s'y faufiler. Il faudrait pourtant essayer à un moment ou à un autre, pensait Stone.

La perspective de leur survie s'éloignait.

Au moins, Stone et Vedala avaient compris le fonctionnement de la structure. Le concept d'ascenseur spatial n'était pas nouveau : il avait été proposé peu avant les années 1900 par un scientifique russe. Depuis, des générations de physiciens avaient établi que le projet était théoriquement viable, mais irréalisable en l'absence d'un matériau de construction extrêmement sophistiqué.

Bien plus, le câble devait être incroyablement souple et résistant, et chacun de ses fils capable de supporter une force de traction phénoménale. Le contrepoids devait posséder une masse de plusieurs centaines de tonnes et se trouver au-delà de l'orbite géostationnaire. Enfin, une tour haute d'un kilomètre et demi, à même de résister à la force de compression, devait être bâtie sur l'équateur.

Ces conditions étaient impossibles à réunir. Du moins jusqu'alors.

Armée de la nouvelle mutation Andromède obtenue par rétroconception à partir des précédentes souches, Kline avait fait *croître* une telle tour et l'avait reliée au seul contrepoids dont disposait l'espèce humaine : la Station spatiale internationale, actuellement située juste au-delà de l'orbite géostationnaire. La distance de trente-six mille kilomètres était certes impressionnante, mais les satellites de télécommunication les plus récents ne mettaient que quelques heures à la parcourir.

Kline possédait une tour, un câble et un contrepoids. Restait un dernier élément.

La plateforme au centre de la pièce était une cabine de transport, capable de remonter le gigantesque câble. Son ascension s'effectuait au moyen d'un dispositif simple qui ressemblait aux deux rouleaux d'une calandreuse ou d'une essoreuse à linge. Le mouvement giratoire des rouleaux provoquait la compression du ruban et l'élévation de la plateforme. La motorisation était alimentée électriquement par le câble lui-même, qui était conducteur.

Le rendu était simple et esthétique.

Le barrage avait été construit à la fois pour fournir de l'énergie hydroélectrique à la cabine et pour créer un lac sur lequel la station au sol puisse flotter – ce léger mouvement oscillatoire offrait au câble une certaine marge de manœuvre pour éviter les éventuels débris ou obstacles en orbite.

Les trois survivants avaient compris à quoi servait l'anomalie mais n'étaient pas pour autant tirés d'affaire.

Tupa s'était révélé extrêmement intelligent. Il lui avait fallu peu de temps pour forcer le couvercle de chaque caisse en bois à l'aide d'une clé à molette. Malheureusement, à l'intérieur, l'équipe n'avait rien trouvé à manger ou à boire.

Les caisses ne contenaient que des matériaux et autres outils destinés à la construction de l'ascenseur.

Mais une caisse en particulier arracha un cri de surprise au garçon.

Stone se précipita. En regardant à l'intérieur, il n'aperçut que le reflet de son propre visage incrédule dans la visière teintée d'un casque. C'était celui d'une combinaison spatiale, soigneusement emballée. Stone jeta le couvercle par terre et découvrit que la caisse contenait deux tenues blanc et or immaculées, une grande et une petite. Elles dormaient sur des chips de calage en polystyrène, si bien qu'on aurait cru deux enfants obèses en train de s'enfoncer dans une piscine à boules.

— Ce ne sont pas des combinaisons standard, dit Vedala. Kline a dû faire jouer ses relations à la NASA pour se procurer ces prototypes. Elles sont issues de la série Z.

Vedala désigna un insigne sur l'épaule de l'une des combinaisons. Il comportait une simple inscription : « Z-3 ». L'uniforme était plus petit et plus élégant que la tenue traditionnelle blanche et encombrante destinée aux sorties extravéhiculaires, connue sous l'acronyme EMU. Le casque était une coquille dure, et l'ouverture permettait au cosmonaute de s'y glisser facilement. Fait de matériaux et de textiles composites tels que le Kevlar et l'Ortho-Fabric, l'ensemble était assez léger pour que Stone puisse le soulever d'une seule main.

Divers accessoires accompagnaient les combinaisons, notamment des crochets ressemblant à des mousquetons. Tout cet équipement d'astronaute détonnait au beau milieu de la jungle amazonienne, mais rendait la finalité de cette pièce d'autant plus concrète.

Assis sur le sol, Stone et Vedala étaient à court d'idées. Devant eux, ils avaient placé tous les objets à leur disposition. Leur inventaire comprenait quelques rations alimentaires, une poche à eau et le drone-canari, hors service. Comble de frustration, ils avaient encore en leur possession le téléphone satellite Iridium, mais la trouée dans le plafond était trop étroite pour laisser passer le moindre signal. L'appareil n'était plus qu'un gros morceau de plastique noir inutile.

— Si on boit l'eau du fleuve sous la trappe, je pense que nous pouvons survivre plus d'une semaine ici. Mais on ne sera pas beau à voir, dit Vedala avec résignation. De plus, il est probable que Stern – ou quelqu'un d'autre – essaie de détruire cette structure d'ici là.

— Et comment s'y prendrait-il ? dit Stone.

— Pas en larguant une bombe atomique. Il a retenu la leçon. À mon avis, il optera pour des explosifs plus conventionnels. Ou du napalm.

Stone inspira profondément en levant les yeux. Il imagina une avalanche de flammes liquides s'engouffrant dans la trouée. Puis ses yeux se figèrent.

Stone cligna plusieurs fois et porta une main à son front.

— Attendez, s'enthousiasma-t-il. Attendez. Le câble achemine l'électricité vers la cabine, non ?

— Exact.

— Alors il devrait aussi pouvoir conduire un signal radio. Nous avons devant nous une énorme…

— Antenne ! s'exclama Vedala en se levant. Comment avons-nous pu être aussi aveugles ?

La radio satellite avait été un poids pour Vedala dès le début du voyage. Maintenant qu'ils avaient relié son fil antenne à un point de contact sur la cabine, l'appareil aurait dû fonctionner, théoriquement. Vedala l'activa et retint sa respiration.

L'écran bleu s'illumina, et un tourbillon de chiffres s'afficha.

Le téléphone tentait de se connecter à la constellation de satellites Iridium placés sur l'orbite polaire au-dessus du continent sud-américain.

Les chiffres clignotèrent et disparurent.

— Bon, ça valait le coup d'essay…

Stone n'avait pas fini sa phrase que le téléphone satellite émettait un bruit modulé. Une sorte de roucoulement numérique s'échappa du combiné, ponctué par un signal sonore de connexion et par une série de déclics énigmatiques.

— Ici l'USNORTHCOM. Parlez, dit une voix familière à travers le haut-parleur de l'appareil. Wildfire ? C'est vous ?

— Général Stern, c'est votre équipe au sol. C'est bon d'entendre votre voix, lui dit Vedala.

— Bien reçu, dit Stern. Le sentiment est réciproque. Quelle est votre situation ?

— Nous avons pénétré dans l'anomalie hier. La structure principale est un barrage hydroélectrique. La structure secondaire est un ascenseur spatial, mais je suis sûr que vous le savez déjà. Pendant notre exploration, nous avons été rejoints par un jeune garçon d'une tribu locale, et…

Vedala fit une pause et déglutit.

— Le Dr James Stone, ce garçon et moi-même sommes les seuls membres de l'expédition encore vivants. Nous nous trouvons actuellement devant l'ascenseur.

La ligne resta silencieuse pendant quinze secondes, le temps que Stern digère la nouvelle.

— Vous êtes au pied de la tour ? leur demanda Stern.

— Affirmatif, lui répondit Vedala.

— Je suis désolé d'apprendre que vous avez subi des pertes humaines, finit-il par dire. D'importants changements opérationnels ont eu lieu. Vous avez eu des nouvelles de Kline ?

— Nous pensons que Kline est la responsable de ces pertes. Elle a décodé la souche Andromède et construit cette anomalie. Elle mène désormais un combat personnel.

— Je suis d'accord avec vous, mais ça n'est plus de mon ressort. Vous avez ordre de cesser toute initiative et de patienter jusqu'à votre évacuation. Cet engin est à présent la propriété du gouvernement des États-Unis. Il possède une valeur qui dépasse l'entendement.

Vedala tenait le téléphone satellite au-dessus de sa tête, abasourdie. Stone le lui prit gentiment. Une théorie germait dans son esprit depuis un moment, et désormais elle avait pris forme.

Il avait juste besoin de preuves pour l'étayer.

— Mon général ? dit Stone. Je dois vous poser une question importante. Avez-vous remarqué quoi que ce soit qui laisse supposer l'existence d'une autre mutation à bord de la Station spatiale internationale ? Quelque chose d'étrange ?

Il n'y eut pas de réponse pendant trente secondes.

— Que savez-vous, Stone ? finit par demander Stern.

— C'est une simple hypothèse, mais si je ne me trompe pas… vous devriez pouvoir observer un autre type de conversion phénotypique. Celle nouvelle souche est probablement en train de s'étendre à travers le module-laboratoire du Projet Wildfire. Et Kline ne peut plus la contrôler.

— Comment savez-vous que…

— Oui ou non, mon général ? le pressa Stone.

— Oui, finit par admettre Stern, d'une voix lasse. Ça n'a pas été une mince affaire étant donné que la station s'est fait la malle à plus de trente mille kilomètres d'altitude, mais notre imagerie orbitale a fini par révéler une sorte… d'infection, qui se répand à la surface extérieure du module du Projet Wildfire. Il y a une heure, elle a commencé à grignoter du terrain sur le module adjacent *Leonardo*. Elle est faite d'un matériau différent. De fils violacés, qui sont presque d'apparence organique.

Stone rendit le téléphone à Vedala.

— Nous devons y aller, dit-il à sa collègue.

— Comment ça – qu'est-ce que vous racontez ? Même si c'était possible, pour quoi faire ?

— La première mutation d'Andromède a eu lieu au contact du vivant. La variété SA-2 s'est adaptée pour dévorer les polymères et s'évader de sa prison – le laboratoire Wildfire. Depuis, elle flotte dans la haute atmosphère en attendant de pouvoir évoluer à nouveau. Et je crois que Kline a déclenché une nouvelle évolution.

— De quelle manière ?

— Cette nouvelle infection est le produit d'une nouvelle réaction à un stimulus.

— Vous voulez dire qu'Andromède a réagi à sa rétroconception ?

— Exactement.

— Et comment pouvez-vous en être aussi sûr ?

— Parce que sinon c'est *trop facile*, expliqua Stone. Andromède est une technologie bien plus avancée que tout ce que nous connaissons. Une technologie antédiluvienne, envoyée jusqu'à nous depuis les étoiles. Kline a beau être un génie, je ne crois pas qu'Andromède se serait laissé rétroconcevoir à moins que cela serve ses intérêts.

— Je vois. Et vous pensez qu'elle se transforme en quoi, maintenant ? lui demanda Vedala.

— Peu importe, Nidhi. Elle s'autoreproduit, et nous n'avons aucun moyen de l'arrêter. Je ne sais pas quelle forme a prise sa nouvelle évolution, et je ne veux pas le savoir.

Le téléphone satellite émit une lumière éclatante, et Stern reprit la parole :

— Êtes-vous en mesure de l'identifier ? Comment pouvons-nous stopper son expansion ?

— Elle est déjà en train de dévorer la Station spatiale internationale, dit Stone à Vedala. Si nous ne montons pas tout là-haut pour trouver un moyen de l'arrêter, elle finira par descendre par le câble et par infecter notre planète.

Vedala pesa ses mots avant de lui répondre.

— Il y a une autre solution. L'armée peut sectionner le câble. Le frapper avec un missile.

Stone fit non de la tête.

— Même si vous parveniez à la convaincre, ça ne marcherait pas. La station se déplace à une allure bien inférieure à la vitesse de libération, et il y a un câble de plusieurs milliers de kilomètres au-dessus de nous. Si on coupe le cordon ici, le poids du câble entraînera lentement la station vers la Terre, et elle sera détruite lorsqu'elle effectuera sa rentrée atmosphérique.

— Et des morceaux incandescants d'Andromède s'éparpilleront sur la planète, conclut Vedala.

— On coupe le câble, et l'infection nous tombe dessus. On attend, et l'infection arrive jusqu'à nous par le câble. C'est bien ce que je dis, nous devons monter. Si Kline a fabriqué cette substance, on peut peut-être la forcer à inverser le processus, dit Stone.

— Ou je le ferai pour elle, avec ses outils, ajouta Vedala.

Stone opina du chef.

— Il n'y a pas d'autre solution.

Vedala réfléchit un moment en se mordillant la lèvre. Elle prit une profonde inspiration et leva les yeux vers la colonne. Puis elle parla dans le téléphone satellite.

— Général Stern, dit-elle. J'ai besoin que vous m'écoutiez très attentivement.

Préparatifs

Stone se sentait animé d'une énergie nouvelle, mais aussi en proie à un étrange sentiment de dissociation. Son défi technique consistait à comprendre comment activer et manœuvrer cette plateforme élévatrice unique.

Son défi personnel consistait à trouver le courage de l'utiliser.

— Ce panneau de contrôle fonctionne, annonça Vedala. Mais la station spatiale est à peine au-delà de l'orbite géostationnaire, elle ne fait que contrebalancer le poids du câble. Représentez-vous un jeu de bascule dont le point d'équilibre est l'orbite géostationnaire. D'un côté, vous avez le poids du câble et, de l'autre, celui de la station. La station est bien plus lourde, si bien qu'elle se trouve à proximité du point d'équilibre. Mais tant qu'elle ne se sera pas plus éloignée, on ne pourra pas faire grand-chose. Pour l'instant, cet ascenseur spatial n'est pas complètement opérationnel.

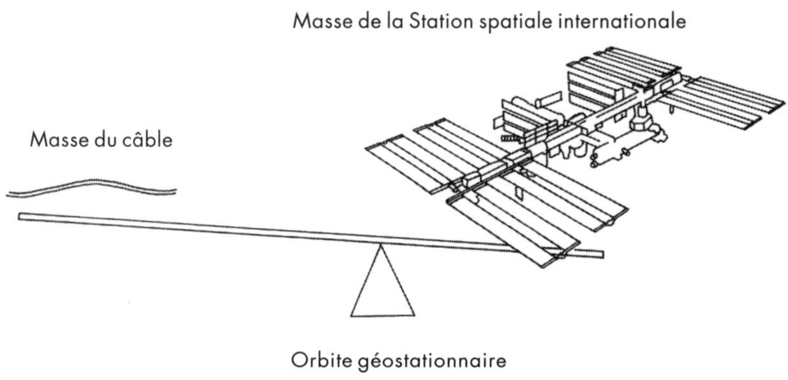

— Pas *complètement*, comme vous dites, chère collègue. La capacité de levage est proportionnelle à la distance du contrepoids au-delà de l'orbite géostationnaire. Stern a dit que la station était à trente-six mille kilomètres d'altitude. Elle peut supporter une certaine charge.

— Mais laquelle ? demanda Vedala.

— Je ne sais pas. C'est une affaire de ratio. Sachant que la station pèse dans les cinq cents tonnes, et qu'elle n'est pas très éloignée de l'orbite géostationnaire… Ça nous fait un pour cent, voire un demi. Soit une charge d'environ deux tonnes et demie.

Vedala examina la plateforme et hocha la tête de gauche à droite.

— Alors, nous sommes cloués au sol, dit-elle. Les moteurs pèsent une tonne à eux seuls. Avec la plateforme en métal, les cylindres et l'infrastructure… On dépasse largement votre estimation.

— Vous avez raison, dit Stone en fouillant dans l'une des caisses en bois. Il va falloir procéder à des aménagements.

— On va devoir la désosser considérablement. Il n'y aura pas la place pour le support de vie. Le vide nous tuera, si le froid ne s'en charge pas… Heureusement, nous avons deux combinaisons pas comme les autres, dit-il.

— Non ! fit Vedala.

— J'ai bien peur que si, répliqua Stone.

Un sourire en coin traversa sa joue légèrement barbue. Une lueur d'excitation et de peur brillait dans ses yeux. Stone se pencha au-dessus des combinaisons et commença à les épousseter.

— On sera peu protégés, ajouta-t-il, mais on sera au chaud et on pourra respirer. Plus vite nous irons, mieux ce sera, puisque nous allons devoir traverser la ceinture de radiations de Van Allen.

Vedala l'observa en se demandant s'il était sérieux. Visiblement, oui.

Lentement, elle esquissa elle aussi un sourire. L'excitation de Stone était contagieuse. Elle contempla l'un des casques, pendant qu'un frisson lui parcourait le ventre.

— C'est faisable, n'est-ce pas ? demanda-t-elle.

— Techniquement, oui, répliqua-t-il. C'est de la folie. Mais c'est faisable.

— Alors on va devoir s'en contenter, dit Vedala en posant une main sur l'épaule de Stone. Nous sommes tout ce qu'il reste du Projet Wildfire. Finissons notre mission.

Tandis que Vedala activait le panneau de contrôle, Stone entreprit de débarrasser la plateforme élévatrice des caisses de cargaison qui l'encombraient, au grand ravissement de Tupa, qui esquivait les débris chaque fois qu'une caisse en bois s'écrasait sur le sol. Ensuite, Stone attrapa un poste de soudure portatif muni d'un chalumeau oxyacétylénique, qu'il avait découvert dans une caisse à outils, et s'équipa de lunettes protectrices.

Pendant que Stone s'affairait à dépouiller l'infrastructure de ses éléments non indispensables en évitant tout contact avec les machines, le ruban au sommet de la tour continuait à siffler curieusement.

— Qu'est-ce qui cause ce bruit, à votre avis ? demanda Stone à Vedala.

— Ça doit être le câble qui continue de croître, répliqua Vedala… comme chez les oiseaux, dont le métabolisme produit rapidement de la matière osseuse en cas de fracture. Je suppose qu'Andromède agit de même là où la tension est la plus forte, c'est-à-dire au milieu du câble. La tension est telle qu'elle provoque le déchirement des particules, qui s'autoreproduisent aussitôt pour se régénérer, ce qui fait vibrer le ruban. Pour schématiser, ce qu'on entend est le son de la plus longue corde de guitare jamais fabriquée.

Finalement, la décision fut prise de retirer jusqu'à l'habillage métallique des moteurs. La plateforme fut réduite à son mécanisme élévateur en forme de rouleaux, à son générateur – désormais dans le plus simple appareil – et à un grillage sommaire.

Entre-temps, Vedala avait étudié le fonctionnement du panneau de contrôle. Il était d'une extrême simplicité. Un levier permettait d'alimenter électriquement la nacelle puis un bouton de lancement servait à la propulser vers la Station spatiale internationale. Vedala conjecturait que Kline l'avait conçue pour qu'un amateur puisse l'utiliser.

Et elle avait décidé de vérifier cette hypothèse.

Tandis que Stone et Vedala préparaient les deux combinaisons spatiales, Tupa était de plus en plus maussade. Les deux adultes échangèrent un regard, puis Stone s'octroya une pause et s'approcha du garçon. Stone s'agenouilla devant lui et, l'air triste, il hocha la tête.

— Je suis désolé, Tupa, lui dit-il. Il n'y a pas de combinaison taille enfant. Pas… *d'armure.*

Tupa, en colère, détourna le regard.

Stone posa une main sur l'épaule du garçon et s'exprima par gestes avec l'autre main.

— Je reviendrai, Tupa. Je te retrouverai, je te le promets.

Sans drone pour lui servir d'interprète, Stone ne pouvait qu'espérer que Tupa comprenne l'essentiel. Le garçon refusait de le regarder. Il avait les cheveux dans les yeux et tentait de dissimuler sa peur et sa tristesse.

— C'est promis, répéta Stone.

— Mais nous avons besoin de ton aide, intervint Vedala en désignant le panneau de commande.

Elle lui parla lentement, à renfort de gestes.

— Tu veux appuyer ?

Tupa posa son regard sur les boutons, qui émettaient une lumière rouge. Il ne put réprimer un petit sourire plein d'attente.

— *Appiller ?* demanda-t-il.

— Oui, dit Vedala. Mais tu dois faire très, très attention.

Destination SSI

Une demi-heure plus tard, les deux scientifiques étaient entièrement arnachés dans leur combinaison spatiale Z-3 et perchés sur l'étroite plateforme de la nacelle, leurs jambes pendant par-dessus le bord comme celles de deux enfants sur une balançoire. Ils s'étaient attachés au grillage métallique à l'aide d'une ceinture de sécurité improvisée faite de cordes et de crochets trouvés dans les caisses en bois de la NASA.

Stone sentait l'énergie électrique circuler sur l'ossature de la plateforme et lui secouer le corps entier. L'intérieur du casque était spacieux et la visière offrait une visibilité parfaite. Un émetteur radio était intégré à l'encolure métallique qui rattachait le casque à la combinaison, de sorte qu'il n'avait qu'à tourner un bouton au niveau de sa poitrine pour discuter avec Vedala sur un canal local.

Pour le moment, il se taisait afin de se concentrer et de ne pas vomir la ration de combat qu'il venait juste d'avaler.

Stone songea qu'ils partageaient l'émotion des astronautes attendant le décollage, prêts à risquer leur vie pour toucher les étoiles. Il sentit une pression sur sa main et leva les yeux : Vedala lui souriait, tentant de masquer sa propre peur. Elle avait soulevé le revêtement réfléchissant de la visière de son casque, et son visage était visible. Elle lui parut très petite mais très courageuse.

— Vous êtes prêt ? lui demanda-t-elle par l'intermédiaire de son propre émetteur.

— Pas du tout, lui répondit Stone en lui pressant la main à son tour.

Vedala hocha la tête puis se tourna vers Tupa. Elle leva les deux pouces.

Ils avaient répété, et le garçon appuya sur le bon bouton. La vitesse avait été préprogrammée : une faible vélocité pendant leur voyage atmosphérique, puis une accélération fulgurante une fois la nacelle parvenue dans le vide spatial, dénué de friction.

— Ça y est, c'est parti, dit Vedala, tandis que la plateforme tremblait. Cette fois, on y est.

La nacelle entama son ascension dans un soubresaut.

Les deux rouleaux de part et d'autre de la tour se mirent à tourner et eurent tôt fait d'accélérer. Stone regarda la frimousse de Tupa, qui levait le nez vers eux, s'éloigner sous leurs pieds.

Et puis le jeune garçon disparut.

La plateforme remonta directement l'échine de la structure, avec une accélération verticale de cinq g d'une durée de cinq secondes qui faillit bien leur couper le souffle. Les parois intérieures de la colonne, toutes lisses, défilaient plus vite que le macadam d'une autoroute vu d'un véhicule roulant à tombeau ouvert, et elles n'étaient qu'à un mètre d'eux. Lorsqu'ils eurent atteint le sommet du pilier, une secousse ébranla la plateforme et le mécanisme élévateur se cala dans le câble, devenu ruban.

La plateforme fut brusquement éclairée par la lumière du jour. Vedala et Stone clignèrent des yeux, sonnés et incrédules, tandis qu'ils jaillissaient du boyau obscur de la colonne pour se retrouver éblouis par une lumière bleu-vert. Autour d'eux en contrebas, la vision du lac, plat et mystérieux, rétrécit en une fraction de seconde, cédant la place à celle du toit vert émeraude de la canopée auréolé de ciel bleu étincelant.

Le vent leur fit alors l'effet d'un coup de massue.

De grosses gouttes de buée strièrent la visière du casque de Stone tandis que l'air humide de la jungle le fouettait de part en part. Il sentit les rayons brûlants du soleil lui chauffer la poitrine ainsi que de l'eau froide couler dans les veines du système de refroidissement de sa combinaison.

Il leva les yeux et regarda à travers sa visière.

Le ruban s'étirait à perte de vue vers l'infini. Il était légèrement incurvé vers l'ouest – conséquence de la force de Coriolis engendrée par la rotation de la Terre. Baissant de nouveau le regard, Stone entrevit l'eau grondante de la rivière qui déferlait par le barrage puis devenir un simple trait de crayon brunâtre. En l'espace de quelques secondes, la masse sombre de l'anomalie avait été réduite à un minuscule point noir sous leurs pieds.

La plateforme se déplaçait désormais à la vitesse vertigineuse de 800 km/h – trois fois rien à côté des 28 000 km/h requis pour le lancement des fusées. Sa traversée ascensionnelle s'effectuait sans encombre : elle déchirait l'atmosphère dense avec une parfaite fluidité et devait atteindre l'orbite terrestre basse en quelques minutes.

Vedala et Stone relevaient un défi jamais posé à l'homme. C'était le voyage inaugural d'un moyen de transport totalement inédit. L'événement était comparable au tout premier vol d'un engin aérien motorisé. Ils étaient la preuve vivante que la science-fiction pouvait devenir science. Et que, pour réaliser un rêve, si incroyable fût-il, il fallait commencer par y croire.

— Ça va ? s'enquit Vedala. Sa voix résonna à l'intérieur du casque de Stone, à peine audible à cause du vent et du vrombissement des machines.

Stone réussit à lever un pouce tremblant.

Le système de régulation thermique intégré à leur combinaison s'enclencha, réchauffant l'eau dans les tuyaux tressés autour de leur corps. L'oxygène circulait déjà, et le dioxyde de carbone indésirable était éliminé, fournissant un air respirable et régulant la pression à un niveau tolérable. Sur chaque casque, des LED basse consommation s'illuminèrent.

Stone regarda Vedala pendant qu'ils traversaient un bandeau de nuages, mais elle ne vit que la lumière vacillante de son casque à travers un panache de vapeur pâle.

En émergeant, ils découvrirent la vue aérienne qui s'étalait sous eux : la jungle, encagoulée de nuages bas et baignée par le jour doré. La forêt tropicale, naguère intimidante, révélait désormais ses contours délicats. Puis elle finit par s'évanouir.

Après une minute et douze secondes de voyage, la nacelle était parvenue à près de treize mille mètres d'altitude. Parmi les filets d'eau et les écharpes de nuages, les scientifiques n'apercevaient que leurs propres jambes suspendues au-dessus d'une insondable immensité. Ils demeurèrent dans ce purgatoire de tulle vaporeux pendant des secondes qui leur parurent des heures.

Et soudain, une scène chaotique les sortit de leur bulle.

Sous leurs pieds, un Soukhoï *Su-57*, de fabrication russe, venait de passer à une trentaine de mètres du câble seulement. Il fut presque aussitôt suivi par un *F/A-18E Super Hornet* américain, qui semblait à ses trousses. Les deux avions de chasse supersoniques, lancés à plus de 1 500 km/h, produisirent une double onde de choc qui fit frémir méchamment le ruban.

Quelques instants plus tard, plusieurs essaims d'avions de chasse se bousculaient au-dessus de la jungle amazonienne. Chaque pilote attendait ses ordres. Une foultitude de négociations diplomatiques et de menaces intimidantes agitait les nations. C'était à croire que le monde était à un cheveu de se déclarer la guerre. Et, tout près de cette artillerie lourde de plusieurs milliards de dollars, un bandeau fin et délicat flottait. En cinq jours, le cordeau céleste était devenu l'édifice le plus convoité de tous les temps – sa valeur était inestimable, supérieure à celle de toutes les pyramides d'Égypte, de tous les châteaux du Moyen Âge et de tous les plus hauts gratte-ciels du monde moderne réunis.

Sans préparation ni instructions claires, les appareils bureaucratiques de tous les pays du monde avaient été pris au dépourvu. Ce bond dans le futur était arrivé trop vite. Au bout du compte, aucune nation n'était prête à décocher.

Ainsi, malgré le vacarme et la confusion, rien n'arriva. Les ombrageux prédateurs se prirent le bec et sortirent leurs griffes de métal, mais ils ne frappèrent pas.

Un silence inquiétant s'était installé. Il n'y avait désormais plus assez d'air pour transmettre le moindre son. Le sifflement du vent s'était évanoui. Plus qu'ils ne les entendaient, Stone et Vedala *sentaient* les vibrations sourdes du ruban, ainsi que le vrombissement plaintif des moteurs qui les propulsaient inexorablement vers les hauteurs. La Terre sous leurs pieds s'était transformée en une peinture abstraite, trop distante et trop belle pour susciter en eux la crainte d'une chute.

Vedala leva les yeux et poussa un cri de surprise en découvrant l'horizon. Seulement six minutes s'étaient écoulées depuis l'accélération initiale – à peine assez de temps pour se remettre du choc. La courbure de la Terre était désormais visible sous la forme de nuances nébuleuses de bleu et de blanc. L'ascenseur avait traversé la couche d'ozone pour entrer dans la mésosphère, une altitude qu'aucun avion espion ni ballon-sonde météorologique n'avait jamais atteinte.

Ce silence et ce calme firent prendre conscience aux deux scientifiques qu'ils abandonnaient la planète et ses habitants.

Stone parla.

— Quel panorama incroyable. Cette beauté est incomparable.

Les deux survivants de l'équipe contemplèrent avec admiration le monde tel qu'ils ne l'avaient jamais vu : une immensité faite d'océans miroitants, de montagnes ridées et d'un horizon de lumières scintillantes dont les couleurs se fondaient dans le vide froid de l'espace.

— C'est beau, répondit Vedala. Sept milliards de personnes vivent sous cette mince couche atmosphérique. Le monde a l'air tellement fragile. Et il l'est.

Ils apprécièrent le spectacle pendant quelques minutes encore puis se rappelèrent leur mission.

— Vous pensez qu'on peut faire entendre raison à Kline ? demanda Stone. Qu'elle peut défaire ce qu'elle a initié ?

— Non, ce qui est fait est fait.

— Comment allons-nous réparer les dégâts ?

— Nous ne pourrons rien réparer, James. La souche Andromède est comme une marée noire. Une fois qu'elle a commencé à se répandre, on ne peut pas l'arrêter. Nous pourrons seulement essayer de la contenir. Nous devons tenter d'empêcher son expansion.

Une soudaine accélération interrompit leur conversation.

Ils avaient laissé l'atmosphère terrestre et sa force gravitationnelle loin derrière eux. Le sang était monté au visage de Stone, sa tête avait enflé et ses sinus s'étaient bouchés. Désormais en état de microgravité, il était complètement déboussolé.

Libéré de la résistance que lui avait opposée l'atmosphère, la nacelle atteignit bientôt une vitesse de 12 000 km/h. Sa vibration tremblante était le seul indice de cette vélocité.

Aucune étoile ne fut d'abord visible, car le reflet du soleil sur l'océan Pacifique en diluait la perception. Mais, bientôt, d'innombrables grains de lumière apparurent : le produit de centaines de milliards de systèmes solaires, que l'horizon tachait de rouge et qui se fondaient dans la patine bleutée de la Voie lactée.

Pendant un peu plus de trois heures, les scientifiques furent les témoins silencieux de la beauté brute de l'univers.

Une décélération assortie d'une secousse leur signala que la plateforme approchait de sa destination. Leur odyssée les avait portés à une altitude de près de quarante mille kilomètres. La masse sombre de la Station spatiale internationale se profila au-dessus d'eux, tandis que la Terre n'était plus qu'une bille bleue miniature.

— Vous voyez ce que je vois ? demanda Stone.

Malgré la friture qui parasitait la communication radio, Vedala perçut la peur dans sa voix.

La station était un assemblage de modules cylindriques auquel était intégré une « poutre » : une architecture métallique en zigzag, élégamment drapée d'une multitude de panneaux solaires. Elle possédait la taille d'un terrain de football et sa pataude carcasse flottait, sombre et silencieuse : elle était toujours en train de s'éloigner de la Terre, pendant que des panaches de gaz s'échappaient du module *Progress*.

— Affirmatif, répliqua Vedala. Heureusement qu'on arrive…

Le bas-ventre du module-laboratoire *Mark IV* du Projet Wildfire était déchiré sur toute sa longueur. Le ruban disparaissait à l'intérieur du module endommagé, formant une sorte de station d'amarrage. À la lumière crue du vide spatial, Vedala et Stone s'aperçurent qu'une partie du module avait viré au violet – un violet lisse et aqueux. Le matériau remuait comme si des vers parasites grouillaient sous sa surface.

— La nouvelle menace est là, pensa Stone, et elle est en train de s'étendre.

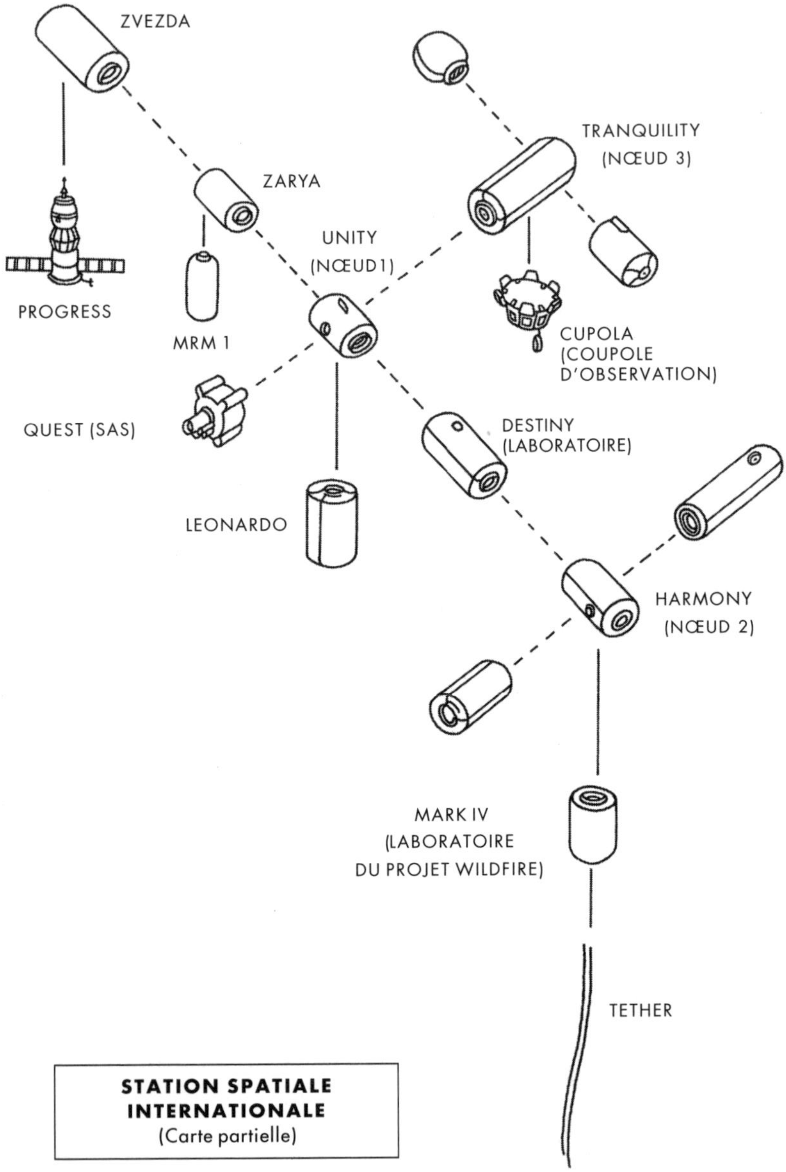

STATION SPATIALE INTERNATIONALE
(Carte partielle)

Procédure d'amarrage

Les occupants de l'ascenseur spatial virent enfin le bout du câble à 17 heures, 02 minutes et 42 secondes (UTC). La plateforme ralentit puis s'immobilisa sous le ventre de la monumentale station spatiale.

Stone et Vedala s'assirent sur l'étroit rebord de la nacelle pendant quelques instants. Un fourmillement leur parcourut les jambes au moment où le vrombissement du générateur cessa. Évoluant maladroitement dans leurs combinaisons pressurisées, les deux scientifiques détachèrent leurs ceintures de sécurité improvisées, crochetées au grillage à l'aide des mousquetons fournis par la NASA. Dans cet épais silence, le bruit de leur respiration leur semblait décuplé. Ils avaient passé plusieurs heures sans bouger, et maintenant qu'ils glissaient dans l'immensité obscure ils craignaient de ne pas savoir comment évoluer en état d'apesanteur.

— Il faut qu'on trouve une entrée, dit Vedala dans son émetteur. Nos réserves d'oxygène ne dureront pas éternellement.

Sentant ses chaussures entrer légèrement en contact avec la plateforme grillagée, Stone comprit qu'il n'était pas totalement en apesanteur. La station spatiale continuait de s'élever, générant une faible accélération qui simulait l'état de gravité. Ils risquaient de chuter. S'ils glissaient, ils dériveraient dans l'infini – et mourraient lentement d'asphyxie.

Leur regard s'était posé sur ce qui restait du module-laboratoire *Mark IV* du Projet Wildfire situé juste au-dessus d'eux.

— Le robonaute n'est plus là, remarqua Stone.

— Le laboratoire est entièrement contaminé, lui répondit Vedala dans son émetteur radio. Il ne faut surtout pas entrer par ce module.

— Alors, comment fait-on pour pénétrer dans la station ? lui demanda Stone.

— Je ne sais pas… mais on dirait qu'il y a quelqu'un qui essaie de nous renseigner.

Un point vert lumineux dansait au-dessus de son gant rembourré.

À trente mètres de là, le visage de Jin Hamanaka était à peine visible à travers un étroit hublot du module russe *MRM1*, attaché au module *Zarya*. Malgré tout, l'astronaute arborait un sourire qui signifiait autant la joie que le soulagement. En constatant l'état de la nacelle, elle avait immédiatement compris que les nouveaux venus ne pouvaient être des alliés de Kline. Avec son pointeur, elle visait un cylindre gris métallisé.

Le module *Quest*.

Accouplé au nœud *Unity*, ce cylindre tronqué faisait office de sas pour les sorties extravéhiculaires routinières. Il se trouvait au-dessus d'eux, orienté parallèlement à la surface de la Terre.

— Bingo, dit Vedala.

Elle leva le pouce pour remercier Hamanaka.

— Après vous, je vous en prie, lui dit Stone.

Vedala commença à remonter la plateforme élévatrice, suivie de Stone. Les deux scientifiques évoluèrent laborieusement, s'agrippant à la surface de la nacelle, prenant soin de ne pas toucher au ruban. Une fois au sommet, ils se reposèrent à proximité des rouleaux. Au-dessus d'eux, il n'y avait que le laboratoire Wildfire infecté. La voie vers le module *Quest* était bloquée. Leur seul espoir reposait sur le module *Leonardo*, qui prolongeait verticalement le nœud *Unity*. Il était situé à quelques bonds de là où ils se trouvaient.

— Doucement, avertit Stone. La station est en mouvement. Si on tombe, on n'est pas près de rentrer chez nous.

— Il va falloir utiliser nos mousquetons dès le premier bond. Comme si on escaladait une montagne. Pas le droit à l'erreur.

Aucun des deux scientifiques n'avait jamais fait l'expérience de l'apesanteur. Heureusement, la NASA, soucieuse de la sécurité de ses astronautes, avait truffé l'extérieur de la station de barres de maintien. Et les mousquetons étaient expressément conçus pour s'y s'accrocher durant les sorties extravéhiculaires.

— Allez, c'est parti, s'encouragea Vedala.

Alors elle s'élança dans la noirceur de l'espace. Sa tête passa dangereusement au-dessous du module *Mark IV*. Son bras eut un mouvement incontrôlé, et son gant manqua de frôler la surface infectée.

— Attention ! cria Stone dans l'émetteur radio sous son casque.

Vedala fit un bond en arc de cercle avant de heurter maladroitement la coque du module *Leonardo*. Elle tenta de s'agripper à sa coque métallique sans relief, mais elle glissa, impuissante. Sa chute fut finalement stoppée par une antenne installée sur le module. Elle prit quelques inspirations saccadées puis finit par se tourner et faire signe à Stone.

— À vous ! l'encouragea-t-elle. C'est du gâteau…

Stone atterrit lourdement sur le module *Leonardo* juste au-dessus de Vedala et s'y accrocha avec le bout de ses doigts. Il allongea le bras et empoigna une rampe dorée solidement fixée à la poutre de la station. L'infrastructure en alliage d'aluminium était une véritable autoroute, semée de nombreuses poignées dites « en os de bœuf » en raison de leur forme caractéristique. Stone et Vedala y étaient cramponnés. Ils s'arrêtèrent afin de souffler un instant.

Un trop bref instant.

Vedala fut la première à remarquer le reflet blanc lancé par le bras robotique Canadarm2, qui était en train de s'abattre comme un arbre déraciné. Jusqu'alors enroulé autour de la poutre, ce système mobile de dix-sept mètres de long et pourvu de sept articulations avait commencé à se déployer en silence. Vedala n'eut pas le temps de dire quoi que ce soit : elle tira Stone vers elle de toutes ses forces. Le bras métallique percuta le segment de poutre où Stone se reposait quelques secondes plus tôt. Un bruit déchirant se répercuta à travers la station pendant que le bras puissant se traînait sur la structure longiligne, laissant du métal froissé après son passage.

— C'est Kline, haleta Vedala. Elle contrôle le bras.

Mais James était en train de chuter vers la Terre.

Pendant ce temps, le long bras maladroit se redressait péniblement, faisant voler des morceaux de métal et des éclats de peinture.

Stone roulait contre le flanc du module. Il allongea violemment les deux bras et se raccrocha à l'antenne qui avait sauvé Vedala, désormais brisée. Elle n'était plus reliée au module que par un étroit faisceau de fils, sorte de racine récalcitrante refusant d'être arrachée à la terre. Les pieds pendant au-dessus de la planète bleue et de ses lumières, Stone leva la tête vers Vedala.

— Nidhi, réussit-il à dire, le souffle court. Bougez de là !

Vedala se jeta sur le côté pendant que le bras robotique multiarticulé se précipitait vers elle. L'appendice s'était occupé de Stone, il essayait à présent de désarçonner Vedala.

Le bras robotique heurta Velada juste au-dessus du flanc. Elle parvint à s'y accrocher, bien qu'il lui eût meurtri les côtes. Le bras robotique se mit à la traîner dans le vide spatial.

— Tenez bon, Nidhi. Je viens vous récupérer.

À travers la nappe de débris en suspension, Stone voyait Vedala se faire malmener comme une poupée de chiffon. Il remonta l'antenne, se hissant centimètre par centimètre, en prenant garde à ne pas sectionner le mince faisceau de fils. Il finit par regagner le bord inférieur du module *Leonardo*.

Tout roboticien qu'il était, Stone n'avait pas anticipé le bras du robot. L'idée qu'il pût se trouver là ne l'avait même pas effleuré. Le mastodonte manipulateur facilitait l'amarrage des modules-cargos, qui pesaient plusieurs tonnes, à leur arrivée à la station. Kline avait dû trafiquer le moteur, évidemment. Normalement, manœuvrer un tel engin requerrait de la précision et de la délicatesse.

Stone s'avisa que le bras du robot était dépourvu de capteurs tactiles. La machine ne pouvait être contrôlée que grâce à la vue, ce qui supposait la présence de caméras. Mais Stone n'en distinguait aucune le long du bras balafré.

— James! hurla Vedala d'une voix désespérée.

Le bras avait arrêté de trembler. Il se déployait à présent en direction du laboratoire Wildfire contaminé. Si elle n'arrivait pas à se débarrasser de Vedala, Kline avait prévu d'écraser la scientifique contre une paroi contaminée. Elle lui comprimerait le corps contre la matière rayonnante qui zébrait la surface du module en émettant des radiations.

Stone jeta un rapide regard autour de lui et trouva ce qu'il cherchait. Il s'élança vers les cellules photovoltaïques miroitantes d'un panneau solaire et s'y agrippa gauchement. Le matériau noir aux reflets dorés se courba puis se froissa, et des morceaux de silicium furent pulvérisés comme au ralenti.

Stone ne prêta pas attention aux dégâts. Il remonta le long de la poutre et ne s'arrêta pas avant d'apercevoir son propre reflet dans l'œil noir d'une grande caméra PTZ.

Au-dessous de lui, Vedala tentait désespérément de s'extraire du bras. Le dinosaure continuait à la balancer dans l'espace, lui laissant le choix entre chuter dans le vide jusqu'à l'asphyxie ou se faire dévorer vivante par la microparticule.

Stone parvint à saisir la tête de la caméra mobile et à l'arracher à la poutre. La dernière image qui parvint à Kline via le flux vidéo fut celle de la visière réfléchissante de Stone.

Aucune autre caméra ne se trouvait dans le champ de vision de Stone. Au-dessous de lui, le bras du robot, dérouté, ralentit son mouvement.

— Je pense qu'elle ne voit plus rien, dit Stone dans son émetteur radio. Vous devez lâcher prise, maintenant.

— Compris.

Sur un fond de planète bleue, la silhouette de Vedala dériva vers le module-cargo *Progress*, arrimé verticalement à l'arrière de la station, un obscur cylindre de fabrication russe, muni de deux panneaux solaires qui lui sortaient du corps comme les ailes d'une libellule. Son moteur crachait encore du gaz, poussant la station vers les hauteurs.

Vedala finit par s'accrocher tant bien que mal au tissu étanche qui bâchait une partie du module. Aveugle, le bras robotique avait poursuivi sa trajectoire vers le module-laboratoire *Mark IV* du Projet Wildfire. Il s'enfonça en silence dans la surface infectée, ébranlant dangereusement toute la station spatiale.

— Grimpez, Nidhi. Retrouvez-moi au sas, l'encouragea Stone. Vous pouvez y arriver.

La petite taille de Vedala joua en sa faveur. Elle se hissa, après quoi elle remonta le module puis la poutre en rampant, corps et menton plaqués contre la coque, jusqu'à rejoindre le sas *Quest*, hors de la portée du gigantesque appendice devenu aveugle. Vedala saisit la main gantée que Stone lui tendait, et le roboticien souleva la jeune femme jusqu'à ce que leurs visières se touchent. Physiquement proches, ils distinguèrent nettement leurs visages respectifs. Bouleversés et à bout de souffle, ils avaient tous deux les joues rouges à cause de la fatigue.

— Vous vous en êtes bien tirée, docteur Vedala, la félicita Stone.

— Merci, docteur Stone, lui répondit-elle. Dommage que notre intervention n'ait pas encore commencé…

Vedala se tourna vers le sas puis actionna un levier afin de faire le vide à l'intérieur du module *Quest.* Stone continuait de surveiller les alentours, guettant un nouveau danger. Il avait appris à ses dépens que l'intelligence de Kline n'avait d'égale que sa perfidie. Au prix d'un effort commun, les deux scientifiques parvinrent à ouvrir l'écoutille et à révéler un espace exigu.

Dans leur exaltation, aucun des deux scientifiques ne remarqua que les innombrables objets conservés d'ordinaire dans le sas ne s'y trouvaient plus. S'ils avaient fait attention, ils se seraient aperçus que le module avait été utilisé, et ce récemment.

Théories divergentes

Les deux scientifiques s'engouffrèrent dans l'étroit module de liaison américain *Unity* sitôt sa repressurisation achevée. À l'intérieur, seul l'éclairage de secours clignotait en silence.

L'aménagement de la Station spatiale internationale avait été considérablement simplifié après le coup de force de Kline.

Dans le fond du sas, l'accès à une seconde écoutille menant au module russe *Zvezda* était bloqué par une barre en métal. À travers un brouillard de fumée, les scientifiques devinèrent du métal balafré et du plastique fondu. L'écoutille qui s'ouvrait sur le module *Leonardo* au-dessous d'eux était scellée elle aussi – mais pas endommagée.

— Il y a eu un incendie, observa Stone.

— Et il a été éteint, dit Vedala. Sinon, il ne resterait rien.

La lumière de leur casque fendait l'obscurité tandis qu'ils flottaient au cœur du module *Unity*. Le module de liaison *Tranquility* avait été déserté lui aussi ; les volets des hublots de sa coupole d'observation, la Cupola, étaient fermés. La seule voie possible consistait à passer par le laboratoire *Destiny*.

— On garde nos combinaisons, dit Stone. C'est plus sûr.

Le laboratoire *Destiny*, à l'origine occupé par des astronautes américains et canadiens, était encombré d'un insondable matériel scientifique. Toutes les expériences qu'il abritait avaient été abandonnées, et des détritus flottaient curieusement dans la pénombre. Stone et Vedala explorèrent ensuite le module *Harmony*, auquel *Destiny* était accouplé, mais ils n'y trouvèrent rien d'intéressant, pas plus que dans les laboratoires japonais et européens adjacents.

Aucun des ordinateurs, aucun des systèmes de télécommunication ne fonctionnait.

De retour dans le nœud *Unity*, Stone et Vedala échangèrent un regard entendu : Kline se trouvait forcément au-dessous d'eux, dans le module *Leonardo*. Celui-ci était contigu au laboratoire *Mark IV* du Projet Wildfire – plus que tous les autres, il était exposé à une contamination par Andromède.

Il était difficile de savoir si Kline était au courant ou non de la propagation de l'infection.

Stone et Vedala flottèrent ensemble jusqu'à l'écoutille circulaire menant à *Leonardo*. La vitre noire ne leur permit pas d'en apprendre davantage.

Le moment était venu d'affronter Sophie Kline.

Vedala et Stone utilisèrent le dispositif fixé sur leur poitrine pour se brancher sur un canal de transmission accessible à toute la station spatiale. Ils écoutèrent un moment. Aucun son.

— Docteur Kline ? dit Vedala dans son émetteur. Vous êtes là ?

Stone remarqua une bulle de savon au-dessus de l'écoutille : l'objectif d'une caméra. Il l'étudia un long moment, après quoi il adressa un signe de tête à Vedala et actionna le levier pour ouvrir l'écoutille.

L'émetteur sous le casque de Stone émit un grésillement. Stone s'arrêta et glissa un regard à Vedala. En découvrant l'expression de son visage, il comprit qu'elle aussi l'avait entendu.

— Docteur Kline ? demanda Vedala. M'entendez-vous ? Ici Nidhi Vedala, responsable de l'équipe au sol Wildfire. Votre supérieure hiérarchique directe. Je vous ordonne de tout arrêter.

Un petit rire coincé fit vibrer son émetteur radio.

— Docteur Vedala. Docteur Stone, dit Kline. Félicitations. Vous venez d'entrer dans l'histoire. Vous êtes les premiers êtres humains à emprunter un ascenseur spatial. Les premiers d'une longue lignée.

— Ça suffit, Kline. Pouvez-vous mettre un terme à cette folie ? demanda Vedala. Ou est-ce que tout échappe désormais à votre contrôle ?

— La question n'est pas de savoir si je *peux* tout arrêter, mais si je suis disposée à le faire. Et la réponse est non.

— Docteur Kline, dit Stone. Je comprends votre théorie à propos de la souche Andromède. Vous êtes très intelligente, mais vous vous fourvoyez.

Pendant un moment, il n'y eut aucune réponse.

— Laissez-moi vous raconter une histoire, Jamie, répliqua Kline. Il était une fois une ville nommée Piedmont. C'était une petite ville peuplée de braves gens. Ils prenaient soin les uns des autres. Ils s'occupaient de leur famille. Mais, un jour, une *chose* est tombée des étoiles. Ce jour-là, les braves gens de Piedmont sont morts. Certains ont senti leur sang se solidifier dans leurs veines. D'autres se sont entretués. D'autres encore se sont suicidés. Ils se sont noyés. Ils se sont tiré une balle. Ils se sont ouvert les veines. Vous saviez que certains de ces pauvres bougres avaient même abandonné leur bébé dans son berceau ?

Le visage de Stone avait pâli derrière sa visière. Il serrait les dents alors qu'un tic nerveux faisait trembler sa mâchoire.

— Personne ne m'avait appelé Jamie depuis l'enfance, dit-il.

— J'ai mené ma petite enquête à votre sujet, lui répondit Kline. Et je sais que la *chose* qui est tombée à Piedmont était un outil très sophistiqué, conçu pour muter à plusieurs reprises dans un seul et unique but : trouver des formes de vie et les coincer à la surface de la Terre, pour toujours. La souche Andromède subsiste dans notre atmosphère depuis la nuit des temps. On l'a retrouvée aux quatre coins de notre système solaire, et partout elle attend de rencontrer la vie pour croître. Quand elle a été rapportée sur Terre, elle a tué tous les organismes vivants à proximité. Au contact de leur sang, elle a évolué. Elle sait que nous sommes là et elle essaie de nous piéger.

— Il a fallu cinquante ans, mais quelqu'un a appris à maîtriser ces outils extraterrestres. Moi.

Les yeux de Stone s'étaient embués. Il ravala sa salive et retrouva son calme. Puis il commença à parler avec résolution.

— Sophie, je suis désolé, vous faites erreur. La variété Andromède plastiphage n'était pas là pour nous barrer la route… mais pour tester notre intelligence. La souche Andromède ne cherche pas simplement à détecter des formes de vie, elle cherche à détecter des formes de vie *intelligentes*. Vous pensez l'avoir rétroconçue, mais en fait Andromède vous a mise à l'épreuve. Vous avez réussi le test, et à présent vous avez déclenché autre chose… une nouvelle mutation.

Une sorte de cri étouffé traversa l'émetteur. Stone poursuivit :

— C'est l'inhibiteur de Vedala qui m'y a fait penser. Les divers avatars d'Andromède s'ignorent parce que chacun représente une étape différente vers un but ultime. Je ne sais pas pourquoi Andromède recherche des formes de vie intelligentes, ou en quoi elle est en train de se transformer à présent. Mais si nous n'arrêtons pas cette réaction en chaîne, nous n'allons pas tarder à le découvrir.

Stone joua sa dernière carte :

— Vous savez… Cette chose nous a fait du mal à tous les deux. Aidez-nous, Sophie. Nous ne pouvons pas arrêter ce qui est en cours. Mais nous pouvons peut-être isoler la nouvelle souche.

Pendant trente secondes, ils n'entendirent que le grésillement de l'émetteur radio.

Pour être tout à fait juste, il convient de faire observer que Kline prit en considération le discours de Stone. Sa voix douce finit par s'échapper de l'émetteur dans un océan de bruits parasites :

— Ceci est mon dernier avertissement. N'ouvrez pas cette écoutille si vous ne voulez pas courir un grand danger… et exposer du même coup les autres astronautes à bord de la station.

Stone, défait, baissa la tête. Vedala, lèvres pincées en signe de détermination, décida de mettre bon ordre à cette mission.

— Docteur Kline, je crains que nous ne puissions plus prendre en compte votre opinion, dit-elle. Vous pouvez considérer que vous êtes en état d'arrestation. Nous entrons, maintenant.

Mutation

À l'aide de la barre en métal, Stone força l'ouverture de l'écoutille. Il ancra ensuite ses pieds à une paroi latérale, puis souleva et fit coulisser la porte. Des hélices de fumée commencèrent à tournoyer dans l'obscurité.

Toujours vêtus de leur combinaison spatiale, Stone et Vedala se glissèrent à l'intérieur du cylindre exigu. Leurs LED externes diffusaient de simples touches de lumière, qui n'éclairèrent guère le passage. Contre les parois du module cylindrique étaient logées des armoires en métal dont le dos était bombé afin qu'elles puissent s'imbriquer aux parois avec une simplicité digne d'un assemblage de Lego. Baptisés ISPR et destinés au rangement du matériel scientifique, ces solides meubles blanc pâle étaient truffés de compartiments et bordés de barres de maintien bleues. Perché contre la paroi du fond, un moniteur était éclairé. Le module ne comportait ni hublot ni fenêtre.

Kline en avait fait sa station de travail à distance. Mais ce jour-là, quelque chose n'allait pas. L'espace intérieur était envahi de menaçantes nappes de fumée tourbillonnantes. La surface des ISPR était tachée de suie.

Stone remarqua que, tout au fond du module, la coque était plus sombre qu'ailleurs – elle semblait constituée d'un matériau semblable à du verre violacé. À l'évidence, la contamination affectant le laboratoire *Mark IV* avait gagné le *Leonardo* en voyageant dans le vide, et les particules pathogènes avaient traversé la coque et les armoires.

Heureusement, le foyer de l'infection se trouvait à l'autre bout du module. Andromède n'était pas arrivée jusqu'à l'écoutille. Pas encore.

Mais où était Sophie Kline? se demandait Stone.

Il sentit des doigts se refermer autour de son biceps. À côté de lui, Vedala était comme statufiée, en proie à une peur primaire. En suivant son regard, Stone eut un aperçu de ce à quoi pourrait ressembler la fin du monde.

— Oh, Sophie, dit-il. Oh non.

Quelque chose qui s'apparentait à Sophie Kline était étalé sur la paroi du fond. Les yeux fermés, équipée d'un casque-micro, elle était allongée sur le dos, et sa chevelure blonde flottait en éventail derrière elle. Elle avait les bras dans une posture de crucifixion. Ses jambes n'étaient pas visibles: elles avaient partiellement disparu dans les plis mouvants du métal infecté.

Elle ne bougeait pas.

Stone non plus. Ce spectacle l'avait paralysé.

— Docteur Stone, je vous demande de m'écouter, lui dit Vedala d'une voix rauque qui trahissait sa panique. Le docteur Kline est infectée, elle a besoin d'une attention immédiate. Je vais avoir besoin de votre aide. Nous n'avons pas d'autre choix que de lui amputer les jambes. Si on parvient à l'éloigner du site infectieux, on pourra peut-être gagner du temps et l'interroger.

Kline ouvrit les yeux. Elle devait ressentir une incommensurable douleur, et pourtant elle leur souriait. Ses joues étaient tachées de suie et son regard bleu marine était vif et perçant.

— Voilà qui est très pragmatique, docteur Vedala, lui dit Kline. Mais c'est inutile. Je n'ai aucune révélation à vous faire.

— Sophie, dit Stone. Vous êtes en train de mourir…

Dans la fumée changeante, Stone vit des larmes briller sur les joues de Kline.

— Nous sommes tous des morts en sursis, Jamie. Certains meurent plus vite que d'autres.

— Je ne sais pas ce que vous avez déclenché, mais ça se répand inexorablement, répliqua Stone. Si la souche descend le long du ruban et arrive sur Terre, toutes les formes de vie mourront.

Désormais, Kline avait les yeux rivés sur Stone.

— Peut-être bien. Peut-être pas. Nous avons tous les deux fait l'expérience de la mort, n'est-ce pas, Jamie ? Vous et moi mesurons bien la situation. Vous savez ce que je crois ? L'homme a bien le droit de toucher les étoiles, qu'importent les risques.

— Sophie, s'il vous plaît, l'implora Stone.

— Non seulement je suis libre à présent, dit-elle, le visage rouge d'excitation, mais c'est toute l'espèce humaine qui a été délivrée.

C'est seulement à ce moment-là que Stone comprit qu'il était trop tard pour sauver Kline. Ces instants étaient l'aboutissement du travail de toute une vie.

Kline grimaça tandis que pivotait sa tête. De la matière Andromède humide en forme de spirale lui emprisonnait le corps, s'étalant depuis son plexus solaire.

— Enfin je triomphe de cette enveloppe corporelle qui a toujours refusé de coopérer, et qui n'a jamais cessé de me décevoir. À présent, Andromède va s'intégrer à *ma* création. J'ai tout risqué, tout donné, pour détruire les barrières qui freinaient notre espèce. Je ne me suis jamais laissé abattre par ce corps brisé, et je n'ai pas l'intention de vous laisser tout gâcher.

Kline cligna de l'œil et chassa une larme. De sa main gantée, elle arracha ses neuroprothèses. Ses yeux roulèrent dans leurs orbites ; un spasme commença à agiter ses lèvres et le bout de ses doigts.

— Elle s'est évanouie, présuma Vedala en se tournant vers Stone. Il faut qu'on la réveille, nous devons en savoir plus.

— Non, répliqua Stone en retenant Vedala par l'épaule. Non, je ne crois pas.

Stone inspectait frénétiquement les parois du module. Il n'avait décelé aucun danger.

— Je crois qu'elle fait une syncope, lui dit Vedala. Regardez, la lumière de son implant neuronal clignote.

Avec le bruit déchirant d'un coup de feu, un poing en métal froissé troua l'une des armoires ISPR non loin de Stone. Celui-ci, qui flottait en état de microgravité, manqua de perdre l'équilibre. Le coup fit voler en éclats à travers le module une flopée d'instruments de mesure.

Kline avait activé le mode prédation furtive et téléguidé le Robonaut R3A4 jusqu'au module.

Le préhenseur doré du robot fondit sur Stone, qui esquiva de justesse. Stone savait que chacune des terminaisons digitales des mains du robot était conçue pour appliquer une force de cinq newtons : au total, l'humanoïde était capable de déployer pas moins de cent newtons, et ainsi de broyer sans mal un squelette humain.

L'humanoïde se mit alors à gravir la paroi du module avec une dextérité arachnéenne. Stone balaya des yeux la pièce enfumée à la recherche d'une arme. À deux mains, il saisit un long extincteur. Il planta ses pieds sur le plancher puis lança l'objet en direction de la face de la créature de métal. Mais celle-ci était faite de fibres de carbone rigides, d'acier inoxydable et d'un alliage d'aluminium. L'impact eut pour seul effet de lui faire légèrement tourner la tête.

Pendant ce temps, la matière Andromède continuait sa nutation[1]. De nouvelles lianes vrillées s'enroulaient en hélice autour du corps de Kline. La surface gélatineuse ainsi formée était comme en fusion, et elle oscillait, ce qui

1. La nutation (ou circumnutation) – à ne pas confondre avec la mutation – désigne le mouvement hélicoïdal de l'apex de la tige de certaines plantes, dû à l'auxine, une phytohormone de croissance. Certaines plantes à vrilles sont ainsi capables de s'élever verticalement en s'enroulant autour d'un support.

donnait l'affreuse impression qu'elle se trouvait à l'intérieur d'une espèce d'organe extraterrestre.

— Stone ! Pas de geste inconsidéré ! cria Vedala.

Le robot se tourna immédiatement vers la source de la voix qui venait de s'élever. Kline déplaçait le robot avec une rapidité que Stone n'aurait jamais crue possible.

— Sophie ! héla Stone. Cessez ça ! Je vous préviens !

Cependant, Stone avait compris avant même d'avoir fini sa phrase que Sophie Kline n'avait aucune intention de s'arrêter. Esseulée, mourante et mue par une volonté de fer, elle avait réalisé une prouesse scientifique sans précédent qu'elle comptait bien mener à son terme.

Alors, Stone souleva d'un coup sec la bande Velcro qui maintenait fermée l'une des poches de sa combinaison et en sortit quelque chose.

Vedala se rapprocha de l'écoutille pour tenter de s'enfuir du module *Unity*. Mais le R3A4 gagna du terrain. La scientifique était bien trop lente. Le préhenseur du robonaute se referma avec une précision millimétrique autour de sa cheville. Il émit un vrombissement au moment de lui tordre la jambe, et les ligaments du genou droit de Vedala se déchirèrent.

Vedala hurla de douleur. Il était impossible de lutter contre la force brutale de la machine.

En entendant le cri de Vedala, Stone pâlit.

Entre ses mains gantées, il tenait un petit étui noir. À l'intérieur dormait une fiole de verre ornée d'une inscription : OMÉGA. Après l'avoir trouvée sur le corps d'Eduardo Brink, Peng l'avait confiée à Vedala. Ce poison faisait partie des objets dont Vedala avait souhaité se départir avant de pénétrer dans l'anomalie. Si Stone l'avait emporté, c'était en partie pour s'assurer que Tupa ne pût le récupérer, mais également au cas où les événements auraient pris un tour funeste.

Stone n'adressa pas à Kline de second avertissement. Comme le robonaute, il n'hésita pas.

Il fit sauter le bouchon d'une simple pichenette et lança la fiole en direction du magma grouillant et grotesque qu'était devenue Sophie Kline. La minuscule ampoule de verre vogua à travers l'espace vide en tournoyant légèrement. Un venin s'échappa du goulot et projeta une éclaboussure de fines gouttelettes orange qui, l'espace d'un instant, formèrent une pluie de météorites miniatures.

Sophie Kline ne vit jamais la goutte de neurotoxine qui pénétra sa joue. Absorbée par sa peau, elle attaqua son système nerveux, rompant immédiatement la connexion neuronale intime qui la liait au robonaute humanoïde R3A4. À l'autre bout du module, la machine se figea, le poing prêt à frapper.

— Oméga, dit tristement Stone. La fin de tout.

Le regard se Kline se bloqua sur celui de Stone. Sa mâchoire se mit à bouger en silence, tentant de laisser sortir quelques mots. Les tendons de son cou étaient visibles. Un filet de bave s'échappa de sa bouche lorsqu'elle exhala pour la dernière fois.

Ce fut l'affaire de quelques secondes.

À 17 heures, 58 minutes et 11 secondes (UTC), le Dr Sophie Kline, scientifique intervenant à distance dans le cadre du Projet Wildfire, expira à bord du module *Leonardo* de la Station spatiale internationale. La cause officielle de la mort fut l'asphyxie, due à l'absorption cutanée d'un agent neurotoxique occasionnant la perte de contrôle de ses fonctions autonomes.

Le robonaute n'était plus qu'une sculpture abandonnée. Il tournait en rond sur place, heurtant doucement une paroi infectée, devenue sombre et lisse comme de l'obsidienne. Des taches mauves étaient déjà apparues sur le textile en Kevlar renforcé qui habillait sa carcasse.

Stone promena son regard à travers la pièce enfumée et aperçut Vedala. Elle flottait toujours à proximité de l'écoutille conduisant au module *Unity*. Derrière sa visière, elle respirait difficilement et douloureusement. Stone se propulsa jusqu'à elle.

Il s'approcha d'elle en lui ouvrant les bras, et les deux scientifiques échangèrent une étreinte. Dans le reflet de la visière de sa collègue, Stone aperçut son propre visage où coulait la sueur – ainsi que des traînées jumelles de suie teintée de métal sous ses narines.

C'était le signe avant-coureur d'une infection.

— Oh, James, dit Vedala en reculant. Je suis vraiment, vraiment désolée pour vous.

Adieux

Stone regarda par-delà son propre reflet, à travers la visière de Nidhi Vedala. Elle l'observait, le regard dur, effrayé et triste. Elle ne semblait pas avoir remarqué l'éclairage de secours et la fumée.

Il comprit.

S'il avait de la suie sous les narines, c'est qu'il avait inhalé des microparticules. Même si James ignorait de quelle souche il s'agissait, il ne pouvait y avoir de doute : il avait été infecté.

— Ça va, dit-il en gardant ses distances. Je sais que vous êtes blessée, mais vous pouvez encore nous éviter le pire. Fermez l'écoutille. Libérez les autres astronautes. Désaccouplez les modules infectés de la station.

— Non, James, bafouilla Vedala. Non, ce n'est pas…

Stone s'empressa de saisir des deux mains la porte de l'écoutille reliant le module *Leonardo* au module de liaison *Unity*. Son esprit était encore engourdi par ce qui était en train de se produire.

— Je suis désolé, docteur. Vous connaissez le protocole. Il faut établir une zone de quarantaine.

Il ouvrit l'écoutille et entendit la voix tremblante de sa collègue :

— Vous avez mal ? Est-ce que vous souffrez ?

— Non, je ne ressens rien, pour l'instant.

Vedala arqua un sourcil.

— Ce n'est pas normal. Les premiers symptômes étant apparus, vous devriez sentir quelque chose.

— Peu importe, lui répondit Stone.

Il se retourna et jeta un œil à ce qui restait de Sophie Kline. Son cadavre semblait le dévisager de ses yeux bleu-gris grands ouverts, avec son corps qui fusionnait dans la masse grouillante du mur du fond. Des vrilles de matière couleur d'encre violette s'étaient enroulées autour de sa poitrine, tel un kraken l'entraînant dans les ténèbres aquatiques.

Kline et sa création ne faisaient plus qu'une.

Néanmoins, l'infection n'avait pas encore gagné l'écoutille. Il restait sûrement du temps, mais pas beaucoup.

— Vous devez partir, maintenant, dit Stone. Prenez soin de Tupa, si vous voulez bien ? Veillez sur lui. Il va avoir besoin de vous.

Vedala hocha la tête, ravalant ses larmes.

Stone s'éclaircit la gorge. Il s'efforça de parler sans trahir la moindre émotion.

— Je vais refermer l'écoutille, dit-il.

— James, non… il doit y avoir un autre moyen…

— Si seulement, dit-il.

Vedala se creusait les méninges à toute vitesse. Elle essayait d'élaborer des scénarios dans lesquels Stone survivait. Elle sentit germer dans son brillant intellect la graine d'une idée, mais celle-ci ne poussa pas bien haut. Le temps manquait pour réfléchir.

La voix de Stone échappée du récepteur radio de la combinaison de Vedala était nette et poignante lorsque, abaissant l'écoutille de quelques centimètres, il lui dit :

— Merci, Nidhi. Merci pour tout. J'aurais aimé… que nous passions davantage de temps ensemble.

Derrière Stone, Vedala voyait la menace Andromède qui, molécule après molécule, gagnait du terrain sur l'infrastructure du module, se rapprochant inexorablement du reste de la Station spatiale internationale.

— Adieu, James, répondit Vedala. Bonne chance.

À contrecœur, elle commença à flotter à reculons. Arc-bouté contre le mur, Stone tira sur l'écoutille et entreprit de la faire coulisser, centimètre par centimètre. Par son hublot circulaire, Vedala vit la détermination sur le visage de Stone et tenta d'oublier la douleur qui irradiait son propre genou.

Vedala confessa alors quelque chose par l'intermédiaire de son émetteur :

— Quand vous avez rejoint cette mission, j'ai cru que vous aviez été recruté parce que votre père avait participé au premier projet. Je vous ai détesté d'emblée sans vous connaître. Mais j'avais tort, James. Je veux que vous le sachiez. Peu importe qui était votre père. On a bien fait de faire appel à vous.

Stone marqua une courte pause, avant de se confier lui aussi :

— Ne culpabilisez pas. J'avais mes raisons en rejoignant Wildfire. Et Jeremy Stone était mon père adoptif, dit-il. L'information était « secret-défense », même si Stern devait être au courant. À ma naissance, je m'appelais Jamie Ritter. Il y a cinquante ans, j'étais l'un des deux survivants au premier incident Andromède. J'étais le bébé.

Dans ses chaussures, Stone percevait la vibration émise par l'infection derrière lui. Le temps des adieux était révolu. Grimaçant, il actionna le levier afin de refermer et de verrouiller l'écoutille.

Elle se coinça.

Vedala avait bloqué l'écoutille avec l'extincteur cabossé.

Elle planta ses pieds sur la paroi et rouvrit l'écoutille avec les deux mains. Stone n'avait même pas eu l'occasion de réagir qu'elle le saisissait par la poitrine et le tirait d'un coup sec pour l'entraîner à l'intérieur du module *Unity*.

— Nidhi ! cria-t-il, mais il était trop tard.

Une houle tourbillonnante de matière infectieuse se rapprochait de l'écoutille, s'étalant en hélice. Stone fut bien forcé d'aider Nidhi à refermer et à sceller la porte. Puis il se retourna et lui cria :

— Vous êtes folle, qu'est-ce que vous foutez ?

Il ne finit pas sa phrase. Nidhi l'avait tracté vers elle, et la surface froide de sa propre visière touchait désormais le casque cassé de James. À quelques centimètres de lui, un large sourire agrandissait le visage de Nidhi.

Elle parla avec le calme et l'assurance d'une femme qui n'avait jamais trouvé plus intelligent qu'elle, que ce fût sur Terre ou à des milliers de kilomètres au-dessus de la planète.

— James, il n'existe qu'une maladie dont la période d'incubation peut durer autant d'années : l'absence de maladie. Vous me suivez ?

— Euh... ?

— Un individu infecté ne peut pas être un porteur sain pendant plusieurs dizaines d'années, il finit forcément par développer des symptômes.

— Je l'ai respirée. C'est impossible.

— C'est vrai. Mais, quand vous étiez bébé, vos poumons ont été infectés par la souche SA-1. Elle ne vous a pas tué car vous aviez un pH sanguin alcalin trop élevé... parce que vous pleuriez sans arrêt. Et, même après sa mutation, des microparticules bénignes ont subsisté dans vos poumons.

— Et les souches s'ignorent..., ajouta Stone.

— C'est en sachant cela que j'ai pu développer mon aérosol inhibiteur.

— Oh ! fit-il.

— Exactement. Parce que vous avez été exposé, vous êtes immunisé contre une infection par voies respiratoires. C'est pour ça que vous êtes ici. C'est pour ça que Stern vous a choisi à la dernière minute. Sur une intuition. Une intuition...

Transmission interceptée

Il était un peu plus de midi au centre de contrôle de l'USNORTHCOM de la base de l'US Air Force de Peterson. Le général Rand Stern pensait que c'était heureux que ses quatre filles, en grandissant, se soient habituées à ses absences occasionnelles inexpliquées. C'étaient de braves petites, elles s'étaient toujours montrées compréhensives.

Dans la pièce, le général avait les mains jointes derrière le dos. Un bout de papier avec un numéro de code était coincé entre ses doigts serrés. Il se demandait s'il survivrait, s'il aurait l'occasion de se faire pardonner pour cette nouvelle absence.

De toute sa vie, Stern ne s'était jamais senti aussi impuissant et désemparé.

Sur les écrans, des images fournies par différents télescopes orbitaux – militaires, gouvernementaux ou appartenant à des institutions privées – montraient la Station spatiale internationale sous différents angles. Elle s'éloignait de plus en plus de la Terre, et leur échappait inexorablement. Dans son sillage, l'étrange câble semblable à un ruban était à peine visible, comme un fil de toile d'araignée distendu par le souffle du vent.

Ils n'avaient pas pu voir ce qui s'était passé à bord de la station au cours de l'heure qui venait de s'écouler et n'avaient aucune nouvelle de Vedala et Stone depuis leur ascension spatiale. Une tension planait au-dessus de la salle de contrôle, installant un silence quasi absolu.

Stern se doutait qu'un combat désespéré avait eu lieu là-haut. Seulement, il ne savait pas qui l'avait remporté.

— Mon général, dit son analyste en chef. Toujours aucun signe d'eux. Il est peut-être temps… ?

— Pas encore, répliqua Stern d'une voix calme et autoritaire. Lorsque le moment sera venu… s'il vient… je vous ferai signe.

— Oui, mon général.

— Pour l'instant, assurez-vous que les escadrons *Felix* et *King* continuent de survoler la zone.

— Tous les chasseurs sont armés et ont ordre de protéger le câble à tout prix, mon général.

Stern regarda d'un air las le papier dans ses mains. D'un simple mot prononcé à haute et intelligible voix, ce code avait le pouvoir d'autoriser l'opération Zoulou.

Deux heures et seize minutes plus tôt, le général s'était vu accorder une autorisation présidentielle pour diligenter l'opération, un plan d'action secret et sans précédent consistant en la diffusion d'un millier de messages d'alerte à toutes les municipalités des États-Unis. Elle serait d'abord suivie de l'évacuation des hauts membres du gouvernement vers des zones de sécurité préétablies. Ensuite, la loi martiale serait imposée dans tout le pays.

De plus, l'opération Zoulou entraînerait la mobilisation du demi-million de citoyens composant les forces réservistes de la Garde nationale des États-Unis. Toutes les brigades de police et de sapeurs-pompiers rallieraient leurs casernes. Un vaste réseau de structures d'accueil municipales se préparerait à prendre en charge une foule de victimes. La totalité des personnels soignants des services d'urgence des hôpitaux serait réquisitionnée.

Élaborée dans le cadre d'une simulation militaire envisageant tous les scénarios, l'opération Zoulou était un pis-aller, une riposte de la dernière chance en cas d'invasion massive par une coalition de nations ennemies opérant par surprise.

Chose inconcevable, ce qui se déroulait actuellement était encore pire.

Stern envisageait de déclencher l'opération Zoulou étant donné le risque élevé de pollution des eaux par une microparticule extraterrestre autoreproductrice qui, selon toute vraisemblance, se propagerait vers le nord depuis l'épicentre de la contagion, c'est-à-dire depuis l'équateur. D'abord, des populations entières de réfugiés afflueraient du Mexique et d'Amérique centrale – des dizaines de millions de personnes fuyant la menace d'une virulente infection. Puis les États-Unis devraient faire face à une réaction en chaîne – la terre, l'air et l'eau seraient phagocytés.

La fin du monde, en somme.

La plupart des analystes tressaillirent lorsqu'un grésillement fit trembler le centre de contrôle.

— Houston nous informe que la liaison a été rétablie avec la station spatiale, mon général, déclara un analyste, les doigts sur son oreillette.

Des chuchotements suivis d'un tonnerre d'applaudissements retentirent à travers la pièce, que Stern fit cesser d'un simple regard.

— On partage le flux avec Houston et Moscou, répliqua le général.

Voyant l'expression de surprise sur le visage de ses hommes, il ajouta :

— Que les nouvelles soient bonnes ou mauvaises, on est tous dans la même galère, à présent.

Les analystes se jetèrent des regards graves, tandis que les haut-parleurs installés tout autour de la salle émettaient des grésillements parasites. Les doigts de Stern, plaqués contre son dos, se resserrèrent autour du morceau de papier avec le code autorisant l'opération Zoulou. Son visage était placide. Debout face aux moniteurs, Stern ressemblait à un capitaine au long cours prêt à sombrer avec son navire.

— Nous sommes en train d'intercepter une communication, mon général, précisa l'analyste pendant que la friture se transformait en paroles intelligibles. Entre différents modules de la station. Cette transmission ne nous est pas destinée. Le son est mauvais. J'active la transcription en temps réel.

<...>

SSI-HAMANAKA

... dites-nous quoi faire.

SSI-STONE

Ma collègue est blessée à la jambe. Elle peut à peine bouger. Avez-vous du matériel médical ?

SSI-HAMANAKA

Je peux la soigner. Je sors maintenant.

SSI-STONE

Merci. La voie jusqu'à l'écoutille est sans microparticules. Komarov, pouvez-vous stabiliser le système de support de vie et contacter le centre de contrôle ? Dites-leur que l'infection a presque gagné le câble. Une fois qu'elle s'y sera accrochée, d'après les estimations de Vedala, elle arrivera sur Terre en une heure, peut-être moins.

SSI-KOMAROV

Stone, sauf erreur, ils nous entendent, à présent.

HOU-CAPCOM

Ici Houston. Poursuivez.

SSI-STONE

D'accord, OK. Bonjour. J'ai besoin de tous les grands cerveaux du centre de contrôle. D'abord, confirmez-nous ce qui se passe si on coupe le ruban côté Terre.

HOU-CAPCOM

Donnez-nous une minute. [...] Stone. D'après nos calculs, si nous coupons le ruban de notre côté, son poids entraînera la station spatiale vers la Terre, qui sera détruite lorsqu'elle effectuera sa rentrée atmosphérique. Pour éviter ça, il faudrait que la station soit parvenue bien au-delà de l'orbite géosynchrone... à une altitude d'au moins cinquante-six mille kilomètres.

SSI-STONE

C'est inenvisageable.

HOU-CAPCOM

Oui. Et on a une autre mauvaise nouvelle. Si la station se retrouve désaccouplée, le poids du ruban entraînera les modules infectés vers la Terre. J'ai peur que nous n'ayons aucune solution à vous proposer.

SSI-STONE

Et si... Et en sectionnant le ruban en son milieu?

HOU-CAPCOM

[chuchotements précipités et inaudibles] Si on se fonde sur des calculs de forces, ça peut marcher. La section du câble coté Terre sera soumise à une force gravitationnelle bien plus importante que l'autre – ce sera de loin la plus lourde des deux. Ça veut dire que nous devrons sectionner le ruban à... une cinquantaine de kilomètres de la surface terrestre. Ça allégera la station et la section supérieure du câble, et elles atteindront la vitesse de libération. La section inférieure du câble tombera sur la Terre mais sera suffisamment courte pour ne pas être concernée par une rentrée atmosphérique, donc elle ne sera pas détruite. Aussitôt après, il faudra désaccoupler les modules infectés de la station puis décélérer au maximum pour éviter une dérive dans l'espace lointain.

SSI-STONE

Donc vous nous dites que c'est possible...

PET-STERN

Stone, c'est Stern. Ça ne marchera pas. Cinquante kilomètres, c'est bien trop haut. Si on envoie un missile balistique intercontinental, la matière dont est faite ce ruban sera pulvérisée dans l'atmosphère, et tout sera foutu. Idem pour nos missiles anti-aériens, qui ont une portée verticale de trente kilomètres. Et nos avions dans la zone plafonnent à vingt kilomètres maximum – même pas la moitié de ce qu'il nous faut.

SSI-STONE

Il y a un moyen.

PET-STERN

Vous plaisantez ?

SSI-STONE

Je vais reprendre l'ascenseur spatial. Si j'arrive à couper le ruban à cinquante mille mètres d'altitude, je pourrai ensuite atterrir en parachute... Houston, qu'est-ce que vous en dites ?

HOU-CAPCOM

Oh là ! Euh, hum, oui. Attendez une seconde. D'après notre inventaire, il y a une vieille combinaison citrouille qui traîne dans le module ***Zarya***. Une combinaison orange pressurisée avec un parachute. Toujours fonctionnelle, enfin j'espère. Elle devrait vous permettre de sauter.

PET-STERN

Pas de cette altitude.

HOU-CAPCOM

Le record est de quarante mille mètres. Techniquement, c'est faisable.

SSI-STONE

Et pour couper le câble... est-ce qu'on pourrait fabriquer une sorte de bombe ?

HOU-CAPCOM

Ouh là ! Non... hors de question. [rire nerveux] Le câble est bien trop résistant... et il se régénérerait. Pour détruire ce truc, il va falloir [chuchotements inaudibles]... Mais si, je vous assure ! [bruit indistinct]

SSI-STONE

Vous êtes toujours là ?

HOU-CAPCOM

Docteur Stone, vous allez avoir besoin d'un obus à charge creuse conçu pour couper le métal.

SSI-STONE

Bon, alors c'est impossible.

[...]

SSI-STONE

Houston ?

[...]

SSI-STONE

Houston, vous m'entendez ?

HOU-CAPCOM

Dites-le-lui, mon général. Vous devez le lui dire.

PET-STERN

Bon... Sans toutefois vous affirmer que certaines, euh, expériences orbitales sont en cours, je peux vous dire que... le projectile qu'il vous faut est disponible.

SSI-STONE

C'est une blague.

HOU-CAPCOM

Komarov, pouvez-vous récupérer le missile antisatellite en question... ?

SSI-KOMAROV

Je m'en occupe tout de suite, Houston.

HOU-CAPCOM

Alors il n'y a plus qu'à.

SSI-STONE

Il n'y a plus qu'à.

SSI-KOMAROV

Docteur Stone, j'aimerais bien pouvoir fêter votre retour sur Terre. Mais je vais devoir me contenter de vous souhaiter bonne chance. *Udachi*, comme on dit chez moi. Vous êtes un homme courageux.

[communication terminée]

Stern détacha son regard des écrans et découvrit une pièce remplie d'analystes blêmes, les yeux rivés sur lui. Il soutint leur regard, puis cligna lentement. Après un moment, l'analyste en chef s'éclaircit la gorge et prit la parole :

— Mon général… doit-on se tenir prêts pour Zoulou en cas d'échec ?

Stern laissa son regard atterrir sur le visage de l'analyste, sur les cernes qui lui creusaient les yeux et la barbichette qui lui poivrait le menton. Une tache de café maculait la poche de sa chemise – elle était là depuis au moins deux jours.

— Non, lui répondit Stern. Non, j'ai peur qu'il soit trop tard pour Zoulou. Soit cette opération aboutit, soit on se plante. Et d'ailleurs, vous tous… si vous n'avez pas impérativement besoin de rester ici, rentrez chez vous, allez retrouver vos familles.

Stern se retourna et prit la direction de son bureau. En marchant, il ajouta :

— C'est un ordre.

Supervitesse terminale

— Dépêchez-vous ! s'écria Nidhi Vedala, le visage collé contre la vitre d'un hublot du module *Zvezda*. La nouvelle propagation est contenue, mais pas pour longtemps.

À l'extérieur, la matière infectée avait tissé une toile vrillée entre les modules *Wildfire* et *Leonardo*.

— Voilà, dit Jin Hamanaka en inspectant l'attelle en fibre de carbone qu'elle venait de fixer à la jambe droite de Vedala. Vous allez vous sentir fatiguée et nauséeuse maintenant. Reposez-vous.

La pose de cette orthèse avait été précédée par une injection intramusculaire de vingt milligrammes de morphine.

— Non, lui répondit Vedala en se tournant vers le poste de travail. J'ai encore de nombreuses tâches à accomplir.

Vedala battit des paupières pour se concentrer, puis accéda à l'ordinateur. Elle frappa quelques touches sur le clavier, passa en revue les programmes informatiques de Kline. Sur son écran finit par s'afficher une fenêtre avec les mots : « PROFIL DE DESCENTE ».

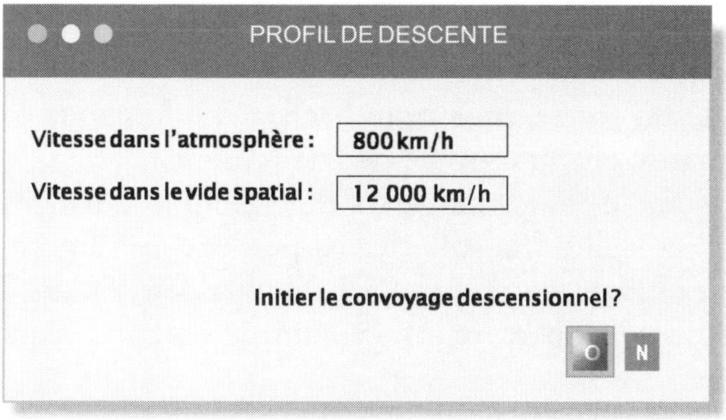

— Ah, voilà.

La voix pressante de Vedala résonna en stéréo dans les casques de Komarov et de Stone. Dos à dos, les deux hommes se trouvaient dans les profondeurs du module-laboratoire *Destiny*. La combinaison de Stone était connectée au système de refroidissement et d'alimentation via un câble de raccordement universel : pendant qu'ils parlaient, les batteries se rechargeaient et les réserves d'oxygène et d'eau se reconstituaient. Ils avaient inspecté la combinaison fatiguée sous toutes les coutures et conclu qu'elle n'avait pas subi de dégâts de nature à compromettre la sécurité de Stone. À présent, l'astronaute russe fredonnait un air incertain tandis qu'il explorait le contenu d'un bac.

— Vous le voyez ? lui demanda Stone. D'après Houston, il devrait être là-dedans. Armoire numéro deux, à bâbord.

— Oui, oui, dit Komarov. Patience. C'est une manipulation délicate.

Le Russe pêcha un long tube doré. Puis il prit une hache en acier scintillante qui flottait à côté de lui. Les muscles des avant-bras de Komarov saillirent lorsqu'il se servit de l'instrument pour ouvrir le tube.

— Je voudrais bien descendre moi-même, vous savez, lui dit Komarov avec une certaine déception dans la voix. Mais je suis ici depuis six mois déjà. Mes jambes sont comme du caoutchouc et, en plus, Houston n'aurait pas confiance en moi.

— D'où sortez-vous cette hache ? lui demanda Stone.

Komarov eut une moue dédaigneuse.

— Tous les modules russes ont une petite hache à côté de leur écoutille. Les Américains perdent de l'argent à installer des lignes électriques à l'extérieur. S'il y a urgence et que la porte doit se refermer complètement… on prend la hache.

— Pour quoi faire ?

— Pour couper la ligne électrique. Un coup de hache, et couic. Terminé.

Stone demeura sans voix et fut bien content d'avoir affronté Kline dans un module américain.

Komarov acheva de forcer l'ouverture du tube. Il en sortit une sorte de cylindre, coiffé d'un cône creux en cuivre, qui ressemblait à un petit missile ou à une énorme douille.

— Et voilà, dit Komarov. C'est pas plus grand que ça.

L'arme provenait manifestement d'un satellite autoguidé. Tout portait à croire qu'elle était le produit d'une expérimentation dont personne ne voulait parler. Stone fronça les sourcils.

Remarquant l'expression sur le visage de Stone, le Russe haussa les épaules.

— Les Chinois font ça tout le temps. Des petites expériences… Nous au moins, on est plus discrets.

— Comment ça marche ? lui demanda Stone.

— Suffit de pointer le dispositif vers le câble dans ce sens, dit Komarov en lui montrant le cône métallique. Et clic, on dégoupille. Deux secondes plus tard, boum. Compris ?

Stone acquiesça, et lui dit :

— Je suis prêt. Entrons dans le sas.

— Ah. Juste une idée, l'ami.

— Oui ?

— Tu ferais peut-être bien de mettre ta combinaison et ton casque ?

Komarov éclata de rire en s'accrochant à une rampe afin d'éviter que son hilarité ne le porte un peu plus loin dans l'espace.

— Oh, oh, les Américains, *bozhe moi* ! s'amusa-t-il en secouant la tête. Et vous dites que c'est nous les irresponsables.

L'astronaute russe aida Stone à s'équiper.

Un peu plus tard, Stone se retrouva dans le sas *Quest*, avec son projectile à charge creuse, bien protégé dans son tube de lancement.

Après avoir levé le pouce en signe d'encouragement, Kamarov ferma l'écoutille et actionna le levier. L'évacuation de l'air pressurisé fit frissonner Stone. Une sensation de froid l'étreignit, mais le système de protection thermique s'enclencha aussitôt, lui réchauffant les cuisses et le torse. Au cours de ces dernières heures, Stone s'était habitué à sa combinaison spatiale Z-3. Depuis l'épreuve physique que Kline lui avait fait subir, cependant, la tenue commençait à lui faire l'effet d'une cotte de mailles pesant sur ses muscles ankylosés.

Tandis qu'il patientait, Stone parla dans son émetteur :

— Nidhi ? Vous pensez vous en sortir avec les commandes ?

Une voix douce lui répondit à travers le récepteur :

— Ou pas…

— *Ou pas* ? Qu'est-ce qui ne va pas ?

— Pardon… je disais : *ouuui, pas de problème*, rectifia Vedala. C'est bon, je m'occupe de tout.

Elle peinait à articuler, malgré ses efforts de concentration.

— Quelle quantité de morphine vous a-t-elle donnée ?

— Juste ce qu'il fallait. Mais, James… je voulais vous dire… vous n'êtes pas obligé de faire ça…

— Si je ne le fais pas, beaucoup de gens vont mourir, y compris des personnes auxquelles je tiens.

— … pour moi, termina Vedala. Je veux dire, vous n'êtes pas obligé de faire ça pour moi. Je connais les risques. Je n'ai pas besoin d'être sauvée.

— Je fais ça pour vous, Nidhi. Et pour Tupa, aussi. Vous comprenez ?

— Oui.

— Il est seul. Andromède a tué sa famille. Elle a détruit le seul lieu de vie qu'il a jamais connu. Elle l'a privé de ses racines.

Stone s'interrompit. Il se ressaisit puis poursuivit, lentement :

— Je retourne le chercher. Quelqu'un en a fait autant pour moi, un jour.

Stone sentit un tremblement. Un carré de lumière rouge venait de passer au vert. Le sas extérieur s'était ouvert. Il était temps d'y aller.

— Souhaitez-moi bon courage, lui dit Stone.

James Stone évoluait lentement, comme s'il nageait sous l'eau à contre-courant.

Une voix résonna à travers son casque.

— James ? dit Vedala. James, ne vous arrêtez pas. L'infection risque de s'attaquer au ruban d'une seconde à l'autre. Vous devez le descendre avant elle.

Il y eut un grésillement pendant une vingtaine de secondes, puis :

— Préparez la nacelle, Nidhi. Soyez prête à désaccoupler la station et à décélérer tout de suite après. On va envoyer tout ce bazar dans l'espace lointain.

Pendant ce temps, Hamanaka et Komarov avaient rétabli la liaison avec Moscou et Houston. Assistés de plusieurs centaines de scientifiques japonais et russes depuis la Terre, ils passaient en revue tous les problèmes susceptibles de survenir. Sur Terre, des mathématiciens fébriles effectuaient des calculs afin que la propulsion et le désappareillage puissent être commandés à distance au moment idéal.

Seule Vedala surveillait l'infection, qui gagnait du terrain à l'extérieur. La situation était alarmante. La substance hélicoïdale était comme secouée de spasmes, et ses filaments entortillés absorbaient *Wildfire* et *Leonardo*. Lentement mais sûrement, les deux modules s'amalgamaient, formant un même globule de matière malléable couleur de cauchemar, mélange de noir et de violet, tandis que sur leur surface dansaient des flammèches verdâtres. Vedala se demandait si ce n'était pas à cause de la morphine, mais elle avait cru apercevoir des formes inquiétantes en train de sortir de cette masse fourmillante. Des tiges de métal semblables à des bras ou à des jambes croisés. Et d'autres surfaces plus complexes, qui lui évoquaient l'aspect de circuits imprimés.

La menace Andromède progressait.

Stone était en sueur et délirait presque. Il lui fallut une vingtaine de minutes pour s'asseoir au bord de la plateforme de métal. À l'aide des mousquetons de la NASA, il s'attacha pour la seconde fois au grillage qui composait la nacelle. Puis il fixa l'obus logé dans son tube de lancement à la base, au moyen d'un faisceau de câbles extrêmement résistants, de fabrication russe.

Ensuite, Stone passa une corde dans un autre mousqueton qu'il accrocha à la portion horizontale grillagée de la plateforme, sous ses pieds. Ceci fait, il enroula une seconde corde, bien plus longue, autour de la goupille cuivrée fixée à l'arrière de l'obus à charge creuse. Les deux cordes étaient solidement ancrées à sa ceinture.

En contrebas, le ruban était à peine visible. Il n'émettait qu'une faible lueur, mais Stone percevait son sifflement, qui secouait l'ossature de l'ascenseur spatial.

Le docteur James Stone leva les deux pouces une dernière fois.

— Prêt, déclara-t-il. Autant qu'on peut l'être.

— James, dit Vedala, promettez-moi que vous allez vous en sortir. D'accord ?

— C'est juste un grand huit pour adultes, Nidhi. C'est parti pour un tour.

À contrecœur, Vedala appuya sur le bouton de lancement.

La nacelle chancela, faisant frémir toute la station. Puis les rouleaux situés au-dessus d'elle entamèrent leur révolution. La plateforme dépouillée, réduite au strict minimum, commença à s'abaisser de plus en plus vite.

Sous les pieds de Stone, l'univers s'éclipsa, pendant qu'à bord de la Station spatiale internationale les panneaux solaires se mettaient à trembler.

Stone avait passé les doigts à travers le grillage et s'accrochait à la plateforme métallique bringuebalante. Par la visière réfléchissante de son casque, il contempla un spectacle époustouflant : la planète Terre en train de grossir sous ses pieds.

Il se déplaçait à plus de 12 000 km/h. Sur Terre, c'était une vitesse invraisemblable, quoique ce fût moins de la moitié de la vitesse orbitale de la Station spatiale internationale. En état de microgravité, sans force de traînée aérodynamique, les choses étaient différentes. Stone percevait à peine le mouvement de l'ascenseur.

Toutes les trente secondes, Stone jetait un œil à l'ogive pour s'assurer qu'elle était toujours à sa place. S'il n'arrivait pas à sectionner le câble, l'intelligence qui avait créé Andromède, quelle qu'elle fût, anéantirait très probablement la planète.

Stone pensait à Tupa, seul et abandonné dans une zone de quarantaine, et à la promesse qu'il avait faite au jeune garçon. Pour s'occuper l'esprit, il se remémora les différentes étapes de sa mission. Deux heures s'écoulèrent de cette façon.

— Comment ça se passe en bas ? lui demanda Vedala.

Sa voix était presque noyée dans les vibrations de son casque.

— J'ai une vue imprenable. Rapport de situation ? dit-il dans son émetteur.

— Plus que trois mille deux cents kilomètres à parcourir. On vous ralentira un peu avant votre rentrée atmosphérique, vers cent soixante kilomètres d'altitude.

— Compris, c'est…

À 21 heures, 11 minutes et 20 secondes (UTC), une secousse inattendue ébranla la nacelle. Elle avait été causée par quelque chose situé plus haut, et la plateforme tangua sous l'effet de multiples forces gravitationnelles. Le long ruban, qui semblait s'élever vers l'infini, frisa ses jambes qui valsaient dans l'espace.

De la poussière échappée de la plateforme entra en collision avec le ruban, provoquant une pluie d'étincelles qui lui arrosa les pieds. Stone pria pour que sa combinaison tienne le coup. Les jambes pédalant au-dessus du néant, il fut secoué comme une poupée de chiffon. Puis, poussant un grognement d'épuisement, il réussit à se traîner jusqu'au grillage et à se redresser. Il mit plusieurs minutes à récupérer.

— Qu'est-ce… Qu'est-ce que c'était ? demanda-t-il enfin dans son émetteur, tout essoufflé.

— L'infection s'est attaquée au ruban, lui expliqua Vedala. Elle se déplace dans votre direction, et elle progresse vite.

— Vite comment ? Elle descend plus vite que moi ?

— C'est dur à dire. Tenez bon, je vous tiens informé. Dans dix minutes, vous arrivez.

Stone attendit, mais il avait décelé le mensonge dans la voix tremblante de Vedala.

La glissade fluide avait cédé la place à des à-coups constants, comme si Stone, au volant d'une voiture, était passé d'une autoroute goudronnée à une rue criblée de nids-de-poule. Il supposa que le ruban, solide mais d'une relative élasticité, s'était légèrement modifié selon un processus de conversion nanoscopique : les atomes du câble se transformaient en particules SA-3. Une nouvelle variété Andromède, qui se comportait assez différemment des précédentes.

Stone eut un haut-le-cœur lorsque la plateforme décéléra avant de pénétrer dans la haute atmosphère. Afin d'éviter que le corps de Stone n'explose, l'ascenseur spatial ralentit pour poursuivre sa course à la vitesse tout de même fulgurante de 800 km/h. La planète Terre occupait à présent la quasi-totalité de son champ de vision. En levant les yeux, il vit que la partie supérieure du câble argenté avait pris une funeste teinte noire.

— Plus que quatre-vingts kilomètres…

— Dites-moi la vérité, Nidhi !

— Le ruban est une mince bandelette, James. Sa surface est restreinte. Il s'obscurcit très rapidement. Si vous voulez une estimation… SA-3 devrait vous dépasser d'ici quelques minutes. Deux, peut-être trois. Je suis désolée.

Stone effectua un rapide calcul mental. Sachant qu'il se déplaçait à 800 km/h, il allait mettre six minutes à parcourir les quatre-vingts kilomètres restants.

— Je dois accélérer. Ce n'est pas compliqué, Nidhi : il faut que j'aille trois fois plus vite.

— Cette vitesse correspondrait à Mach 2. Vous allez vous consumer au moment de votre rentrée atmosphérique, lui dit Vedala.

— Nous devons essayer, dit Stone. Nidhi. Nous devons essayer.

Vedala décela du désespoir dans la voix de Stone. Malgré les effets de la morphine, qui s'estompaient rapidement, le Dr Nidhi Vedala comprenait bien les différentes variables de cette équation. Là où d'aucuns auraient attendu, elle ne tergiversa pas.

Elle pressa violemment le bouton.

— Accrochez-vous, lui dit-elle.

Stone fut incapable de lui répondre. Sa respiration resta bloquée dans ses poumons, tandis que la nacelle accélérait aussitôt sa descente, propulsée par un générateur à pleine puissance.

— Je vous recontacte dès qu'il est temps de lancer l'explosif et de sauter, lui dit Vedala. Préparez-vous.

Stone perçut la vibration suraiguë provoquée par le contact du métal sur le métal. Le hurlement sembla traverser ses os. Sa vision trembla en même temps que la plateforme.

— Capacité d'accélération maximum atteinte…

La voix de Vedala fut étouffée dans des secousses chaotiques. Stone sentit le sang lui monter au visage tandis que son corps se soulevait sous l'effet de l'accélération.

— Cinquante secondes, dit Vedala.

Stone ne reconnaissait plus la voix qu'il entendait. Autour de lui, des langues de flamme léchaient toute la surface de la nacelle. Il ressentit une nouvelle vibration. Il leva les yeux et vit que les rouleaux de l'ascenseur étaient en train de se désintégrer. La vitesse et la force de traînée étaient trop difficiles à supporter pour l'appareil. Lorsque ces particules invisibles entrèrent en collision avec le ruban au-dessus de lui, celui-ci cracha un geyser de flammes.

Stone se déplaçait à présent à plus de 1 600 km/h.

— Ça va, je vais bien, assura Stone.

Ce fut sa dernière radiocommunication intelligible.

Des clichés en contre-plongée de la descente furent pris par les téléobjectifs embarqués d'un trio de bombardiers B-150 à long rayon d'action volant à leur plafond légal. Ces avions espions immortalisèrent un spectacle surréaliste : une colonne de flammes bleuâtres s'élevant en cascade autour d'un long filament incurvé rayonnant d'une lumière blanche. Sur ces photos, on devine la silhouette solitaire d'un homme au cœur du brasier; elle se découpe dans la lumière des flambeaux infernaux. À l'arrière-plan, le vide spatial drape l'horizon bleu mêlé de blanc.

Bien que ce son ne fût pas retransmis par l'émetteur radio, le hurlement de Stone résonna dans sa combinaison spatiale tandis que son front touchait accidentellement le verre fumé de sa visière. James Stone fut instantanément brûlé. Le tissu extérieur de sa combinaison commença à se consumer, et le fond de ses chaussures à fondre.

— Trente secondes, dit la voix dans son casque.

Le grillage autour des pieds de Stone avait commencé à rougir, et des éclaboussures traînantes de métal en fusion zébraient le ciel. Gémissant et grinçant des dents, Stone allongea le bras et trouva la corde nouée autour de sa taille. Tâtonnant avec ses deux mains, il remonta sa longueur et s'arrêta sur la goupille cuivrée fixée à l'arrière du tube de lancement de son obus à charge creuse.

Étonnamment, elle était encore en place.

Sous ses paupières closes, Stone vit un désert blanc et brûlant. Une femme était allongée sur le dos. Elle avait été grièvement blessée. Une marée de sang échappée de ses poignets avait recouvert les grains de sable. Cette vision était celle d'une photographie en noir et blanc classée « secret-défense ». Elle était devenue un souvenir – et ce souvenir s'était mué en cauchemar.

— Quinze secondes, dit une voix. Tenez bon, James.

D'une main gantée noircie par les flammes, Stone décrocha le mousqueton dans lequel il avait passé la première de ses deux cordes. Il ne resta plus que la seconde corde, enroulée autour de la goupille cuivrée. Cette stratégie de détonation était connue des experts en frappes nucléaires américains sous le nom de *fail-deadly*. Contrairement aux *fail-safe*, systèmes à sûreté intégrée qui évitaient les dégâts en cas d'accident, les systèmes *fail-deadly* prévoyaient une riposte immédiate, automatique et drastique. En l'occurrence, l'explosif détonerait fatalement si Stone disparaissait de la nacelle.

Les yeux fermés, les traits crispés par une souffrance extrême, Stone se cramponnait à sa corde. Il versait des larmes qui s'évaporaient sous la chaleur des flammes qui léchaient la nacelle. Il se força à ouvrir les yeux et entrevit le continent sud-américain. Cette image ne s'imprima pas dans son esprit ; ce fut un simple tourbillon de vert, de bleu et de brun.

Il avait trouvé la photographie dans les archives de la mission. Le corps inanimé de sa mère biologique gisant sur le sable de l'Arizona. Son sang, transformé en poussière, dispersé par un vent chaud. C'était la seule image qu'il avait de sa mère, le seul souvenir qu'il gardait de son visage.

James entendit un murmure lointain dans le creux de son oreille. C'était une voix douce. Il peinait à comprendre ce qu'elle lui disait.

— Maman ? demanda-t-il.

— Maintenant, dit la voix. Maintenant ! Maintenant !

James Stone sentit ses genoux fléchir. Il se retourna et bascula en arrière depuis la plateforme en feu. Il sentit la seconde corde se déchirer, ce qui entraîna instantanément le lancement de l'obus à charge creuse. L'explosif détonna en produisant une bouffée de fumée pâle.

Il n'y eut aucun effet visible pendant un laps de quinze secondes.

Un petit jet de flammes apparut à une altitude de soixante kilomètres, bien au-dessus de la troposphère. Ce fut un spectacle singulier pour les quelques observateurs qui y assistèrent en direct. Aucun de ces témoins ne vit le point minuscule qui chutait sous la détonation.

Ce point avait la forme d'un homme.

RÉSOLUTION

« Nous comprenons ce qui arrive à présent…
Là est l'essentiel. Que nous comprenions. »

Michael Crichton

Chute céleste

L'explosion fut visible dans un rayon de trois cent vingt kilomètres. Elle survint à l'épicentre d'un patchwork de zones de quarantaine dont les limites étaient en perpétuelle évolution, selon les ordres des agences gouvernementales de plusieurs pays – les États-Unis, la Russie, la Chine, le Brésil, le Pérou et la quasi-totalité des nations équatoriales. De multiples escadrons d'avions de chasse américains, russes et chinois patrouillaient en permanence l'espace aérien qui surplombait la canopée.

Il n'y eut qu'un observateur au sol.

Un jeune garçon nommé Tupa.

Après l'ascension de la nacelle, le garçon avait réussi à s'extraire du tunnel inachevé dans les entrailles de l'anomalie. Il s'était enfoncé dans l'eau du lac et avait nagé jusqu'à la rive. Il n'y avait trouvé personne, alors il avait attendu.

Il avait commencé à observer autour de lui.

D'après le témoignage du garçon, le câble commença par osciller. Un point sombre tomba du ciel, suivi par les ténèbres. Sur toute sa longueur, le câble argenté devint noir. Puis une tache orange parut dans le ciel. La partie supérieure du ruban noir s'éleva dans les cieux. La partie inférieure tomba lentement puis recouvrit plusieurs kilomètres carrés de forêt tropicale.

Tupa regarda, intimidé. Puis ses mains enveloppèrent son visage, et il pleura.

Le garçon avait dix ans. Il était totalement seul. Et, manifestement, il venait d'assister à la mort d'un homme à qui il avait accordé sa confiance.

Quatre minutes plus tard, Tupa fut également le premier à observer ce qui ressemblait à un petit nuage rouge et blanc qui s'approchait de la Terre en planant paresseusement.

Au-dessous, une silhouette suspendue attira le regard de Tupa.

La voix lui sembla d'abord très, très lointaine.

— James !

James Stone ouvrit les yeux et découvrit le reflet de son propre visage à l'intérieur de son casque. Il grimaça à la vue d'une vilaine cloque qui s'était formée sur son front. Et puis il vit à travers son casque un visage à l'envers qui arborait un large sourire. Tupa.

Gémissant de douleur, Stone ôta son casque calciné, aidé du jeune garçon. Il sentit alors contre sa peau un air chaud et humide désormais familier. Autour de lui, son parachute rouge et blanc était tout emberlificoté. On aurait dit un linceul.

Stone prit une bouffée d'air frais, qu'il conserva quelque temps dans ses poumons endoloris. Il remua les doigts et les orteils. Finalement, il exhala et ferma les yeux. Un long moment.

Il sentit une petite main saisir la sienne.

— James, dit Tupa d'une voix cristalline.

— Tupa, répondit Stone d'une voix enrouée. Comme c'est bon de te revoir, petit gars.

James Stone avait toujours vécu dans l'ombre de son illustre père. Il ne s'était jamais marié et n'avait jamais eu d'enfant. Au lieu de cela, il avait poursuivi résolument un seul et même objectif : se montrer digne de son héritage familial.

Stonc avait cru que le Projet Wildfire serait le point d'orgue de son existence. Il s'était lourdement trompé.

Le document partiellement reproduit ci-dessous avec l'accord des Dr James Stone et Nidhi Vedala en dit plus que ne le pourrait le plus brillant des historiens.

CHAMBRE DES AFFAIRES FAMILIALES

COUR DU COMTÉ DE LOS ANGELES

ÉTAT DE CALIFORNIE

REQUÊTE EN ADOPTION PLÉNIÈRE
D'UN MINEUR PAR DES ÉPOUX

Numéro de dossier : [CENSURÉ]

PETITION FOR ADOPTION

Autorité compétente: P.L. 21.135(1),(2)(d), P.L. Ch. 109; P.L. 109.410(4)

Contexte : Le présent formulaire atteste que M. STONE, James, domicilié [CENSURÉ] et Mme VEDALA, Nidhi, [CENSURÉ], mariés, souhaitent adopter l'enfant dénommé TUPA selon les modalités suivantes…

Épilogue

Les rapports officiels expliquent la trajectoire orbitale hautement irrégulière de la Station spatiale internationale par une manœuvre d'urgence d'évitement des débris, effectuée dans le cadre d'un exercice d'entraînement aux situations d'urgence dans la ceinture de radiations de Van Allen.

Peu après l'incident, la FUNAI reçut une importante subvention de la part d'un mystérieux bienfaiteur. En conséquence, tout un pan de l'Amazonie fut intégré à son plan de sauvegarde environnemental, et une zone de quarantaine fut efficacement établie, tandis que la région fut passée au crible par une coalition internationale de chercheurs accrédités.

Une délégation du NORAD, hébergée au sein de la base de l'US Air Force de Peterson, braqua ses réseaux de satellites sur les deux modules désaccouplés de la Station spatiale internationale. Les analyses initiales permirent au centre de déterminer que les modules ne rentreraient pas dans l'atmosphère terrestre. Les observations télescopiques réalisées depuis la Station spatiale internationale – qui, pour sa part, avait amorcé sa rentrée atmosphérique – indiquèrent que les modules étaient en surgyration – en d'autres termes, totalement hors de contrôle. Mais, comme prévu, ils se dirigeaient vers l'espace lointain, où ils dériveraient pour toujours.

Quelques minutes plus tard, cependant, une décélération fut observée sur leurs trois axes de rotation – chose normalement impossible sans retournement de spin, une manœuvre particulièrement complexe et gourmande en carburant. La trajectoire des modules commença à se modifier, laissant planer la menace de leur retour dans le plan de l'écliptique. Ils semblaient guidés par quelque chose ou quelqu'un. Seule une redistribution des masses présentes à l'intérieur des modules pouvait expliquer cette réorientation, puisqu'ils étaient privés de carburant.

Ce changement de trajectoire fut officiellement attribué à un dégazage atmosphérique causé par une collision avec un essaim de micrométéorites. En réalité, il ne faisait aucun doute que les débris infectés des modules contrôlaient leur propre trajectoire.

Sur les dernières images capturées avant que l'éloignement ne rende toute photo impossible, on ne distingue que de vagues formes amorphes, dont l'aspect diffère sur chaque cliché. La surface des objets était incrustée de motifs hexagonaux. Lorsqu'ils furent repérés pour la dernière fois, ils se trouvaient sur une trajectoire indiquant qu'ils se dirigeaient vers Saturne.

Cependant, il convient de mentionner une série d'articles de presse publiés peu après cet événement. Les revues scientifiques comme les quotidiens à grand tirage annoncèrent un curieux phénomène, sans pour autant en tirer de conclusions. Ci-dessous est reproduit un extrait de l'un de ces articles :

UNE STRUCTURE HEXAGONALE TOURBILLONNANTE DÉTECTÉE SUR SATURNE

SOURCE : AGENCE SPATIALE EUROPÉENNE

Après vingt ans d'existence, la mission spatiale Cassini vient de s'achever en apothéose : elle a détecté un gigantesque front orageux hexagonal autour du pôle nord de Saturne.

Après avoir étudié les images capturées par la sonde spatiale Cassini – une mission d'exploration qui a coûté 4 milliards de dollars et a pris fin par la pulvérisation intentionnelle du véhicule dans l'atmosphère de la planète aux anneaux –, les scientifiques ont avancé l'hypothèse que l'orage, d'une superficie de 32 000 kilomètres, avait été généré par un courant traversant les nuages denses présents dans la haute atmosphère de la planète.

Selon Dennis Verulam, responsable de l'imagerie de la sonde spatiale, « les motifs hexagonaux remarqués ne sont qu'une conséquence indirecte de divers phénomènes météorologiques ».

Si les scientifiques semblent formels quant à la nature de leur curieuse découverte, le comportement du vortex hexagonal demeure un mystère : le front de l'orage semble s'étendre.

Lors d'une audition au Congrès qui se déroula à huis clos – et à laquelle peu de membres assistèrent –, plusieurs acteurs ayant joué un rôle essentiel dans la résolution du second incident Andromède furent entendus par le Comité des sciences, de l'espace et des technologies de la Chambre des représentants, dont le général Rand Stern.

Ci-dessous est reproduite une transcription partielle de cette audition :

Question : Général, quel bilan dressez-vous des événements ? La menace est écartée. La particule est-elle redevenue bénigne ?

Réponse : Il semblerait. Mais nos connaissances de la dernière variété Andromède en date sont extrêmement limitées à ce jour. Nous avons récupéré certains travaux d'études réalisés par notre scientifique décédée. Ils sont actuellement en cours d'examen.

Q : La terroriste, vous voulez dire ! Ne digressons pas. Vous et votre équipe avez repoussé une tentative d'attentat bioterroriste. Nous saluons vos efforts. Les membres de l'équipe au sol Wildfire qui ont péri seront décorés à titre posthume. Le public ne sera pas informé, évidemment. Et, maintenant que nous avons la confirmation que la particule pulvérisée est inoffensive… tout est bien qui finit bien.

R : Merci, mais l'incident n'est peut-être pas clos.

Q : Que voulez-vous dire ?

R : Le problème des signaux radio n'est toujours pas résolu.

Q : Général, êtes-vous en train de nous dire… de nous annoncer ***officiellement***… que nous recevons désormais des signaux en provenance de Saturne ? Que les petits hommes verts nous font coucou ?

[rires dans la salle]

R : Non, bien sûr. Ce n'est pas du tout ce que je suis en train de dire.

[Stern se lève pour s'adresser à l'assistance]

R : Ce que je suis en train de dire, c'est qu'une nouvelle structure est apparue sur Saturne. Elle est hexagonale, comme notre microparticule. Volumineuse. Et elle est en train de croître. Et, oui, elle semble émettre des signaux radio. Mais ce n'est pas à nous qu'ils sont destinés…

Remerciements

Ce fut une expérience enthousiasmante que de braquer les projecteurs sur l'univers créé avec brio par Michael il y a plus de cinquante ans quand fut publié son technothriller *La Variété Andromède*, pionnier du genre. C'en fut une autre de collaborer avec le talentueux Daniel H. Wilson pour ce second opus. Que son art consommé du récit et son esprit d'équipe soient soulignés.

La Menace Andromède s'adresse en premier lieu aux fans de Michael Crichton, mais c'est aussi l'occasion de célébrer son univers et de le faire connaître aux non-initiés.

Il y a tant de personnes à remercier pour leur contribution à cette aventure extraordinaire, à commencer par Laurent Bouzereau, Ernest Cline et l'incroyable équipe d'Harper-Collins qui a encadré notre travail : Jonathan Burnham, Jennifer Barth, Sarah Ried, Lucy Albanese, John Jusino, Leah Wasielewski, Katie O'Callaghan, Tina Andreadis, Leslie Cohen et leurs services marketing et communication. Je tiens également à exprimer ma gratitude à mes agents chez WME : Jennifer Rudolph Walsh, Jay Mandel et Kimberly Bialek. Je n'oublie pas non plus Will Staehle, Jennifer Fisher, Filmograph, les équipes australienne et britannique d'HarperCollins, Michael S. Sherman, Megan Bailey, Laurie Reis, Laurie Fox, ainsi que tous les passionnés fidèles à l'univers de Michael.

Enfin, et surtout, je dois beaucoup à la fille de Michael, Taylor, et à notre fils, John Michael. Leur amour, leur soutien et leurs encouragements nous ont permis d'accomplir notre mission commune : transmettre pour de nombreuses années encore l'héritage de Michael.

Sherri Crichton

Cet ouvrage a été composé
par Atlant'Communication
au Bernard (Vendée)

Impression réalisée par

NORMANDIE ROTO S.A.S.

en mai 2020
pour le compte des Éditions de l'Archipel
département éditorial
de la S.A.S. Écriture-Communication

Imprimé en France
N° d'impression : 2001647
Dépôt légal : mai 2020